NÓS DOIS SOZINHOS NO ÉTER

NÓS DOIS SOZINHOS NO ÉTER

OLIVIE BLAKE

Tradução de Carlos César da Silva

intrínseca

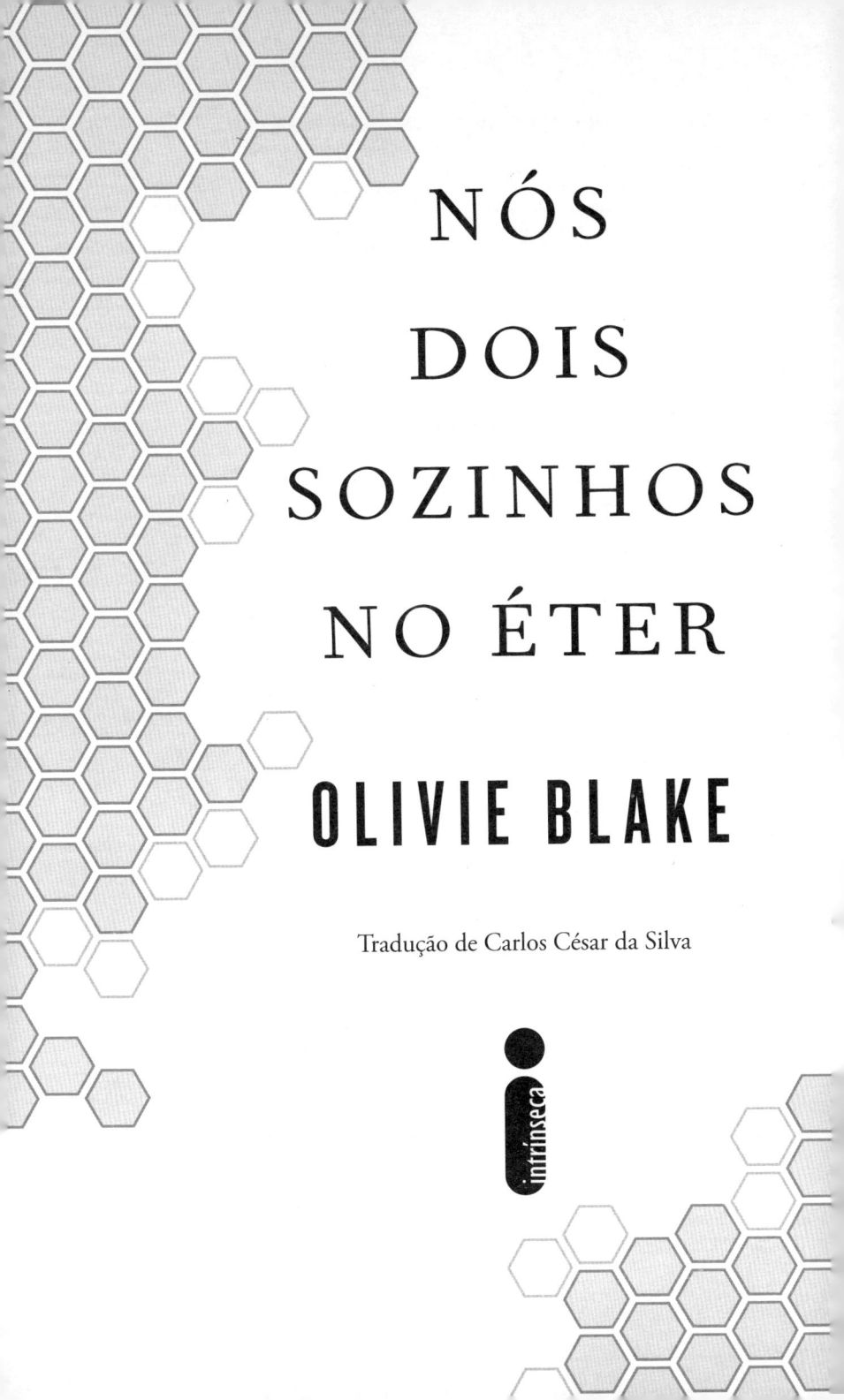

Copyright do texto © 2020, 2022 by Alexene Farol Follmuth
Publicado mediante acordo com St. Martin's Publishing Group.
Todos os direitos reservados.

TÍTULO ORIGINAL
Alone With You in the Ether

PREPARAÇÃO
Gabriela Peres

REVISÃO
Giu Alonso

DIAGRAMAÇÃO
Ilustrarte Design e Produção Editorial

DESIGN DE CAPA
Jamie Stafford-Hill

IMAGENS DE CAPA
Daniel Prudek

ADAPTAÇÃO DE CAPA
Lázaro Mendes

CIP-BRASIL. CATALOGAÇÃO NA PUBLICAÇÃO
SINDICATO NACIONAL DOS EDITORES DE LIVROS, RJ

b568n

    Blake, Olivie, 1988-
       Nós dois sozinhos no éter / Olivie Blake ; tradução Carlos César da Silva. - 1. ed. - Rio de Janeiro : Intrínseca, 2023.
       336 p. ; 21 cm.

    Tradução de: Alone with you in the Ether
    ISBN 978-65-5560-628-7

    1. Romance americano. I. Silva, Carlos César da. II. Título.

23-84446   CDD: 813
                                CDU: 82-31(73)

Gabriela Faray Ferreira Lopes - Bibliotecária - CRB-7/6643

[2023]
Todos os direitos desta edição reservados à
Editora Intrínseca Ltda.
Av. das Américas, 500, bloco 12, sala 303
22640-904 – Barra da Tijuca
Rio de Janeiro – RJ
Tel./Fax: (21) 3206-7400
www.intrinseca.com.br

para o antigo você,
do meu antigo eu

uma hipótese 9

Parte um, os momentos de antes. 13

Parte dois, conversas. 61

Parte três, chaves. 149

Parte quatro, as primeiras vezes. 211

Parte cinco, variáveis. 251

Parte seis, distorções. 289

agradecimentos 331

UMA HIPÓTESE

Sobretudo no início, Regan por vezes tentava identificar o momento em que as trajetórias deles se encaminharam para uma colisão inevitável. Momentos haviam adquirido uma importância imensa para ela, maior do que nunca. Considerando que Aldo fora o responsável por remodelar suas linhas de raciocínio, provavelmente também era o culpado por ela analisar tudo em termos de tempo.

Sua própria hipótese era bastante elementar: havia um único momento responsável por cada acontecimento subsequente. Regan não era fanática por ciência como Aldo — e com certeza também não era um gênio como ele —, mas sua ideia de causalidade era um tanto metódica. Cada coisa tinha seu ponto de partida, e ela passou a praticar um jogo (provavelmente roubado dele) que consistia em tentar identificar a gênese daquilo tudo.

Será que tudo havia começado na primeira troca de olhares? Quando Aldo pronunciou o nome dela, ou quando lhe revelou o seu? Ou então quando Regan disse: Levante-se, você não pode se sentar aí? Ou não tinha absolutamente nada a ver com Aldo? Será que até mesmo aquele momento advinha de algo começado dias, semanas ou vidas antes?

Com Regan, tudo se resumia ao sagrado. Nas folgas entre as visitas guiadas, gostava de perambular por suas partes favoritas do Instituto de Arte, quase sempre escolhidas para combinar com a religiosidade de seu estado de espírito. Isso não significava que ela gravitava em direção a artes sacras especificamente; na maior parte do tempo, buscava alinhar seus anseios com o deus (que às vezes era Deus, mas nem sempre) sendo idolatrado por trás da moldura polida. Nas pinturas católicas antigas, ela procurava admiração. Nas obras modernas, elegância. Nas contemporâneas, a vibração do movimento. As próprias divindades tinham mudado com o tempo, mas não o ato de devoção. Essa era a agonia da arte e a idolatria perpétua de sua criação. Para cada sensação de Regan, existia um artista que havia passado por aquele mesmo sofrimento e criado algo belo.

Suas andanças eram previsíveis — uma constante, como Aldo diria —, mas o arsenal, naquele dia, a surpreendeu. No passado, quando Regan escolhia visitar o arsenal, era porque o ambiente representava a sacralidade do propósito: não havia um pingo de frivolidade ali, apenas uma paz irônica; projéteis vazios, paredes vermelhas berrantes, fósseis de conquistas. Isso a lembrava de uma época em que as pessoas ainda praticavam a violência olho no olho, o que lhe dava uma sensação paradoxal de calma. Era íntimo porque não era. Era religioso porque não era. Era bonito porque, no fundo, era perturbador, desumano e vil, e, portanto, refletia algo masoquista na própria Regan.

Sua escolha pelo arsenal naquele dia continha Importância; teria um efeito cascata de Consequência a nível cósmico. Mas qual havia sido a causa? Será que ela encontrou Aldo ali por ação do destino, ou porque os dois tinham formas semelhantes de ruminação? Foi um acontecimento forçado, uma intervenção divina, ou apenas faltava nela o mesmo que faltava nele e, assim, era inevitável que ambos buscassem ser preenchidos?

Será que importava onde havia começado e onde terminaria? Talvez a resposta fosse sim, importava muito, porque tudo era consequência de alguma coisa e, portanto, o que se passou entre eles estava predeterminado, ou talvez a resposta fosse não, não tinha a menor importância, porque inícios e fins não significavam tanto quanto os momentos que poderiam ter existido ou os desfechos a que poderiam ter chegado. Talvez saber a história completa fosse tudo, poder olhar para trás e enxergar seu formato a partir da periferia; ou talvez não fosse nada, porque as coisas em sua totalidade eram menos frágeis e, portanto, menos belas do que as peças dentro da moldura.

No final, Regan saberia a resposta. Dobrando a esquina, ela viria a reconhecer que não era bem uma questão de quando tudo havia acontecido, e sim de se entregar quando já não havia como voltar atrás. No fim das contas, era sempre uma questão de tempo, assim como no começo.

Porque, pela primeira vez, em um momento que poderia significar tudo ou nada, havia outra pessoa no universo de Regan, e a partir de então tudo continuaria igual, só que um pouco diferente.

PARTE UM

OS MOMENTOS DE ANTES.

O DIA ANTERIOR NÃO tinha sido especial. Só era notável por ter sido tão pouco especial, ou talvez porque viria a parecer assim muito em breve. As coisas sempre pareciam mais estranhas em retrospecto, o que era uma consequência engraçada do tempo.

Aldo, que quase não era chamado pelo sobrenome, Damiani, e menos ainda por seu nome de nascença, Rinaldo, tinha enrolado um baseado cinco minutos antes de mergulhar em uma meditação silenciosa. Ele girava o cigarro entre os dedos, encarando o nada.

> **CENA:** O clima da tarde está fresco e ameno como só acontece em Chicago por cerca de uma semana em meados de setembro. O sol está forte, a pino, e as folhas das árvores acima do rapaz estão sossegadas.
> **AÇÃO:** ALDO leva o baseado aos lábios, umedecendo a seda que o reveste.

O baseado não estava aceso, porque ele estava pensando. Tinha ido ao parque para ficar naquele banco e resolver uma questão, e estava sentado ali havia dez minutos — pensando por nove e meio, bolando por quatro e depois fingindo fumar por uns bons trinta segundos. Aldo sempre acreditara que a memória muscular era a chave para abrir qualquer porta emperrada. O ato de resolver questões era, para ele, tão supersticioso quanto qualquer outro.

> ALDO olha para a plateia. Percebendo que não há nada que requer sua atenção, ele desvia o olhar.

A mecânica de seu ritual era simples: levar o baseado aos lábios, inalar, soltar o ar, abaixar a mão. Essa era a fórmula. *Fórmulas* ele conseguia entender. Aldo levou o baseado aos lábios, inalou e soltou o ar a esmo.

Uma BRISA passa pelas folhas acima dele.

O polegar direito de Aldo tamborilava na coxa ao ritmo de "In the Hall of the Mountain King", de Grieg,

Toca a trilha sonora.

que então contagiou os outros dedos. Eles batucaram a costura da calça jeans, impacientes, enquanto a mão esquerda continuava os movimentos de falso-fumo.

Aldo estava pensando em grupos quânticos. Especificamente, em hexágonos. Ele acreditava piamente que o hexágono era a forma mais significativa da natureza, não apenas por seu apreço pela *Apis* — comumente conhecida como abelha —, embora isso influenciasse sua convicção. A maioria das pessoas não tinha ideia de quantas espécies de abelhas existiam. A mamangaba era lenta e tola a ponto de ser possível fazer carinho nela, o que era fofo, mas pouco interessante.

O NARRADOR, UM HOMEM VELHO, ARTRÍTICO E EM POSSE DE MUITOS LIVROS: Interrompemos sua análise dos pensamentos intrusivos de Aldo Damiani para fornecer algumas informações acadêmicas necessárias. O grande Kurt Gödel, um lógico do século XXI que era amigo de Albert Einstein, acreditava que um trajeto contínuo de "cones de luz" em direção ao futuro significava que uma pessoa sempre poderia retornar ao mesmo ponto no espaço-tempo. A tese essencial de Aldo Damiani é que esses cones viajam de maneira metódica, talvez até previsível, ao longo de caminhos hexagonais.

Hexágonos. Grupos quânticos. Simetria. A natureza amava o equilíbrio, sobretudo a simetria, mas raramente o alcançava. Quantas vezes a natureza criava a perfeição? Quase nunca. Com a matemática era diferente. A matemática tinha regras, finitas e concretas, mas se estendia a perder de vista. A dor e a beleza da álgebra abstrata era que Aldo a estudava a fundo havia mais de sete anos, e poderia estudá-la por mais sete milhões e ainda não entenderia quase nada. Poderia passar vidas infinitas analisando as bases matemáticas do universo, e o universo ainda não faria sentido. Em duas semanas, talvez nevasse, ou talvez chovesse, e então o parque não estaria mais disponível. Ele poderia ser preso por seu não fumo ou morrer a qualquer momento, e então teria que pensar atrás das grades ou seus devaneios cessariam por completo, e o universo continuaria sem resposta. Sua pesquisa nunca terminaria, e isso era trágico, emocionante, perfeito.

Bem na hora,

DE DENTRO DO BOLSO DE ALDO: uma vibração que faz a plateia tatear o próprio bolso, por instinto.

seu pai ligou.

Aldo guardou o baseado no bolso e pegou o celular.

— Alô?

— Rinaldo. Cadê você?

Havia uma resposta longa e uma curta, e Masso provavelmente insistiria que ele detalhasse as duas.

— Trabalhando.

— Na universidade?

— Isso, pai. Eu trabalho na universidade.

— Hm. — Masso já sabia disso, mas a pergunta era outro ritual. — Em que está pensando hoje?

— Abelhas — respondeu Aldo.

— Ah. O de sempre, então?

— É, algo do gênero.

Nunca havia uma maneira simples de explicar em que ele estava trabalhando. Era gentil o pai perguntar, mas ambos sabiam que ele não entendia boa parte do que Aldo tinha a dizer.

— Está tudo bem, pai?

— Sim, sim, tudo bem. Como está se sentindo?

Havia uma resposta certa para essa pergunta e muitas, muitas respostas erradas. Essa questão, assim como os grupos quânticos, não ficava mais fácil a cada vez que Aldo a encarava. Na verdade, quanto mais analisava os cenários, mais as variáveis mudavam. Como estava se sentindo? Já se sentira mal no passado. E voltaria a se sentir mal no futuro. Era um ciclo tão oscilante quanto o clima. Vai chover daqui a duas semanas, pensou ele.

O VENTO sopra com mais intensidade, passando por entre as folhas.

— Estou bem — respondeu Aldo.

— Que bom.

Masso Damiani era chef de cozinha, pai solo e propenso à preocupação, exatamente nessa ordem. Pensava bastante no universo, assim como Aldo, mas de um jeito diferente. Perguntava ao universo quanto de sal colocar na água fervente, ou se essa ou aquela vinha produziria os frutos mais doces. Nem precisava olhar para saber quando o macarrão estava pronto, provavelmente graças ao universo. Masso tinha o dom da certeza e não precisava de nenhuma superstição.

A mãe de Aldo, uma mulher dominicana cheia de vida, jovem demais para a maternidade e bela demais para passar muito tempo no mesmo lugar, nunca esteve presente. Se ela já tinha feito algum pedido ao universo, Aldo imaginava que provavelmente fora concedido.

— Rinaldo?

— Estou ouvindo — falou Aldo, mas na verdade quis dizer "estou pensando".
— Hm — disse Masso. — Conseguiu ir ao museu?
— Quem sabe amanhã. Hoje o dia está bonito.
— Ah, é? Que bom. Coisa rara.

SILÊNCIO.

Masso pigarreou.
— Diga, Rinaldo, o que vamos fazer hoje?
Os lábios de Aldo se contraíram de leve.
— Não precisa fazer isso toda vez, pai.
— Mas ajuda, não?
— Sim, é claro que ajuda, mas sei que o senhor está ocupado. — Aldo checou o relógio. — Já está quase na hora do almoço aí.
— Mas ainda tenho uns dois minutos.
— Dois minutos?
— No mínimo.

ALDO cantarola para si mesmo, pensativo.

— Bem — começou Aldo —, acho que hoje estamos no mar.
— Em que ano?
Ele refletiu por um instante.
— Quando foi a Guerra de Troia?
— Por volta do século... XII a.C.?
— Isso. Nesse ano.
— Estamos lutando, então? — perguntou Masso.
— Não, estamos partindo, acho. Em uma jornada.
— Como está o vento?
— Fraco, ao que parece. — Aldo pegou o baseado entre os dedos de novo, girando-o devagar. — Acho que vamos ficar no mar por bastante tempo.

— Bem, então acho que terei que descobrir amanhã.
— Não precisa, pai.

ALDO diz isso todo dia.

— Certo, talvez eu não pergunte amanhã, então.

MASSO também.

— Qual é o especial do dia? — indagou Aldo.
— Ah, *porcini*. Você sabe como eu gosto de marcar a estação com trufas.
— Vou deixar você trabalhar, então.
— Certo, boa ideia. Vai voltar agora?
— Sim, tenho que dar aula daqui a pouco. Às três.
— Bacana, bacana. Rinaldo?
— Sim, pai?
— Você é brilhante. Diga à sua mente para ser gentil com você hoje.
— Certo. Obrigado, pai. Aproveite os cogumelos.
— Sempre.

Aldo desligou e guardou o celular no bolso. Nenhuma questão resolvida naquele dia, infelizmente. Ainda não. Quem sabe amanhã. Ou no dia seguinte. Talvez só dali a meses, anos, décadas. Por sorte, Aldo não era imediatista. Antigamente, essa característica frustrava as pessoas em sua vida, mas ele já tinha se livrado da maioria delas a essa altura.

Ele olhou por cima do ombro para a motocicleta,

OBJETO CENOGRÁFICO: uma Ducati Scrambler de 1969.

que conseguia passar com tranquilidade pelo tráfego e por pedestres e, na opinião de Aldo, pelo tempo e espaço também. Ele não entendia por que as pessoas prefeririam ter carros em vez de motos, a menos que fosse pela aversão à possibilidade de acidentes. Ele tinha quebrado o braço certa vez, o que lhe rendera uma cicatriz na lateral do ombro.

Se fosse uma pessoa imediatista, ele montaria na moto e iria até o lago Michigan. Por isso, talvez fosse melhor não ser assim. Aldo era o tipo de pessoa que pensava "quem sabe amanhã", então enfiou o baseado de volta no bolso e pegou o capacete que estava no banco.

ALDO se levanta e respira fundo, pensando sobre hexágonos.

Quinas, pensou. Um dia desses ele chegaria numa esquina e teria algo novo do outro lado; algo parecido com isso, mas diferente em cento e vinte graus. Ele imitou um pivô de boxe para a esquerda, acertou um gancho de esquerda e depois chutou um pouco a grama.

Quem sabe amanhã tudo fosse diferente.

Enquanto isso, Regan tinha começado aquele mesmo dia com um sobressalto, sentando-se na cama.

CENA: Uma suíte luxuosa. Sapatos deixados pelos cantos. Roupas espalhadas por toda parte. Qualquer mãe torceria o nariz para aquele lugar.
AÇÃO: REGAN semicerra os olhos para o relógio, que marca o horário abismal de 14h21.

— Estou fodida — anunciou Regan para o quarto.

Ao lado dela, Marc se revirou com um grunhido. Conseguiu, com muita dificuldade, emitir uma série de sons masculinos ininteligíveis. Regan presumiu que fossem uma versão de "desculpe, querida, pode me explicar, por favor?" e deu uma resposta:

— Vou me atrasar.

— Pro quê?

— Pra merda do meu trabalho, Marcus — retrucou Regan, jogando as pernas para fora da cama e se levantando, meio cambaleante. — Sabe, aquele negócio que eu faço de vez em quando?

— O Instituto não tem aqueles... Como chama mesmo? — balbuciou Marc, enfiando a cara de volta no travesseiro. — Sabe? Aquelas... Aqueles radinhos. Para quem não consegue ler as placas.

— Guias de áudio? — perguntou Regan, pressionando a têmpora com uma das mãos. O latejar intenso era sinal de que a cabeça condenava suas péssimas escolhas. — Não sou uma guia de áudio em forma humana, Marc, sou *guia profissional* no museu. Por mais estranho que pareça, podem sentir minha falta se eu não der as caras.

A NARRADORA, UMA MULHER DE MEIA-IDADE COM UMA SÉRIA INTOLERÂNCIA A TOLICES: Charlotte Regan é graduada em história da arte e costuma dizer que já tentou fazer arte, o que é de muitas maneiras um eufemismo. Ela se formou na universidade com as melhores notas da turma, o que na época não foi surpresa para ninguém; talvez apenas para sua mãe, que considera o êxito em um programa de artes equivalente a, por exemplo, ganhar uma competição de cães. Charlotte Regan não era como sua irmã mais velha, Madeline, formada em medicina com as melhores notas, mas isso, é claro, não vem ao caso. Atualmente, Charlotte Regan trabalha como guia no Instituto de Arte de Chicago, um cargo disputado em um dos museus mais antigos e importantes dos Estados Unidos. A mãe de Charlotte diria que está mais para um trabalho voluntário metido a besta do que para um emprego, mas isso também não é relevante no momento.

Embora muitas coisas fizessem Regan sentir #gratidão,

A NARRADORA, EM TOM DE DESAPROVAÇÃO: Ela está sendo sarcástica.

O primeiro item da lista era seu cabelo, caracteristicamente perfeito, e sua pele, bastante resistente às consequências de seu estilo de vida. Em termos genéticos, ela havia sido feita para acordar tarde e sair de casa às pressas. Uma camada de rímel dava conta, e talvez um toquezinho de blush, só para diminuir a aparência de morta. Ela pegou um de seus vestidos pretos justos e um par de sapatilhas da mesma cor, e girou o anel de Claddagh no dedo. Em seguida, foi atrás dos brincos de granada que havia roubado do quarto da irmã depois da formatura da faculdade: as pequenas pedras em forma de lágrima que davam a impressão de que suas orelhas choravam sangue.

Ela fez uma pausa para analisar seu reflexo com uma ambivalência aguçada. As olheiras haviam piorado visivelmente. Por sorte, tinha recebido os genes da juventude eterna oriundos da Ásia Oriental da mãe e um fundo fiduciário do pai que fazia as pessoas pensarem duas vezes antes de rejeitá-la, então não importava se ela dormia bem ou não. Regan prendeu o crachá no peito, espetando o polegar apenas uma vez durante o processo, e parou para observar o resultado.

— Oi — disse ela para o espelho, praticando o sorriso. — Sou Charlotte Regan, e vou ser sua guia no Instituto de Arte hoje.

— O quê? — perguntou Marc, ainda sonolento.

— Nada — respondeu ela por cima do ombro.

Tinham transado na noite anterior até atingirem resultados moderadamente satisfatórios, embora Marc nunca ficasse muito duro quando usava tanta cocaína. Mas, pelo menos, Regan tinha voltado para casa com ele. Pelo menos tinha chegado na própria casa. Houve um momento em que ela poderia ter feito outra escolha, em que um estranho no canto do salão talvez parecesse a opção mais interessante, e em que ela talvez se arriscasse a ir até ele. Ela só precisaria dar uma risadinha forçada, dizer com malícia "vamos embora daqui, Estranho", e teria sido tão fácil. Um milhão de possibilidades se ramificavam como uma teia de aranha: Regan não teria ido para casa, não teria transado com o namorado, não teria acordado a tempo de ir para o trabalho, não teria acordado nunca.

Ela se perguntou o que estaria fazendo em todos aqueles estilhaços de vidas não vividas. Talvez houvesse uma versão dela que acordava às seis da manhã para ir correr ao redor do lago, mas ela duvidava.

Ainda assim, era um cenário agradável de se considerar. Significava que ela ainda tinha criatividade.

Esta versão, calculou Regan, tinha quinze minutos para chegar ao Instituto de Arte e, se acreditasse em impossibilidades, teria achado aquilo impossível. Feliz ou infelizmente, ela acreditava em tudo e em nada.

Passou os dedos pelas lágrimas de sangue dos brincos e se virou de repente, observando a silhueta de Marc sob os lençóis.

— Talvez seja melhor a gente terminar — disse ela.

— Regan, são sete da manhã — respondeu Marc, com a voz abafada.

— São quase duas e meia da tarde, seu imbecil.

Ele levantou a cabeça, forçando a vista.

— Que dia é hoje?

— Quinta.

— Hm. — Ele enfiou o rosto de volta no travesseiro. — Tá bem, como quiser, Regan.

— Nós poderíamos só, sei lá, sair com outras pessoas? — sugeriu ela.

Marc se virou na cama e soltou um suspiro, apoiando-se nos cotovelos.

— Regan, você não está atrasada?

— Ainda não — respondeu —, mas posso me atrasar, se você quiser.

Ela sabia que ele não ia querer.

— Nós dois sabemos que você não vai a lugar nenhum, lindona. Suas coisas estão todas aqui. Você odeia inconveniências. E teria que voltar a usar camisinha.

Ela fez uma careta.

— É mesmo.

— Tomou seus remédios? — indagou ele.

Regan olhou para o relógio. Se saísse em cinco minutos, provavelmente conseguiria chegar a tempo.

Considerou o que poderia fazer em cinco minutos. *Não deu certo, não estou feliz, foi bom enquanto durou…* Isso levaria, o quê, trinta segundos? Marc não choraria, e ela gostava disso nele, então nem seria tão inconveniente assim. Depois, ela teria quatro minutos e meio para colocar seus pertences mais importantes em uma bolsa, o que na verdade só levaria uns dois. Aí sobrariam mais dois minutos e meio. Ah, e trinta segundos seriam para os remédios, ela já ia se esquecendo de novo. Cinco segundos para tomá-los e uns vinte, mais ou menos, para ficar encarando os frascos. E depois… o que faria com os dois minutos restantes? Tomaria café da manhã? Já eram quase duas e meia da tarde. Café da manhã estava fora de questão, em termos de horário, e além do mais, ela nem sabia se já conseguiria comer.

Um movimento no relógio indicou que os cinco minutos de fuga de Regan tinham sido reduzidos a quatro. Era uma restrição de tempo terrível, a menos que ela recalculasse, remarcasse… mudasse suas prioridades.

— Preciso fazer uma coisa — falou ela de repente, se virando.

— Vamos terminar ou não? — gritou Marc atrás dela.

— Hoje não — respondeu ela, pegando um dos frascos alaranjados do lugar de sempre, ao lado da geladeira, antes de ir ao banheiro.

Colocou os remédios de lado e se sentou na pia, levantando uma perna para apoiar o calcanhar na bancada de mármore. Enfiou a mão dentro da calcinha fio dental preta, desbloqueando o celular com a mão livre. Ela nunca tinha sido muito fã de pornografia; achava algo meio… desprovido de sutilezas. Preferia mistérios — era viciada, como se fossem uma droga —, então abriu na tela uma anotação protegida por senha.

A PRIMEIRA IMAGEM é uma foto granulada da mão de um homem sob uma minissaia, posicionada de maneira sensual entre as curvas de coxas femininas. A segunda é uma foto em preto e branco de dois torsos femininos pressionados um contra o outro.

Isso, Regan determinou, valia a pena. Era a melhor decisão. Ela poderia ter terminado seu relacionamento, é verdade, mas em vez disso tinha esses quatro minutos. Não, três e meio. Mas conhecia bem o próprio corpo, então só precisaria de três minutos, no máximo. Teria pelo menos trinta segundos de sobra.

Com o resto do tempo, Regan poderia fazer algo bem típico, como enfiar a calcinha dentro do bolso do paletó de Marc antes de dar-lhe um beijo de despedida. Ele encontraria a peça mais tarde, já à noite, provavelmente enquanto estivesse papagaiando com algum executivo engomadinho. Então, ele daria uma fugidinha até uma cabine no banheiro, tiraria uma foto do pau e mandaria para Regan, esperando algo em troca, mas talvez ela já estivesse dormindo. Ou talvez ela nem sequer tivesse voltado para casa. Que grande mistério era sua versão futura! As possibilidades eram fascinantemente mundanas e, ao mesmo tempo, perfeitamente infinitas, o que chegava próximo da euforia.

Ela gozou, reprimindo a sensação com uma mordida no lábio, e exalou.

Quarenta e cinco segundos.

REGAN pega o frasco de remédios e não diz nada. Ela se pergunta quanto tempo vai demorar até sentir alguma coisa outra vez.

Aldo estava estudando teoria da matemática no doutorado, o que significava uma ampla variedade de coisas, dependendo de quem fosse seu interlocutor. Estranhos em geral ficavam impressionados, embora de um jeito meio descrente. A maioria achava que era brincadeira, já que pessoas com a aparência dele não costumavam dizer as palavras "estou fazendo doutorado em teoria da matemática" sem ironia. O pai tinha orgulho dele, mas era um orgulho desmedido, pois se deslumbrou com quase tudo que Aldo fizera ou dissera na vida. Outros nem demonstravam surpresa. "Você é um daqueles cus de ferro, né?", dizia o contato de quem Aldo comprava drogas, sempre querendo saber as chances de ganhar nisso ou naquilo. Apesar de Aldo sempre explicar que estatística era uma aplicação prática, ou seja, matemática *aplicada*, o traficante apenas dava de ombros, perguntava alguma coisa sobre a vida no espaço (Aldo não sabia nada sobre o assunto) e fazia a entrega solicitada.

Os alunos de Aldo o detestavam. Os mais talentosos o toleravam, mas os demais — os graduandos que cursavam cálculo apenas para cumprir requisitos — definitivamente o odiavam. Ele não pensava muito no motivo, o que talvez fosse parte do problema.

Aldo também não se comunicava muito bem. No começo, as drogas serviram a esse propósito; ele tinha sido uma criança ansiosa, depois um adolescente deprimido e, então, por um breve período, um viciado absoluto. Com o tempo, aprendera a guardar seus pensamentos para si, o que era mais fácil se sua atividade cerebral estivesse dividida em categorias. Sua mente era como um computador com diversos programas abertos, alguns dos quais zumbiam com contemplações em segundo plano. Na maior parte do tempo, Aldo dava aos outros a impressão de não estar ouvindo, uma suspeita geralmente correta.

— Funções exponenciais e logarítmicas — disse Aldo, indo direto ao ponto ao entrar na sala de aula mal iluminada

CENA: Uma sala de aula universitária.

e sentindo o impulso de sempre de se lançar por suas janelas institucionais. Ele estava exatamente um minuto atrasado e, via de regra, nunca chegava na hora. Se chegasse mais cedo, talvez tivesse que interagir com os alunos, o que não era atrativo a nenhuma das partes.

— Alguém teve alguma dificuldade com a leitura?

— Sim — respondeu uma das alunas na segunda fileira.

Era de se esperar.

— Para que isso serve? — quis saber um aluno no fundo da sala.

Aldo, que preferia não sujar as mãos com aplicações práticas, odiava essa pergunta em particular.

— Para traçar o aumento de bactérias — respondeu num impulso.

Ele achava funções lineares muito banais. Eram usadas para simplificar as coisas a um nível básico de compreensão, embora quase nada na Terra fosse de fato tão simples. O mundo, afinal, era entrópico por natureza.

Aldo foi até o quadro branco, que ele odiava, embora fizesse menos sujeira do que a lousa de giz.

— Crescimento e decadência — anunciou, e se pôs a rabiscar um gráfico antes de escrever $g(x)$ ao lado.

Seguindo a tendência histórica, a aula seria bem frustrante para todos eles. Aldo tinha dificuldade de se concentrar em algo que exigia tão pouco de sua atenção; por outro lado, seus alunos tinham dificuldade de seguir sua linha de raciocínio. Se o departamento não estivesse com tanta dificuldade para encontrar professores qualificados, ele duvidava de que teria sido promovido a docente. Sua performance como aprendiz não tinha sido magnífica, mas infelizmente para todos (incluindo ele próprio), Aldo era brilhante no que fazia.

A universidade precisava dele. Ele precisava de um emprego. Portanto, seus alunos teriam que se adaptar, como ele tinha feito.

Para Aldo, o tempo na sala de aula se arrastava. Era interrompido diversas vezes com perguntas que, pelas políticas da universidade, ele não podia tachar de idiotas. Adorava resolver problemas, é verdade, mas achava o magistério mais entediante do que desafiador. Seu cérebro não abordava questões de uma maneira observável; involuntariamente ele pulava etapas e era forçado a voltar, em geral pelo som enervante de alguém pigarreando às suas costas.

Ele sabia, em algum nível, que a repetição era essencial para uma aprendizagem básica — um treinamento extenso de boxe tinha sido parte de sua reabilitação autoimposta, então sabia da importância de repetir os mesmos movimentos até sua cabeça latejar e seus membros estarem doloridos —, mas isso não o impedia de lamentá-la. Não o impedia de desejar sair da sala de aula, dobrar uma esquina e seguir em uma direção completamente diferente.

Ao menos em termos teóricos.

A primeira visita guiada do dia incluía um casal de idosos, duas mulheres de vinte e poucos anos, um grupo de turistas alemães e um homem e uma mulher casados, conforme Regan furtivamente apurou (tinha adquirido o hábito de procurar por alianças, quer estivesse interessada na resposta ou não), por volta dos trinta anos. O marido a estava encarando, o pobre coitado. Ela conhecia aquele olhar em particular e não se lisonjeava mais tanto com ele. Regan começara a usá-lo a seu favor quando era adolescente e, àquela altura, apenas o guardava com suas demais ferramentas. Chave de fenda, pincel, escala de saturação, a atração de homens indisponíveis; tudo pertencia à mesma categoria de funcionalidade.

Esse marido em particular era atraente, mais ou menos. A esposa tinha um rosto bonito, mas bastante comum. Provavelmente o marido, um "partidão" em virtude do que Regan chutou ser um emprego prático vendendo seguros, viu a mistura de traços chineses e irlandeses nas feições de Regan e sentiu alguma comoção por considerá-la exótica. Na verdade, ela poderia ter sido a combinação genética de metade dos atuais ocupantes do Instituto de Arte.

— Certamente muitos de vocês já conhecem o trabalho de Jackson Pollock — disse Regan, gesticulando para a tela *Greyed Rainbow* atrás de si.

A NARRADORA, UMA ADOLESCENTE QUE MAL ESTÁ PRESTANDO ATENÇÃO: A obra *Greyed Rainbow*, o arco-íris acinzentado de Jackson Pollock, é basicamente uma superfície preta coberta com manchas de tinta a óleo em cinza e branco com, sei lá, algumas outras cores embaixo. É, tipo, arte abstrata, ou algo assim.

— Uma das características mais marcantes da arte de Pollock é o quanto ela é palpável — continuou Regan. — Sugiro que todos deem um passo à frente para observar a profundidade da pintura mais de perto. As camadas de tinta têm uma solidez distinta que vocês não encontrarão em outro lugar.

A Esposa se aproximou, entusiasmada, para observar a obra de acordo com a recomendação da guia, e os outros a acompanharam. O Marido permaneceu onde estava, ainda no campo de visão de Regan.

— É impressionante que chamem isso de arte, não é? Até eu consigo fazer esse quadro. Até uma criança de seis anos consegue.

— O olhar do Marido encontrou o dela. — Aposto que você criaria algo ainda melhor.

Regan estimou que o pau dele fosse mediano, e, embora isso não fosse necessariamente um problema, o fato de o homem não parecer saber como usá-lo era. Uma pena, já que era um sujeito bonito. Tinha um rosto agradável. Ela criou a teoria de que ele estava infeliz em seu casamento com a namorada da época da faculdade. Teria até chutado que a mulher era sua namorada desde o ensino médio, já que isso era quase praxe entre pessoas com aquele sotaque de Minnesota, mas ele tinha cara de quem só ficou bonito mais velho. Regan reparou nas cicatrizes fracas de acne na testa dele, um detalhe que passaria despercebido pela maioria das pessoas — mas que teria sido difícil de ignorar no último ano do ensino fundamental, e que Regan também não ignorou.

Ela tinha algumas alternativas. Primeira: transar com ele numa cabine do banheiro. Era sempre uma opção válida e digna de ser levada em conta. Ela sabia onde encontrar privacidade, se quisesse, e o sujeito tinha cara de já ter dado uma ou duas escapadinhas, então ela não precisaria perder tempo o convencendo.

Mas é claro que, se ela quisesse um pau medíocre, era algo ridiculamente fácil de conseguir sem recorrer *àquele* pau medíocre em particular. O fato de o homem ter escolhido concentrar sua atenção em Regan, de todas as coisas do museu, dizia muito mais sobre ele do que sobre ela.

Poderiam ser dez minutos de entretenimento. Mas ela já se divertira muito mais em menos tempo.

— Jackson Pollock foi muito influenciado pela pintura com areia do povo Navajo — explicou Regan, com o olhar ainda fixo na pintura. — Ao usar areia, o processo é tão importante quanto o resultado. Até mais, na verdade. O vento pode atrapalhar a qualquer momento. A areia pode desaparecer em uma questão de horas, minutos, segundos, então o processo se concentra no momento catártico. A reverência está em *fazer* arte, em ser parte de sua criação, e então deixá-la sujeita à destruição. A mesma coisa que os povos originários dos Estados Unidos faziam com areia, Jackson Pollock fez com tinta, o que talvez seja uma imitação vazia. Na verdade, ele nunca admitiu abertamente adotar as técnicas desses povos; o que faz sentido, já que sua arte está mais para apropriação do que para homenagem. Mas será que *vocês* conseguiriam replicá-la?

Ela se virou para o Marido, olhando-o dos pés à cabeça com desinteresse.

— Claro, talvez sim — continuou Regan, e a boca dele se contorceu com desgosto.

A arte é sempre diferente vista mais de perto, não é?, ela pensou em dizer, mas não disse. Agora que ele já sabia que ela era uma vaca, nem se daria ao trabalho de fingir prestar atenção.

A visita guiada enfim terminou, como todas terminavam. O Marido foi embora com a Esposa sem ter transado com nenhuma guia naquele dia (até onde Regan sabia, embora ainda estivesse cedo). Ela se preparou para o próximo grupo, sentindo uma vibração no bolso de seu blazer que significava que Marc havia encontrado a calcinha que ela deixara para ele.

Tudo era tão cíclico. Tão previsível. Em algum momento, a psiquiatra juridicamente recomendada a Regan perguntou como ela se sentia sobre estar viva,

A NARRADORA: Sério, isso tudo é tão ridículo.

e Regan sentiu vontade de responder que, mesmo quando as coisas não aconteciam de forma idêntica, ainda assim pareciam seguir uma órbita constante. Tudo que já existia levava a tudo que estava por vir, seguindo os mesmos padrões, bastava olhar de perto para perceber. Às vezes Regan sentia que era a única prestando atenção, mas ela deu à doutora uma resposta mais tolerável e ambas voltaram para casa satisfeitas, ou algo próximo disso. Na maior parte do tempo, Regan sentia sede — uma consequência do aumento de sua dose de lítio. Bastava ficar um pouco desidratada que os remédios lhe davam uma tremedeira.

— *São Jorge e o dragão* — anunciou Regan, apontando para a pintura na visita guiada seguinte.

O filho adolescente de uma família estava encarando os peitos dela, assim como sua irmã mais nova. Você ainda tem tempo, Regan queria dizer à menina. Olhe só como as obras medievais são distorcidas, ela quis dizer, porque não há perspectiva; porque houve uma época em que os homens olhavam para o mundo, assimilavam toda a sua beleza e ainda assim o enxergavam como se fosse plano.

Pouca coisa mudou, Regan pensou em dizer, para tranquilizar a garota. Eles enxergam você mais perto do que realmente está; porém, você está mais fora de alcance do que você mesma ou eles sequer imaginam.

Aldo morava em um prédio de flats que fora ocupado por uma gráfica no início do século XX. A princípio, ele havia morado próximo à Universidade de Chicago, no sul da cidade, mas a inquietação o levara ao bairro de South Loop e, posteriormente, ao Printers Row.

> **AMBIENTAÇÃO:** Printers Row é um bairro ao sul da região central de Chicago, conhecida como Loop. Muitos edifícios nessa área costumavam ser ocupados por gráficas e editoras, mas foram convertidos em habitações residenciais.

A noite estava quente, o ar ainda abrigava os resquícios da umidade veraneia, e Aldo optou por uma corrida noturna. Ele não morava muito longe da trilha do lago,

> **O NARRADOR, UM TORCEDOR FERVOROSO DO CUBS:** Nenhum lugar na cidade de Chicago é longe demais da trilha do lago!

mas geralmente preferia correr nas ruas da cidade. O ritmo de seus passos na calçada às vezes se assemelhava às batidas de um coração. Sem interrupções, chegava a ser inquietante, deixando-o muito consciente da própria respiração.

Além disso, a trilha muitas vezes estava cheia.

Depois da corrida, vinha o treino de boxe: primeiro no ar, depois com um saco de areia e vez ou outra com um parceiro. Aldo não estava treinando para nada específico, mas estava pronto, caso um dia precisasse. Ele sempre fora naturalmente esguio,

O NARRADOR: Um desses zé ruelas magricelas que nem meu primo Donnie, sá comé?

e também lhe faltava ego e pavio curto. Ou seja, Aldo não era propenso a entrar em uma briga de rua, muito menos em um ringue de boxe formal. Apenas gostava de saber que, de tempos em tempos, tinha a opção de sentir adrenalina e dor.

Depois de cerca de três horas, ele voltaria para casa, pegaria uns filés de frango, provavelmente um punhado de espinafre e sem dúvida um pouco de alho, para o qual ele não usava um espremedor. (Alho picado era um ultraje, seu pai lhe dissera muitas vezes, uma abominação pela falta de gosto. Quando se tratava de alho, dizia Masso, devia ser amassado ou inteiro, sem exceções.)

Poucas pessoas frequentavam o apartamento de Aldo, mas todas tinham comentado sobre a escassez de pertences. Era um flat com conceito aberto, armários vermelhos da Ikea e eletrodomésticos modernos de aço inoxidável, e Aldo tinha exatamente uma panela e uma frigideira. Duas facas: uma *santoku* e uma de chef. Seu pai sempre dizia que eram as únicas necessárias. Aldo não tinha abridor de latas nem forminhas de gelo. Até tinha uma máquina de fazer macarrão, mas preferia preparar ravioli e tortellini como sua *nonna* sempre insistia. Adalina Damiani ensinara o filho e o neto a cozinhar, mas enquanto Masso tinha encontrado na culinária uma experiência religiosa, Aldo a considerava algo reservado a ocasiões especiais, ou para momentos em que sentia saudades de casa. Se bem que, em sua experiência, a maioria das pessoas enxergava a religião exatamente dessa forma.

Nas noites em que Aldo não conseguia dormir (isto é, quase todas), ele subia ao terraço do prédio para acender o que restava do baseado que ainda definhava no bolso da jaqueta. Escolhia o tipo específico de maconha reservado para dores no corpo e relaxamento da mente, acalmando a tagarelice na sua cabeça. Seus ossos interrompiam os movimentos frenéticos pelo restante da noite e, inevitavelmente, seu corpo zumbia em busca de algo novo para preencher suas lacunas.

E AGORA, SENHORAS E SENHORES, temos a honra de apresentar... os pensamentos de Aldo Damiani!

Zumbido. Abelhas. As asas da abelha-de-mel batiam 11.400 vezes por minuto, o que criava o som de zumbido. Abelhas eram conhecidas por sua diligência e organização, vide a expressão "abelha-operária". Isso sem contar a determinação; voavam em linha reta. Aldo tinha um foco semelhante, apesar de ter múltiplos pensamentos. Ele flutuou ao soltar a fumaça, ficando à deriva em alto-mar.

Teria que tentar algo diferente no dia seguinte, já que sua tentativa de resolução de problemas não havia sido lá muito frutífera. Ele tinha vários locais favoritos dentro da colmeia da cidade, e era comum alternar entre um e outro. A cobertura da biblioteca pública era um átrio chamado Jardim de Inverno, embora Aldo não entendesse por quê. Não remetia a nenhuma estação do ano específica, mas possuía uma vastidão agradável, certa proximidade com as alturas e os céus, e estava quase sempre vazio. As vigas de concreto no teto de vidro desciam formando sombras hexagonais, e se ele se posicionasse corretamente sob elas, talvez algo novo lhe ocorresse. Do contrário, o Zoológico de Lincoln Park era sempre uma opção, bem como o museu de arte. Estavam sempre apinhados de gente, mas, para o frequentador atento, ainda continham esconderijos.

O NARRADOR: Entregando pistas sutis sobre o enredo, aí sim!

Aldo exalou o gosto de queimado que cobria sua língua e apagou a bituca fumegante do baseado. Enfim chapado na medida certa, a ideia de dormir pelo resto da noite parecia descabida.

Ele não gostava da sensação de estar adormecido. Era muito próxima a estar morto, o que era um estado da existência nada complicado e, portanto, problemático. Ele se perguntou se as abelhas se sentiam assim quando paravam de bater as asas. Mas nem sabia se isso de fato acontecia. Ponderou o que uma abelha faria se soubesse que todo o seu trabalho contribuía para um ecossistema de mel nas torradas de gente rica. Seria isso suficiente para convencê-la a parar? Ele duvidava.

Aldo voltou ao apartamento e caiu na cama, encarando o trilho de iluminação suspenso no teto. Alternou entre abrir um olho e depois o outro. Talvez ler fosse uma boa pedida. Ou ver um filme. Poderia fazer qualquer coisa que quisesse.

11.400 batidas por minuto era muita coisa.

Ele fechou os olhos e permitiu que sua mente vagasse até retomar o zumbido de seus pensamentos.

— Então, Charlotte...

Regan lutou contra a vontade de se encolher, e conseguiu, optando por colocar um tornozelo atrás do outro e se virar de leve para a direção oposta, onde ficava a janela. Queria cruzar as pernas — se enroscar em si mesma —, mas era impossível quebrar certos hábitos, e sua mãe seguia as regras de etiqueta da rainha Elizabeth: nada de pernas cruzadas. Regan suspeitava que teria sido forçada a usar meias-calças também, se alguém tivesse se dado ao trabalho de fabricá-las em seu tom de pele.

— Como está seu humor nos últimos tempos? — perguntou a médica. Era uma mulher razoavelmente legal; bem-intencionada, ao menos. Tinha um ar reconfortante, matronal, e o tipo de peito em que Regan imaginava netinhos se aninhando. — Na nossa última sessão, você mencionou que às vezes se sente agitada.

Regan sabia o suficiente sobre psicologia clínica para reconhecer que "agitação" neste ambiente específico era um código que significava "mania", o que por sua vez era um código para "voltar aos velhos hábitos" — pelo menos segundo a tradução de sua mãe.

— Estou bem — falou Regan, o que não era um código.

E estava *mesmo*. Tinha aproveitado a caminhada do Instituto de Arte até o consultório. As ruas estavam abarrotadas de gente, e era disso que Regan gostava. Pareciam vivas e cheias de possibilidades, ao contrário daquela sala.

Regan muitas vezes optava por pegar o caminho mais longo até seu compromisso quinzenal, admirando todas as portas pelas quais poderia ter entrado enquanto as lojas fechavam e os restaurantes começavam a encher. Ela estivera pensando sobre o que gostaria de comer naquela noite — macarrão parecia uma boa ideia, mas macarrão era sempre uma boa ideia, e prosecco soava ainda melhor — e se iria ou não para a yoga de manhã quando lembrou de repente que ainda precisava olhar o celular.

A NARRADORA, UMA QUERIDA PROFESSORA DO JARDIM DE INFÂNCIA: O fato de Regan estar constantemente inacessível foi uma prática aperfeiçoada por anos até enfim se tornar um hábito. Quando era mais nova, ela cobiçava a ideia de receber uma ligação ou uma mensagem de texto; receber, antes de mais nada, atenção. Significava que ela preenchia as lacunas do pensamento de outra pessoa. Após um tempo, Regan entendeu que havia poder em diminuir seu valor para os outros. Começou a estabelecer limites para si mesma, evitando checar o celular por dez minutos. Depois vinte. Conseguiu chegar a um intervalo de horas, fazendo questão de direcionar seus pensamentos a outros assuntos. Se as pessoas fossem obrigadas a esperar por seu tempo, pensou Regan, ela não precisaria entregar tanto de si mesma a elas. Regan se tornara tão boa em ser alguém com quem é impossível contar que passaram a considerar isso uma fraqueza. De certa forma, ela se orgulha dessas percepções errôneas, pois significam que as pessoas sempre podem ser enganadas.

— Como andam as coisas com seu namorado? — perguntou a psiquiatra.

No celular de Regan estava a já prevista foto do pau de Marc, que usava uma cueca Calvin Klein branca que ela comprara para ele algumas semanas depois de terem começado a morar juntos.

A NARRADORA: Marc Waite e Charlotte Regan se conheceram em um bar cerca de um ano e meio atrás, quando Regan estava planejando a abertura de uma galeria com uma amiga. Ela já tinha escolhido o local, selecionado os artistas e as obras, e então conheceu Marc. Enquanto era chupada por ele no banheiro do Signature Room, no Hancock — na opinião de Regan, a melhor vista da cidade era do banheiro feminino no nonagésimo quinto andar —, o pai lhe deixara um recado na caixa postal listando todos os motivos pelos quais seu tema escolhido, "As grandes mentiras da beleza", era inapropriado para alguém que escapara por pouco de ir para a prisão federal por ter cometido um crime de colarinho branco. "Honestidade é uma coisa, Charlotte, arrogância é outra", reclamou ele. Ela só ouviu a mensagem quase três dias depois.

— Como é mesmo o nome do seu namorado? Marcus?
— Marc — corrigiu Regan, porque era o que ele preferia. — Ele está bem.

E era verdade, em termos gerais. Ele fazia alguma coisa na área de fundos multimercado. Não exigia muito de Regan, o que era ideal, porque ela não era do tipo que oferecia muito. Quando os dois se cansavam um do outro, simplesmente não conversavam. Eram muito bons em ocupar o espaço um do outro. Ela o via como um acessório que combinava com tudo; um tipo de anel do humor mágico que se adaptava a qualquer personalidade que ela decidisse adotar. Quando ela queria silêncio, ele ficava quieto. Quando queria conversar, ele em geral estava apto a ouvir. Quando queria transar, o que acontecia com bastante frequência, ele era fácil de levar na conversa. Regan acabaria se casando com ele, e então toda a sua essência sumiria naquele novo sobrenome. Ela compareceria a jantares como a sra. Marcus Waite, e ninguém precisaria saber nada a seu respeito. Ela poderia vesti-lo como uma capa da invisibilidade e desaparecer completamente.

Não que ele quisesse isso dela. Se tinha uma coisa que Regan admitiria sobre si mesma sem pestanejar era que ela era um adereço, uma novidade, a estrela da festa. Quando queria, virava o centro das atenções, mas esse tipo de mulher — perspicaz, encantadora e vestida de maneira impecável — perdia a graça quando não tinha excentricidades ou defeitos. O mundo adorava pegar as mais belas e exclamar o charme de sua única imperfeição: a pinta de Marilyn Monroe ou a desnutrição de Audrey Hepburn. Era pelo mesmo motivo que Marc não se incomodava com o passado dela. Não ligava para o fato de ela ter precisado se reinventar, e Regan duvidava que ele teria o menor interesse se não pudesse usar os defeitos dela para se sentir superior.

— Vocês dois têm se dado bem, então?

— Sim — respondeu Regan. — Estamos bem.

Eles sempre se davam bem, porque se dar bem exigia menos energia do que o contrário. Marc achava brigas uma perda de tempo. Ele gostava de sorrir para Regan quando ela discutia, preferindo deixá-la se cansar sozinha.

— E sua família? — quis saber a doutora.

Havia dois recados na caixa postal de Regan: um de sua psiquiatra perguntando se ela poderia ir à sessão uma hora mais cedo (ela não o ouviu, então chegou no horário marcado, mas tudo bem, ninguém morreu por causa disso) e outro de sua irmã, deixado mais cedo naquele mesmo dia.

"Sei que você só vai ouvir isso, sei lá, mês que vem", disse Madeline, "mas nossos pais querem que você compareça à festa de aniversário de casamento deles. Só me avisa se for trazer mais alguém, ok? Sério, só preciso dessa informação. Pode me mandar só um número por mensagem. Um ou dois, mas zero eu não vou aceitar. E não me responda com um monte de gifs enigmáticos de novo. Não é tão engraçado quanto você pensa. Escuta, você vai usar aquele vestido envelope que comprou recentemente? Porque eu ia... ah, espera aí, a Carissa quer falar com você." Uma pausa. "Lindinha, você não pode pedir para conversar com a tia Charlotte e depois falar que não quer mais." Outra pausa. "Meu amor, a mamãe está bem cansada agora e você vai perder seus adesivos de bom comportamento. Quer falar com a tia Charlotte ou não?" Uma pausa longa, seguida por uma risadinha estridente. Um suspiro, e então: "Tá, que seja. A Carissa está com saudades. Aliás, não acredito que preciso dizer isso, mas, por favor, não compre mais chiclete para ela. Vive grudando no cabelo, e aquele truque da pasta de amendoim nem sempre funciona. Minha nossa, ela é igualzinha a você quando era criança, juro por Deus. Enfim, tchau, Char."

Regan pensou em Carissa Easton, que provavelmente estava usando uma tiara rendada, talvez até com laços, e um vestido de veludo cujas etiquetas exigiam lavagem a seco. Não só "lavar a seco", indicando o melhor método, mas "lavar *apenas* a seco", indicando o método exclusivo, uma distinção que Madeline Easton, cujo sobrenome de solteira era Regan, entendia.

A NARRADORA: Na verdade, Carissa não era muito parecida com Regan. Para começo de conversa, sua mãe a adorava, e ela era filha única, ou talvez uma futura filha mais velha. Carissa seria mais parecida com Madeline um dia, e justamente por isso Regan fazia questão de mandar chicletes para ela.

— Estão muito bem — falou Regan. — Meus pais vão comemorar o aniversário de casamento no mês que vem.
— Ah, é? — perguntou a psiquiatra. — Quantos anos?
— Quarenta — respondeu Regan.

— Impressionante. Deve ter sido muito benéfico ter uma relação tão estável na sua vida.

A NARRADORA: Os pais de Regan dormiam em quartos separados desde que ela tinha dez anos. Na opinião de Regan, era fácil manter um casamento quando as pessoas envolvidas operavam em círculos totalmente separados. Se ela fosse desenhar os pais como um diagrama de Venn, as únicas três coisas na interseção de seus conjuntos seriam dinheiro, as conquistas de Madeline e o que deveriam fazer a respeito de Regan.

— Sim, maravilhoso — comentou Regan. — Eles foram feitos um para o outro.
— Sua irmã é casada?
— É, sim. Ele é médico também.
— Ah, eu não sabia que sua irmã era médica.
— É, sim. Cirurgiã pediátrica.
— Nossa. — Foi um *Nossa, que impressionante*, como de costume.
— Pois é, ela é muito inteligente — disse Regan.

Rivalidade entre irmãs não era nenhuma novidade, embora Regan não sentisse a necessidade de menosprezar a irmã. Não era culpa de Madeline ter sido a filha mais agradável.

Regan tocou os brincos de granada, pensando no que diria quando retornasse à ligação da irmã. A última coisa que queria era levar Marc para sua cidade natal, muito menos para essa festa. Os pais dela o odiavam, mas não de um jeito engraçado, e muito menos por preocupação. Eles o odiavam porque também não gostavam muito de Regan, mas além disso havia uma sensação constante — para a própria Regan, pelo menos — de que a opinião dos dois consistia em: *Pelo menos Marc é bem de vida*. Ele não estava com Regan pelo dinheiro, e isso, pensavam os pais dela com um suspiro, era um baita alívio.

Madeline achava Marc inconveniente, mas Regan achava o marido de Madeline passivo e entediante. Tinha as piores características de um médico: só diagnósticos, sem um pingo de tato. Marc, por outro lado, era cheio de olhares sugestivos e risada calorosa, e ele já contou sobre a vez que perdeu uma competição de ordenha de cabras para um dos habitantes de Montreux?

Então, é isso. Pela experiência de Regan, discordâncias eram sempre possíveis.

— Enfim — continuou a psiquiatra. — Como vai o trabalho voluntário?

— Bem — respondeu Regan.

A médica estava se referindo ao trabalho como guia no museu, que ao menos colocava Regan na esfera da arte, mesmo que ela não a estudasse nem a produzisse mais. De tempos em tempos, ela admirava as obras e pensava em pegar um pincel ou em comprar um pouco de argila depois do trabalho. Suas mãos coçavam para se ocuparem com uma tarefa ou outra, mas, cada vez que ela se sentava ultimamente, parecia que sua cabeça se tornava um branco total.

— Já pensou em qual vai ser seu próximo passo?

Próximo passo. As pessoas viviam pensando no que fazer em seguida. Estavam sempre planejando o futuro, seguindo em frente, e só Regan parecia perceber que tudo andava em círculos.

— Talvez uma faculdade de arte. — Uma resposta segura.

— É uma ideia — comentou a psiquiatra, em tom de aprovação. — E como você está se adaptando à nova dosagem?

Ao lado da geladeira moravam cinco frascos alaranjados e translúcidos cheios de remédios. Regan tomava três pela manhã e três à noite (o lítio era em dose dupla). Um deles, um nome que Regan talvez nunca gravasse, era relativamente novo, e quase tão difícil de engolir quanto alguns aspectos de sua própria personalidade. Se ela o tomasse de estômago vazio, ficava enjoada. Se tomasse muito tarde da noite, seus sonhos eram tão vívidos que ela acordava desorientada, sem nem saber onde estava. Ela geralmente fazia uma careta para o frasco antes de ceder e abrir a tampa, colocando os comprimidos na língua e mandando-os para dentro com um gole de champanhe já sem gás.

"Na minha opinião médica profissional, Charlotte Regan não está bem", foi o diagnóstico da psiquiatra que os advogados de Regan (ou, mais precisamente, de seu pai) haviam contratado. "Ela é uma jovem de boa educação, inteligente, talentosa, criada em um lar seguro e cheio de amor, com capacidade de fazer grandes contribuições para a sociedade. Mas meu parecer profissional é que seus surtos de depressão e mania a deixam propensa a ser influenciada por pessoas com más intenções."

Na maioria das vezes, o remédio descia com o gosto seco e amargo de repetição. Regan era uma pessoa espontânea que se encontrava atrelada à mundanidade da rotina — de manhã e à noite, além dos exames de sangue mensais para verificar se o remédio que a deixava bem tinha decidido envenenar seu sangue —, embora não se ressentisse da médica por isso. O ressentimento parecia uma tarefa irrelevante e exigia, como quase tudo, um esforço que ela não era capaz de se convencer a fazer.

Mais tarde naquela noite, Regan tomaria esse comprimido e o resto dos remédios, depois vagaria em direção ao quarto que dividia com Marc. O apartamento era dele, cheio de coisas dele e feito sob medida conforme o gosto dele — Marc já o tinha quando ela foi morar lá, e Regan não se deu ao trabalho de comprar nada —, mas ela entendia por que ele a queria ali.

A NARRADORA: Regan acredita que há duas formas de manipular um homem: deixá-lo correr atrás de você ou deixá-lo correr atrás de você enquanto ele pensa que você está correndo atrás dele. Marc é o segundo tipo, e ama a namorada da mesma maneira que ela ama a arte, o que Regan considera uma ironia agradável. Porque, mesmo quando se sabe tudo sobre a composição de uma obra, ainda assim só é possível ver a superfície.

— Já me sinto bem melhor — falou Regan, e a psiquiatra assentiu, satisfeita.

— Excelente — respondeu, anotando algo na caderneta. — Então vejo você daqui a duas semanas.

Regan iria se deitar antes que Marc voltasse para casa naquela noite, que seria (não que ela soubesse) o fim de seu último dia normal. Ela fingiria estar dormindo quando ele encaixasse seu corpo nu no dela. Também sairia de casa para fazer yoga antes que ele acordasse, e o dia seguiria como sempre: comprimidos, água, um café da manhã singelo e então o museu. Ela caminharia pelas variações de Jesus pintado como um homem branco no corredor medieval até o fim da exposição europeia. O arsenal tinha paredes vermelhas, diferente dos tons neutros usados nas outras salas, e havia uma armadura de cavaleiro no centro, congelado no tempo enquanto Regan e todos os demais continuavam a existir ao seu redor.

Tudo estaria igual ali dentro, exatamente como sempre foi, exceto por uma coisa.

Naquele dia, haveria outra pessoa dentro do arsenal.

Que fique claro, Regan não era a única a especular sobre a causalidade de tudo. Aldo era cronicamente reflexivo, compulsivo em suas ponderações, e, portanto, crises a respeito de significados e sequências eram bastante comuns.

Mas, ao contrário de Regan, que ele ainda não havia conhecido, Aldo conseguia ser paciente com o conceito do nada. O vazio causava repulsa a Regan, provocava nela um terror abjeto, mas o conceito do zero era algo que Aldo já aceitara. Em seu campo de especialização, era difícil (se não impossível) encontrar resoluções. Respostas, quando sequer chegavam, levavam tempo, e por isso o forte de Aldo era a constância. Tinha um dom para a persistência, o que seus diagnósticos médicos corroboravam.

Na noite antes de conhecê-la, Aldo havia se resignado ao fato de que talvez uma epifania nunca o atingisse, ou que, caso isso acontecesse, não importaria. Tal era o risco do tempo: conhecer ou desconhecer algo eram estados que podiam variar de um dia para o outro.

Naquele dia, Aldo tinha plena convicção de um conjunto específico de coisas: que dois mais dois dava quatro. Que, entre as proteínas magras, frango era a mais acessível. Que ele estava preso dentro de uma estrutura possivelmente hexagonal do espaço-tempo da qual talvez nunca escapasse. Que amanhã seria como ontem; seria como a sexta-feira de daqui a três semanas; seria como mês passado. Que ele nunca ficaria satisfeito. Que em duas semanas, de forma previsivelmente imprevisível, poderia chover, e que, ao mudar, tudo permaneceria igual.

No dia seguinte, ele teria uma opinião diferente.

O NARRADOR, UMA VERSÃO FUTURA DE ALDO DAMIANI QUE AINDA NÃO EXISTE: Quando se aprende uma palavra nova, ela começa a aparecer por toda parte. A mente se tranquiliza ao acreditar que é pura coincidência, mas não é — é a ignorância se esvaindo. Sua versão futura sempre verá o que sua versão atual ainda não consegue enxergar. Esse é o problema da mortalidade, que, por sua vez, é um problema do tempo.

Um dia, Regan dirá a Aldo: "Tem muita humanidade no que você faz", e num primeiro momento ele pensará "Não, isso não é verdade", por causa das abelhas.

Mas uma hora ele vai entender. Porque, até essa noite, Aldo se contentava com o nada, mas vai acabar descobrindo, por causa dela, que não é a constância que nos mantém vivos, e sim a progressão que usamos para nos movermos.

Porque tudo é sempre igual até, de repente, não ser mais.

O NARRADOR: Se eu soubesse que conheceria Charlotte Regan pela manhã, teria tirado a merda de um cochilo.

Havia um homem sentado de pernas cruzadas no chão, bem no meio da sala. Ele esboçava algo em um caderno. Regan de início ficou mais distraída por sua atividade (diligente) do que por sua aparência (obscurecida pelo fato de ela estar parada na soleira), mas uma coisa levou à outra e de repente foi inevitável concluir que aquele corte de cabelo era absurdamente ruim. Os cachos castanho-escuros, quase pretos, pecavam pela má administração. Na mente de Regan, a questão se elevava a uma falha institucional: um defeito de construção. O homem não parava de afastar mechas do rosto, o que parecia mais um reflexo de irritação do que um gesto pretensioso.

Voltando a si, ela se adiantou mais alguns passos para dentro do arsenal.

— Com licença, você não pode se sentar aí — começou a repreender, mas então perdeu o fio da meada ao ver o que o homem estava desenhando.

Mesmo a distância, pôde distinguir um padrão geométrico minucioso, com partes sombreadas ou completamente obstruídas. O desenho havia sido feito com traços tão consistentes e deliberados que a ponta da caneta marcara o maço de folhas abaixo, formando sulcos superficiais e empenando o papel.

— O que você está desenhando? — perguntou ela, e o homem levantou a cabeça.

Seus olhos eram castanho-esverdeados, embora bastante dominados pelo verde, formando um contraste notável com sua pele. Também eram ligeiramente vazios, como se ele tivesse dificuldade em realocar sua atenção.

— Hexágonos — respondeu ele. Após uma pequena pausa, completou: — Você não tem cara de Charlotte.

Ela abaixou a cabeça para a letra cursiva em seu crachá.

— Não me chamam assim. Por que hexágonos?

— Estou trabalhando em algo. — Ele tinha uma voz interessante; mais afiada e um pouco mais seca do que ela esperava. Regan imaginou que, se ele contasse uma piada, quase ninguém perceberia. — Então esse não é seu nome?

— É, sim — respondeu ela. — Por que eu mentiria? De qualquer forma, você não pode se sentar aqui.

— Não sei por que você mentiria. Só sei que não combina.

Ela abriu a boca para responder, mas depois a fechou. Sempre odiou dar aos outros a satisfação de estarem certos.

— Por que hexágonos? — repetiu ela.

— Estou tentando resolver uma coisa. — Era uma resposta um pouco melhor do que a anterior, embora também não fosse muito elucidativa. — Penso melhor quando minhas mãos estão ocupadas, e é uma forma geométrica fácil de desenhar. E relevante. Eu até fumaria — comentou ele, como se não fosse nada —, mas acho que é proibido aqui.

— Cigarros estão fora de moda. E fazem mal. E você não pode se sentar aqui.

— Eu sei. Nada de cigarros. — Ele inclinou a cabeça para o lado, semicerrando os olhos ao pensar.

Por reflexo, Regan olhou na mesma direção, procurando o que ele encarava (tinha quase certeza de que não era nada), antes de se recompor e voltar sua atenção para o homem.

— O que está tentando resolver? — perguntou ela.

— Viagem no tempo — respondeu ele, e ela ficou confusa.

— Como é?

— Bem, o tempo. Mas o Eternalismo sugere que podemos retornar ao mesmo ponto no espaço-tempo — explicou ele, com um misto de paciência e impaciência.

Decerto já tinha recebido aquela mesma pergunta várias vezes, embora ele não parecesse ligar muito para o que ela achava de sua resposta, assim como era provável que não houvesse se importado nas outras ocasiões.

— Não existe um consenso, mas de um ponto de vista puramente teórico, há certa viabilidade nesse conceito. Não que seja possível se mover mais rápido que o tempo — continuou, dirigindo-se a ela ou ao ar que a rodeava —, essa ideia está descartada. É pedir para ser dilacerado vivo. Mas buracos de minhoca, esse tipo de coisa, são plausíveis. A teoria mais comum sugere que um trajeto contínuo de cones de luz, caso exista, seria circular, mas isso é bastante improvável. Círculos perfeitos não existem na natureza. Hexágonos, por outro lado, aparecem com muita frequência.

Ele desviou o olhar da parede oposta e voltou sua atenção para ela. Então disse:

— Abelhas.

— Abelhas? — ecoou Regan, descrente.

— Sim, abelhas — repetiu ele. — Hexágonos. Tempo.

Ele não *falava* como uma pessoa ensandecida, mas também não falava como alguém são.

— Você acha que as abelhas conhecem o segredo da viagem no tempo? — indagou ela.

Ele pareceu achar a pergunta altamente irracional, talvez até ofensiva.

— É claro que não. O cérebro das abelhas não foi feito para questionar. Uma evolução inútil — murmurou ele para si mesmo —, mas aqui estamos nós.

Ele fechou o caderno e se pôs de pé abruptamente.

— Se não te chamam de Charlotte, que nome você usa, então?

— Adivinhe — sugeriu ela.

— Charlie. Chuck.

— Eu tenho cara de Chuck, por acaso?

— Tem mais cara de Chuck do que de Charlotte. — Ele não parecia estar de brincadeira, e ela não conseguia decidir se isso era bom ou ruim.

— E qual é o seu nome? — questionou ela, mas logo emendou: — Não, espere. Vou adivinhar.

Ele deu de ombros.

— Fique à vontade.

— Ernest. Hector. Não, aposto que é um nome absurdamente normal, tipo David — arriscou ela, sentindo-se um pouco competitiva —, e você odeia, estou certa?

— Não odeio — respondeu ele, então perguntou: — Qual é o seu sobrenome?

Ela não queria enveredar por assuntos pessoais, mas naqueles dois minutos ele havia desenvolvido o talento de pegá-la desprevenida.

— Regan.

— Ah. — Ele estalou os dedos. — É isso. Esse é o seu nome.

— Você está me dando esse nome?

— Não, mas é o nome que você usa — concluiu ele. — Soa muito natural quando você diz. Consigo ver as variáveis se encaixando.

— Consegue, é?

— Sim — respondeu, sem se vangloriar. Ele falou do mesmo jeito que poderia ter dito que estava com uma gripe, e, da mesma forma, ela acreditou nele. — Aposto que outras pessoas também conseguem.

— Agora me diga seu nome, então — pediu ela.

— Rinaldo.

Ela estreitou os olhos e alegou:

— Não está certo.

A boca dele se contorceu um pouco.

— Não mesmo — concordou ele. — Eu prefiro Aldo.

Ah. Agora era verdade. Ela conseguia ouvir a diferença.

— Rinaldo de quê?
— Damiani.
— Sua ascendência é tão italiana quanto o seu jeito de falar?
— Quase.
— Quase, mas não totalmente.

Regan estudou as feições dele, a textura do cabelo e o tom de pele, categorizando-o como se fosse feito por camadas de tinta. Origens italianas tendiam a exigir um pigmento diferente do que, digamos, origens do norte da Europa, mas, para Aldo, Regan supunha que seria necessário algo bem mais saturado do que o tom de oliva mediterrâneo mais escuro. Se ela fosse pintá-lo, o que não era o caso, precisaria de uma sobreposição de siena ou de uma cor avermelhada e quente.

— Minha mãe é dominicana — explicou Aldo, o que condizia com seu tom de pele.
— E ela deixou seu pai te dar esse nome tão italiano?
— Ela não estava lá para impedi-lo.

Essa informação também foi fornecida de maneira objetiva. O sol tinha nascido mais cedo naquele dia. A mãe o abandonou quando ainda era bebê. Talvez ele fosse algum tipo de gênio. Devia ter um metro e oitenta de altura, ou quase. Não era superalto, mas definitivamente nada baixo. Além disso, estava usando couro demais para alguém que desenhava hexágonos no arsenal de um museu de belas-artes.

— Então, qual é a sua? — quis saber ela. — Por que viagem no tempo?
— Gosto de ter um problema para resolver a longo prazo — respondeu ele.
— Tipo um programa de computador?
— Isso.

Ela tinha feito uma piada, mas o tom dele era sério.
— Você é um daqueles caras da matemática?
— Sim, sou um tipo específico de cara da matemática.

Ele passou os dedos pelo cabelo, que sem dúvidas estava longo demais na parte de cima.

— Espero que esse corte de cabelo não tenha sido caro — comentou ela. — Não ficou muito bom.

— Meu pai cortou para mim da última vez que fui à casa dele. Ele não tem muito tempo livre.

Na mesma hora ela se sentiu uma babaca.

— Por que veio desenhar aqui? — perguntou ela.

— Gosto daqui. Tenho um passe anual.

Então ele não era turista.

— Por quê?

— Porque gosto daqui — repetiu ele. — Consigo pensar.

— Mas fica bem cheio. E barulhento.

— É, mas é o tipo certo de barulho.

Quanto mais olhava para ele, mais Regan o achava atraente. Ele tinha um maxilar interessante. Era bastante óbvio que não dormia bem. As olheiras tinham um tom gritante de roxo. Ela se perguntou o que tirava o sono dele à noite, e qual era o nome da mulher. Ou do homem. Ou talvez fossem corpos sem nome. Ele era um mistério, o que era interessante. Ele nunca fazia ou dizia o que ela esperava, embora até isso pudesse ficar previsível com o tempo.

Ele tinha uma boca bonita, pensou ela. Depois, abaixou os olhos para a caneta dele e viu que tinha marcas de mordida nas laterais. Ela poderia ter adivinhado isso. Conseguia imaginar o plástico preso entre seus dentes, a língua deslizando pelo material.

Ela estremeceu de leve.

— Você trabalha aqui? — perguntou ele.

— Sou guia do museu.

— Você parece muito nova para ser guia.

Tudo que ele dizia parecia perspicaz, sucinto e certeiro.

— Sou mais velha do que aparento — disse ela. Era um erro comum.

— Qual é a sua idade?

— Tenho três anos a mais do que tinha quando fui detida pela polícia — respondeu ela, por capricho.

Ela se perguntou se ele cederia à curiosidade. Foi o que fez.

— Detida pelo quê?

— Falsificação. Roubo.

Ele pareceu surpreso, e ela se vangloriou de sua breve hesitação. Em seguida, ele desviou o olhar para o relógio no pulso.

— Preciso ir — avisou ele, assimilando o horário, ou possivelmente o próprio conceito de tempo, o qual, ela tinha acabado de descobrir, ele valorizava muito.

Depois pegou a mochila largada a seus pés, que ela não tinha notado antes, em cuja alça estava pendurado um capacete. A existência de uma moto explicava o couro, ainda que não explicasse mais nada. Ele fechou o caderno e o guardou dentro da mochila; um modelo comum que tinha passado por maus bocados. Havia um livro lá dentro, bem grosso, como *A história da arte*, de Janson, e Regan balançou a cabeça.

Se decidisse pintá-lo, pensou, ninguém acreditaria nela.

Regan não disse nada depois que ele colocou a mochila no ombro, embora ele tenha pausado por um instante antes de passar por ela, contemplando uma ideia.

— Talvez eu te veja de novo — comentou ele.

Ela deu de ombros.

— Talvez.

Ela estava falando sério a respeito do "talvcz". Parecia que ambos concordavam que, em termos logísticos, poderiam se reencontrar. Estava claro que seus círculos de ocupação tinham interseções. Tecnicamente, um reencontro seria coincidência. Se e quando algo assim acontecesse, Regan teria um bom motivo para reconhecê-lo. (Ao contrário do que tinha naquele momento, que não passava de uma sensação.)

As sobrancelhas dele eram muito definidas para alguém com feições tão aleatórias. Além, é claro, da boca, que era impossível de ignorar. Havia uma curva bem definida no topo e uma espécie de inclinação no formato, dando a impressão de que ele estava no meio de expressões distintas. Ele sem dúvidas tinha uma fixação oral, confirmou Regan, observando-o levar a mão à boca por reflexo. Tinha dito que fumava, e fazia sentido. De todos os detalhes em que ela reparou, esse era o que mais se encaixava (ou talvez o único). Ele parecia o tipo de pessoa que gostava de ter algo entre os lábios.

Ele os umedeceu, observando algo que não era bem o rosto dela, e seus dentes rasparam de leve no lábio inferior.

— Tchau — falou a boca, e então seu dono foi embora.

Regan se virou para o lugar vazio que Aldo deixara, franzindo o cenho. De repente, a sala parecia menos quieta, zumbindo com agitação. Ela sentiu seu humor se ajustar à nova frequência e decidiu optar por outra coisa. Arte contemporânea, talvez. Pop art. Ela podia admirar as cores vibrantes e o apelo comercial por um tempo para se reequilibrar. Ainda tinha uns dez minutos de intervalo, pensou Regan, conferindo o relógio de pulso e se reconectando com o tempo.

Deu as costas e saiu do arsenal, o momento temporariamente encerrado.

Aldo já tinha considerado a perspectiva do multiverso muitas vezes, dado seu campo de estudo, mas às vezes achava o conceito desnecessariamente intelectual, além de um pouco insatisfatório. Por exemplo, se no arsenal ele estivesse segurando as inúmeras linhas temporais do que poderia acontecer a seguir — se tivesse escolhido apenas uma enquanto outras versões dele mesmo prosseguiam de maneira incessante em outro lugar —, então o tempo permaneceria linear. De que adiantavam tantas escolhas se ele só poderia ter um resultado de cada vez? Não, a melhor opção não era um cenário de múltiplos Aldos conversando com múltiplas Charlotte Regans, e sim o cenário de um único Aldo e uma única Charlotte Regan, ambos se encontrando em algum tipo de loop geometricamente previsível.

O celular vibrou em seu bolso assim que ele saiu do museu, então Aldo desacelerou o passo nas escadas do Instituto de Arte para atender a ligação.

— Oi, pai.

— Rinaldo — cumprimentou Masso. — Onde você está?

— No museu. — Aldo olhou por cima do ombro para o local onde estivera momentos antes. — No arsenal.

— Ah. Dia produtivo?

Aldo ponderou.

Não era como se Charlotte Regan o tivesse *interrompido*, no caso. Tinha, é claro, mas não de um jeito intrusivo. Na verdade, ela era bem quieta. Não sua voz (que era perfeitamente audível), mas seus movimentos, suas perguntas. Algumas pessoas talvez chamassem isso de elegância ou porte, mas Aldo nunca entendera esses termos. Era quase como se houvesse um pequeno espaço entre ele e o mundo exterior, e, sem pretensão alguma, ela o tivesse preenchido. Não era bem como uma peça se encaixando nos espaços vazios de outra, mas sim como um líquido sendo derramado dentro de um copo.

— Na média — respondeu ao pai.
— Bem, é sexta, Rinaldo. Vai fazer algo hoje?

A academia sempre ficava mais tranquila nas noites de sexta-feira, e Aldo gostava disso.

— O de sempre. Aula à tarde, e tenho um pouco de trabalho para fazer no fim de semana.

Provas para corrigir, o que nunca era tão ruim quanto a choradeira que vinha depois. Ele também tinha que preparar a aula de segunda-feira.

Duvidava que o pai achasse mesmo que ele tinha planos diferentes; era mais provável que Masso estivesse fazendo o favor de lembrar ao filho qual era o dia da semana. Era o jeito de Masso cuidar dele, e Aldo fazia o favor de precisar disso. Era um processo que tranquilizava ambos.

— E onde estamos hoje, Rinaldo?

Aldo pensou na curva da cintura de Charlotte Regan. O vestido que ela usava tinha uma bainha assimétrica, cheia de linhas nítidas. Caía bem nela, que também era alta e cheia de linhas. Ela o lembrava dos prédios construídos à margem do rio. Eram espelhos da paisagem, belos, reluzentes, e refletiam discretamente a própria água.

— Em uma cidade — respondeu Aldo.
— Uma cidade grande?
— Isso.
— E estamos perdidos?
— Não.

Eram só pequenos demais para os arredores.

— Ei, pai — chamou Aldo, de repente se lembrando de fazer uma pergunta. — Qual é o tempo da pena por crimes de falsificação?

— Do quê? De dinheiro? Falsificação de notas?

Aldo não tinha pensado sobre o assunto, mas supôs que sim.

— Isso.

— Não sei — respondeu Masso, parecendo distraído. — É difícil de acreditar que as pessoas ainda consigam fazer isso.

— Verdade. Está tudo bem por aí?

— Ah… siiiiim, nada com que se preocupar.

Aldo colocou o capacete, depois passou uma perna por cima da moto.

— É mesmo?

— É só um… uma encomenda que não chegou hoje. — Masso gritou com alguém e depois voltou para a ligação. — Onde nós paramos?

— Pai, se estiver ocupado, não precisa ligar.

— Eu sei, eu sei. Mas eu gosto.

— Sei disso. — Aldo olhou para o céu, uma sombra se aproximava. — Preciso ir, pai. Vai chover daqui a pouco.

Quando Masso e Aldo terminaram de se despedir, já começava a chuviscar. Um outono típico em Chicago significava que a garoa virava uma chuva torrencial bem depressa. Aldo crescera num subúrbio de Los Angeles e só descobrira que a chuva podia cair na horizontal ao se mudar para o Meio-Oeste, então nunca estava de todo preparado. Talvez no mundo em que tivesse chamado Charlotte Regan para tomar um café (algo que ele não bebia e provavelmente detestaria), ele também pegasse o ônibus.

Era por isso que o multiverso era tão insatisfatório, pensou Aldo. Não podia fazer um movimento lateral e se tornar a versão de si mesmo que estava preparada para a chuva, mas talvez em algum lugar, em alguma outra esquina do tempo, ele tivesse se planejado de outra maneira.

Quando chegou à sala de aula, já estava encharcado.

— Equações exponenciais — começou, indo direto ao ponto, com a calça jeans ensopada grudando nas coxas.

Ele se virou para o quadro, pegou o marcador e estremeceu um pouco.

O NARRADOR, UM ALUNO QUE ACABOU DE CHEGAR: Não tem como prever o clima de Chicago.

— Regan? Você vem?
Ela levantou a cabeça, desligando a tela do celular por reflexo.
— Pra onde?
Marc gesticulou por cima do ombro.
— Banheiro.
Era um convite casual demais para ser sexo. Devia ser para usar drogas.
— Pode ir — respondeu ela.
Marc assentiu, se inclinando para plantar um beijo na testa de Regan.
— Está fazendo o quê? — perguntou ele, apontando para o celular.
— Nada. Só vendo o Instagram.
Ele deu de ombros, piscou para ela e desapareceu com um amigo.
Regan esperou até que Marc tivesse sumido de vista antes de desbloquear o celular de novo, reclinando-se na poltrona e lendo os resultados do Google para a busca "Rinaldo Damiani". Ele não tinha conta em nenhuma rede social, ao que parecia (havia um perfil no LinkedIn que o listava como aluno da Universidade de Chicago, o que fazia sentido, considerando o livro na mochila dele), mas o que mais chamou a atenção de Regan foram os resultados em uma página chamada avaliandodocentes.com.
Rinaldo — Aldo — tinha avaliações sofríveis. Sua nota geral era 1,4 de 5, com apenas 7% das pessoas selecionando "eu faria mais uma disciplina com esse professor" e um nível de 4,8 de di-

ficuldade. As *hashtags* eram abismais: "alerta de perrengue", "só dá nota baixa", "explica mal", "empatia zero".

As resenhas eram ainda mais mordazes: "Damiani é um cuzão", anunciou um aluno, descrevendo como Aldo tinha sido indiferente ao recusar o pedido de uma extensão de prazo.

"Literalmente QUALQUER OUTRO PROFESSOR é melhor", insistiu outra aluna.

Uma resenha até que lisonjeira dizia: "Damiani é inteligente pra cacete e provavelmente um lunático. A boa notícia é que ele segue à risca a política de avaliação em curva exigida pelo departamento, então, por um passe de mágica estatístico, alguém vai acabar tirando um A."

A melhor resenha, que o avaliava com três estrelas, dizia: "Damiani gosta de argumentação, ou pelo menos parece respeitar pontos de vista, tipo, num nível de TDAH. Mesmo se sua opinião for ridícula, ele vai gostar mais de você se ela for bem desenvolvida".

Regan deu um gole em sua bebida, absorta. Não esperava que Aldo fosse professor, embora estivesse óbvio que não era lá muito bom. Por mais estranho que fosse, ela acabou sentindo um respeito relutante por ele. Uma pessoa precisava ser dolorosamente indiferente ou milagrosamente ingênua (ou os dois) para ter tão pouco tato com os próprios alunos. Seja como for, ele tinha ganhado a admiração dela. Parecia ser interessante, o que era, sem dúvida, o maior elogio que ela podia fazer a alguém.

Uma hora ela esgotou o material disponível na internet, dividida entre o alívio por Aldo não ter uma conta no Twitter e a decepção por não ter encontrado nada particularmente notável. A bem da verdade, não sabia direito o que queria descobrir. Só achava a coisa toda muito estranha, e ele tinha se fincado na sua mente, ao menos um pouco, como um espinho. Era como se estivesse na ponta da sua língua ou bem no canto de sua visão periférica. Ela vivia meio na expectativa de topar com ele em cada cômodo que adentrava, ou de avistá-lo alguns degraus abaixo em cada escada. Ela o girou em sua mente, analisando-o de todos os ângulos e se perguntando o que podia ter deixado passar.

Se o visse de novo, pensou, teria que lhe fazer mais perguntas. Começou a elaborar uma lista mental, embora não tenha passado de "quem é você" ou, talvez, numa versão um pouco mais grosseira: "*o que* é você?"

Na experiência de Regan, a curiosidade sobre uma pessoa nunca era um bom sinal. Era muito pior e ainda mais viciante do que atração sexual. Essa curiosidade significava acender algo altamente inflamável, e Regan não queria que a coisa pendesse para esse lado. Claro, de tempos em tempos ela pensava em largar Marc (o sócio principal dele precisaria apenas de um olhar mais demorado para propor um encontro sórdido), mas não por algo sério. Não por algo prolongado. Tendo passado por relacionamentos frustrados (e frustrados, e frustrados, e frustrados), Regan não estava em busca de nada duradouro. A única coisa pela qual estaria disposta a largar Marc era liberdade, mas a liberdade e a curiosidade sobre um homem não costumavam combinar.

Ainda assim, Aldo a intrigava.

— Regan — chamou Marc ao voltar do banheiro.

Ela aceitou a mão que ele ofereceu, o que provavelmente significava que dançariam agarrados na pista de dança, só voltariam para casa tarde da noite e acordariam depois do meio-dia. Era uma vida sem expectativa, o que era o jeito mais seguro de viver. Regan sempre se sentia mais segura nas mãos de um homem que conhecia os defeitos dela, porque, para o bem ou para o mal, ele não se deixaria assustar pela possibilidade de voltarem à tona.

Regan suspeitava que Marc *gostava* dela um pouco estragada; gostava de demonstrar preocupação por sua saúde, porque esse cuidado fazia com que Regan fosse grata a ele, mantendo-a, portanto, como um de seus tesouros. Ela não conseguia, de jeito nenhum, se imaginar sentada em uma cadeira de balanço ao lado de Marc quando estivessem velhos e com cabelo branco — mas *conseguia* imaginá-los tendo alguns casinhos discretos com outras pessoas quando estivessem na casa dos quarenta anos, ou subornando uma garçonete para ir para casa com os dois, pois a yoga teria ajudado Regan a manter a forma e o dinheiro teria ajudado Marc a se manter vantajoso.

Não que *não fosse* amor. Não que ela *não* o amasse. Inclusive, Marc demonstrava afeto do jeito que ela gostava: sem declarações fervorosas, sem pedestais descabidos e sem promessas que não podia cumprir. Ele era um complemento perfeito para ela, algo tão difícil de encontrar quanto um par ideal. E era por isso que, com ou sem curiosidade, Regan não tinha a menor intenção de falar com Aldo Damiani novamente.

A NARRADORA, CHARLOTTE REGAN: Mas, se ele falar comigo primeiro, seria falta de educação não responder.

PARTE DOIS

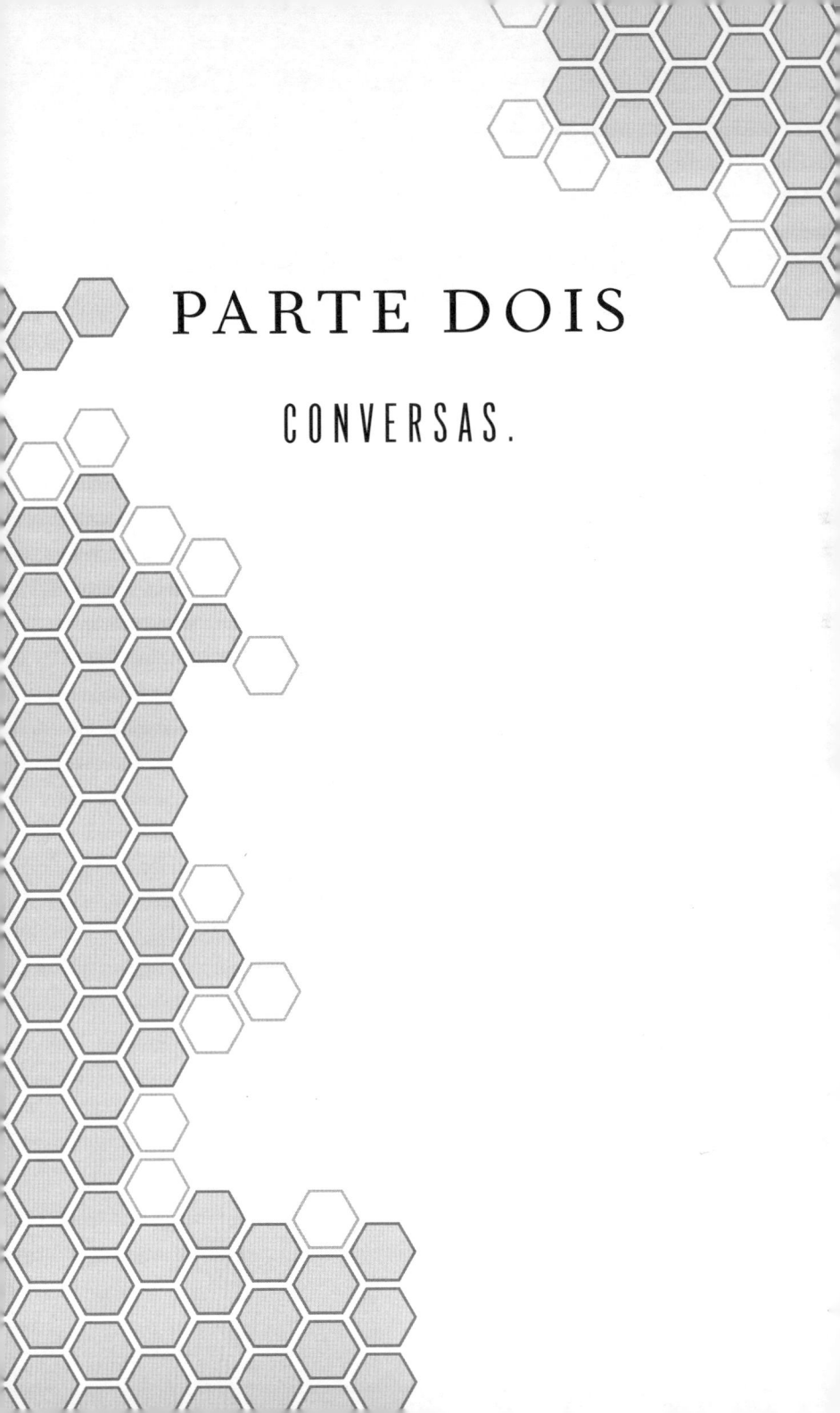

CONVERSAS.

Não era que Aldo estivesse procurando Charlotte Regan, porque não estava. Ele não pensava muito a respeito da estatística e suas imprecisões (era sem dúvida alguma a parte mais charlatã da matemática), mas, em termos de probabilidade, não era inconcebível que seus caminhos pudessem se cruzar uma segunda vez. Eles já haviam estabelecido que suas vidas se interseccionavam em pelo menos um lugar: o museu de arte.

Então se tratava mesmo de pura coincidência.

— Regan — disse ele, e ela levantou a cabeça como estranhos fazem: com surpresa, seguida por uma breve sensação de deslocamento.

Ela acabara de terminar uma visita guiada e deu uma olhada no relógio de pulso antes de ir até ele.

— Aldo — disse ela, então emendou: — Acertei?

Ele suspeitava que o adendo tivesse sido feito mais para benefício próprio do que por ele.

— Isso — confirmou, satisfazendo-a. — Como foi o tour?

— Ah, sabe como é. Metade das pessoas em qualquer visita guiada está participando a contragosto, então o segredo é apelar à parte mais entusiasmada do público.

— Faz sentido.

Lecionar era uma experiência semelhante.

— É.

Regan colocou uma mecha de cabelo atrás da orelha, um gesto bem feminino. Algo nela remetia a uma corça: os olhos grandes, o nariz de botão estreito, o rosto em formato de coração e uma sensação de vulnerabilidade trêmula no desenho da boca. Seu contato visual, no entanto, era preciso, como o de uma águia. Como os dois tinham quase a mesma altura, era impossível ignorar aquele olhar.

— Como anda sua busca pela viagem no tempo? — perguntou ela, e Aldo deu de ombros.

— Depende do ponto de vista.

— Deve estar indo mal, já que você continua aqui.

— E quem disse que eu a usaria, se desvendasse a incógnita?

Uma risada estrangulada escapou dos lábios de Regan.

— Verdade, aí você teria que encontrar um novo hobby. A cura do câncer — sugeriu ela. — Tricô. Crochê.

— Talvez esses dois últimos, mas eu certamente não conseguiria descobrir a cura do câncer — falou Aldo. — Não sei nada a respeito. É uma degeneração celular causada por mutação, e não dá para prever isso com matemática.

— Bem, estamos fodidos, então — concluiu ela.

— Alguma coisa tem que nos matar — concordou ele. — Já vivemos muito além dos anos de pico da nossa capacidade reprodutiva. Depois de certo ponto, só estamos abusando dos recursos naturais.

— Isso é tão... — ela lutou contra um sorriso, ou uma careta — ... sombrio.

Era? Provavelmente.

— Hm, acho que sim.

Regan espiou por cima do ombro e depois voltou a olhar para ele.

— Estive pensando naquilo que você falou.

— No quê?

— Sobre não ter círculos perfeitos na natureza. — Ela fez uma pausa. — Sinto que isso não pode ser verdade.

— Conseguiu pensar em algum?

— Esse é o problema — continuou ela, franzindo o cenho. — Não. Os planetas não são redondos, nem suas órbitas. — Ela inclinou a cabeça, ponderando. — Os olhos, talvez?

— Esferas são diferentes de círculos. E os olhos também não são perfeitamente esféricos. Além do mais, olhos de insetos são aglomerados hexagonais, o que só fortalece minha teoria.

— Bolhas — tentou ela.

— Esféricas, e agrupadas ficam hexagonais — respondeu Aldo, e Regan franziu o cenho. — Estive pensando em algo que você disse também.

Ela ergueu o olhar.

— É mesmo?

— Bem, você disse que foi detida pela polícia.

— Ah.

Regan não pareceu muito feliz por ele ter se lembrado justamente disso, embora Aldo tivesse quase certeza de que ela devia saber que essa informação ficaria na cabeça dele. Talvez ela fosse o tipo de pessoa que odiava ter suas suspeitas confirmadas; isso ele conseguia entender.

— Bem, eu só... Eu meio que preciso saber como você conseguiu — admitiu Aldo, e ela lançou um olhar que dizia para apressar sua explicação. — Falsificação é... bem, é um crime difícil de passar batido, não? Não deve ter levado muito tempo para você ser pega no flagra, já que as pessoas sempre verificam notas altas. Você até poderia ter usado notas menores, mas, em termos matemáticos, para valer a pena teria que ser...

— Não foram cédulas americanas — interrompeu Regan, e então explicou: — Sou muito boa com arte digital, ou já fui em determinado momento. Falsifiquei cédulas estrangeiras e fiz câmbio para trocar por dólares.

— Isso é... — ele fez uma pausa — ... muito inteligente.

— Nem tanto, na verdade. Foi um erro da minha juventude.

Ela não parecia muito arrependida.

— Pode fazer uma coisa para mim? — perguntou Aldo, e Regan piscou em resposta.

— Depende.

— É um favor pequeno, provavelmente.

— Um "favor pequeno" que só eu posso fazer? — questionou Regan.

— Isso.

Ela o observou com cautela.

— Só não me peça nada grotesco. É um favor grotesco?

— Não, não é grotesco. Você me acha grotesco?

— Você *é* grotesco?

— Não. Pelo menos acho que não. Eu só... — Ele estava perdendo o fio da meada. — Olha, eu só queria que você mentisse para mim.

Ela pareceu perplexa, intrigada.

Por fim, suspirou.

— O que isso *quer dizer*, Aldo?

(Na primeira vez em que usou o nome dele, ela simulou uma falta de familiaridade. Agora, no entanto, Aldo percebeu que a palavra já tinha passado por sua mente.)

— Você obviamente é boa em mentir — disse ele, e Regan pareceu ter que reprimir uma risada. — Todo experimento científico requer um grupo de controle. Uma mentira *conhecida* — explicou ele —, para comparar com mentiras em potencial.

— E por que você precisaria de um grupo de controle?

A resposta parecia óbvia para ele.

— Porque quero saber quando você estiver mentindo para mim.

Ela abriu a boca, depois fechou.

— Se eu *fosse* mentirosa — começou ela —, você não acha que minhas mentiras seriam uma moeda de extremo valor para mim?

— Provavelmente — admitiu ele. — Mas já sei que você não tem oposição moral à falsificação.

Os olhos de corça dela se arregalaram, e aí ficaram estreitos.

Então, tendo chegado a uma decisão, Regan olhou mais uma vez para o relógio.

— Está com fome? — perguntou ela, levantando a cabeça de novo.

— Não muita — respondeu ele, já que ainda não estava na hora da próxima refeição. — Eu geralmente como depois da academia, então...

— Aldo. — Ela se aproximou. — Estou perguntando se quer ir a algum lugar comigo. Sabe? Para conversar.

Ele observou o rosto dela por um instante, mantendo o contato visual, examinando a dilatação de suas pupilas.

— Você está mentindo — adivinhou.

— Estou? — perguntou ela, a boca se curvando em um sorrisinho.

— Acho que sim — insistiu ele, e então, depois de pensar mais um pouco, pediu: — Faça de novo.

Ele não tinha provas o suficiente; precisava compilar mais dados.

— Aldo — repetiu Regan, com um suspiro. — Não é assim que funciona. Mas você pode me acompanhar enquanto eu como alguma coisa — sugeriu. — E, quem sabe, talvez eu minta para você de novo.

Ela parecia ter plena noção de que estava oferecendo algo que ele queria, e aparentava ser o tipo de pessoa que tinha uma ideia muito clara do que os outros esperavam dela.

— Ou talvez não — acrescentou, reforçando a teoria dele. — Seja como for, estou indo.

Aldo refletiu por um instante. Odiava alterar o próprio cronograma, mas não era como se precisasse estar em algum outro lugar.

— O que você quer comer? — indagou.

— Comida tailandesa — respondeu ela, rápido demais.

Ele franziu o cenho.

— Isso foi uma mentira — adivinhou.

— Hm, será que alguma hora vou me cansar disso? — disse Regan, se divertindo. — Só preciso pegar minha bolsa — acrescentou, se virando e jogando o cabelo para trás do ombro. Ela lançou um olhar para Aldo que o fixou no lugar. — Não saia daqui.

— Pode deixar — disse ele, sem conseguir imaginar por que faria isso.

A ideia de ter algo novo para decifrar era um tanto quanto fascinante, então ele a observou girar cento e vinte graus para adentrar um corredor. O ritmo de seus passos era calmo e premeditado, como se ela tivesse mapeado um caminho com base na ambivalência e depois seguido sua projeção à risca.

Ele guardou essa informação em uma nova pasta em sua mente; uma que ele criara sem perceber.

REGAN era o título, e na subseção intitulada MENTIRAS, Aldo arquivou o som dos passos dela ao deixá-lo para trás.

Regan levou Aldo ao bar de um hotel do outro lado da rua e escolheu uma mesa no fundo. Ainda não eram nem cinco da tarde. Um pianista estava se preparando, mas não havia muitas outras fontes de barulho. Ela pediu uma salada niçoise e uma taça de vinho, depois se recostou na poltrona, observando Aldo pedir um copo d'água.

— Você vai só me ver comer? — perguntou ela, entretida.

Não que estivesse comendo muito nos últimos dias, e os comprimidos atrapalhavam o pouco de apetite que ela tinha. O primeiro mês desse coquetel de medicamentos a deixara tão enjoada que chegara a perder quase cinco quilos, a fome aos poucos se tornando preferível à sensação de apodrecer por dentro.

— Isso te incomoda? — perguntou ele.

— Não — respondeu ela, dando de ombros e tomando um gole de vinho. — Certo, então… qual é sua história?

Aldo ficou um pouco inquieto. Claramente a pergunta o deixava desconfortável. Ele parecia nutrir um desinteresse intenso por falar sobre si mesmo, o que era parte da razão de ela ter escolhido aquele assunto. Regan passara tempo suficiente observando as coisas com intensidade para reconhecer quando ela própria estava sendo observada de forma clínica.

— Faço doutorado em teoria da matemática — contou Aldo, o que ela já sabia, mas não pretendia revelar. — Sou da Califórnia. Filho único. — Ele tomou um gole d'água. — Nunca fui preso por nada grave.

— Nunca foi preso *por nada grave*? — ecoou ela, arqueando uma sobrancelha.

— Nunca fui preso — corrigiu ele às pressas, e ela soltou um som de deboche.

— Bem, obviamente tem coisa aí — comentou ela, tamborilando na taça. — Cometeu alguma infração quando ainda era menor de idade?

— Hm, me meti em alguns problemas no passado. "Substâncias ilícitas", acho que é o termo usado.

Ela escondeu a expressão surpresa e deu mais um gole.

— Estou bem agora — acrescentou ele.

— Foi para a reabilitação? — perguntou Regan, achando graça da ideia. Aldo não fazia o tipo Kurt Cobain.

Ele negou com a cabeça.

— Meu pai me pediu para parar.

Ela esperou, mas ele não deu mais detalhes.

— E? Só isso? — perguntou, meio decepcionada. — Você era viciado em drogas, seu pai disse "Ei, pare com isso", e você simplesmente... parou?

— Foi assim mesmo. — Ele batucou os dedos na mesa. — Eu, ah... — Ele desviou o olhar por um segundo, depois a encarou de novo. — Bem, eu tive uma overdose. Meu pai ficou mal.

Aldo disse isso com o mesmo tom direto que usava para abordar qualquer outro assunto. Regan mal se deu conta da informação, antes de dissolvê-la em meio aos outros dados que coletara sobre ele. Cogitou revelar que tinha certa familiaridade com medicamentos (ou automedicação, como parecia ser o caso de Aldo), mas o tom de desprendimento indicava que era algo separado de si, como um membro amputado.

— Em geral, as pessoas não gostam quando seus filhos quase morrem — comentou Regan, optando por não se concentrar na tragédia do relato.

Em resposta, a boca de Aldo se repuxou, curvando-se nos cantos.

— Meu pai estava sentado ao meu lado na cama quando acordei. Ele só disse "Nunca mais, entendido?" e eu pensei... Sim, claro. — Aldo fez uma pausa e deu de ombros, levando o copo d'água aos lábios com tranquilidade. — Então eu parei.

— Isso é... — começou Regan, então balançou a cabeça — ... *extremamente* improvável.

Não que ela tivesse muita experiência com vício, mas seu entendimento de mundo sugeria que a história dele estava incompleta. Não era como se as pessoas de repente acordassem em posse de uma resiliência inabalável, ou como se fosse possível fazer algo desaparecer sem deixar rastros.

Mas ele tinha perdido o interesse no assunto, ela percebeu. Seu olhar não se mexeu, tecnicamente, mas a faísca de concentração havia minguado.

— Voltou a pensar em viagem no tempo? — perguntou ela, e ele piscou, concentrando-se novamente.

— Na verdade, não — garantiu, de uma forma que sugeria que a resposta geralmente era "sim". — Eu estava pensando no seu esquema de falsificação de novo.

— Não foi um esquema.

Sem sombra de dúvidas, tinha sido um esquema.

— Você precisava de dinheiro?

— Não. Eu só... — Ela hesitou, calculando o que valia a pena revelar. — Foi pouco depois da faculdade — decidiu ela. — Meu namorado da época era artista, e foi mais ideia dele do que minha.

Aldo parou com o copo a meio caminho da boca.

— Isso é mentira — acusou.

Ela prendeu a respiração e pegou o vinho, soltando o ar.

— Não acredita em mim? — perguntou, num tom neutro.

— Claro que não acredito em você. Duvido que você tenha pegado carona na ideia de outra pessoa alguma vez na vida. — O copo de Aldo retomou seu caminho até os lábios. — Acho que foi ideia sua — sugeriu, depois de um gole pensativo —, mas não consigo entender por que você faria isso. — Ele a analisou de novo, de forma intensamente assexual e com toda a certeza arromântica. — Você parece ter bastante dinheiro.

— Você acredita mesmo que as pessoas só agem por necessidade? — perguntou Regan, mas, assim que as palavras saíram de sua boca, ela entendeu que era provável que a resposta fosse sim.

Ele precisava largar um hábito, então foi o que fez. Aldo parecia ver o mundo pela perspectiva de necessidades, como se o resto fosse puro reflexo.

— Acho que você precisava de alguma coisa — garantiu ele.

— Mas tenho quase certeza de que não era dinheiro.

O garçom chegou com a salada, no momento mais conveniente possível. Ela estendeu o guardanapo no colo, pegando com delicadeza um pedaço de ovo e uma azeitona. Regan os levou à boca e mastigou, absorta em pensamentos.

— Fale mais sobre seu pai — pediu, depois de um tempo.

— Ele é chef de cozinha. Tem um restaurante.

— Ah, é? — Ela deu mais uma garfada. — Você cozinha?

— Sim.

— Olha só! — Ela abaixou o garfo por um instante e o encarou. — E você gosta de cozinhar?

Ele negou com a cabeça.

— Não muito.

— Bem, faz sentido — disse ela. — Acho que não somos capazes de amar as mesmas coisas que nossos pais. Sempre fico surpresa quando pai e filho são atletas, sabe? — Ela pegou o garfo de novo. — Se meu pai fosse o Michael Jordan, nem morta que eu encostaria em uma bola de basquete.

— Você é de Chicago — pontuou Aldo, e ela revirou os olhos.

— Dá para essa conversa parecer menos uma entrevista, por favor? — pediu Regan, aos suspiros. — Estou me sentindo um animal de zoológico.

— Eu gosto de zoológicos — comentou Aldo.

— Todo mundo gosta. Não é disso que estou falando.

— Acho que você está errada.

— Sobre o quê?

— Algumas pessoas têm problemas com zoológicos.

— Algumas pessoas têm problemas com tudo — garantiu ela, dando outra garfada. — A questão é que você está me olhando com intensidade demais.

Ele a observou por um segundo, depois esboçou um sorriso e disse:

— É verdade.

Ela o encarou, só para testar, e o sorriso dele se alargou.

— Certo. De onde você é? — perguntou ele, e Regan suspirou.

— Daqui — admitiu, ganhando em troca um olhar convencido. — De Naperville, na verdade. Meu pai trabalha com finanças.

— E você é uma ladra? — perguntou ele, ainda sorrindo.

— Eu queria ser artista — falou ela, depois se corrigiu: — Eu estava tentando ser artista. — Em seguida pegou uma azeitona, separando-a de uma folha de alface. — Mas é verdade. — Ela se encostou na poltrona, largando a comida e redirecionando sua atenção a Aldo. — Antes disso, eu fui uma ladra.

— Combina com você — declarou ele.

Por algum motivo, ela queria acreditar naquilo.

— Então... — começou Regan, depois de uma pausa. — Conseguiu as mentiras que queria?

— Eu diria que não — respondeu Aldo, tamborilando os dedos na lateral do copo, já vazio àquela altura. — Acho que você só contou verdades, exceto por aquela história de o golpe não ter sido sua ideia.

— Não foi um golpe.

— Foi basicamente um golpe, e não tenho dúvidas de que foi ideia sua. Só quero saber por quê.

Ela pegou a taça e o encarou enquanto girava o vinho.

— Talvez eu seja superficial — sugeriu Regan —, ou espertinha demais para o meu gosto. Talvez eu quisesse fazer meus pais sofrerem.

— Isso tudo me parece mentira. Ou, no máximo, são verdades de outra pessoa.

Eram mesmo. Da mãe dela, para ser exata.

— Você disse que queria ser artista — retomou ele.

Ela esperou que a declaração culminasse em uma pergunta, mas isso não aconteceu.

— Sim, e…?

— Bem, qual seu… você sabe. Meio de trabalho? Fora o crime — emendou ele, dando um sorrisinho.

Regan abriu a boca, depois fechou.

— Tecnicamente, só estudei arte — respondeu. — Sou formada em história da arte.

— Você tem algum quadro preferido?

Ela deu um gole no vinho.

— Não, não tenho. Gosto de alguns estilos. Certos temas. Mas ter uma única obra favorita me parece juvenil.

— Você está mentindo — acusou ele, e ela o fitou com apatia.

— Você me tem em pouca conta.

Ele balançou a cabeça.

— Não vejo nada de errado em mentir.

— A menos que sejam mentiras à toa? — insinuou ela, nada impressionada.

— Não. — Mais um balançar de cabeça. — Não acho que seja realista esperar a verdade o tempo todo. Só quero, sei lá, solucionar a equação, sabe? — Ele deu de ombros. — O motivo pelo qual você mente.

— Você está tentando me resolver como se fosse um problema matemático — resumiu ela, sem demonstrar animação. — Que lisonjeiro.

— Se serve de elogio, poucas pessoas são tão difíceis assim de entender.

— Acho difícil acreditar nisso.

— A maioria das pessoas é um conjunto muito específico de variáveis. Sabe, de objetivos, defeitos, níveis de trauma...

— Não — corrigiu ela. — Eu quis dizer que acho difícil acreditar que eu seja complexa.

Ele hesitou por um momento, inclinando a cabeça.

— Você não está falando sério, está?

— Cometer um crime não torna alguém um ser complexo — declarou Regan. — Todo mundo tem um passado.

— Claro — concordou Aldo —, mas essa não é a parte interessante.

Ele se inclinou para a frente, se ajustando para acomodar a pior coisa possível: curiosidade, que Regan percebeu que devia ter se tornado mútua em algum momento, quando ela não estava prestando atenção.

— Por que — começou Aldo, lentamente — você planejou um golpe?

Ela o encarou. A situação tinha saído de controle.

— Eu tenho namorado — decidiu anunciar.

— Isso não responde à minha pergunta.

Ela não soube o que dizer.

— Querem mais alguma coisa? — perguntou o garçom, dando um susto nela.

— Só a conta, por favor — respondeu Regan.

Quando o garçom se afastou, Aldo levou uma das mãos à boca, observando Regan. A outra repousava no tampo da mesa, bem onde o copo d'água estivera, o antebraço retesado enquanto ele batucava os dedos numa agitação silenciosa.

— Então — retomou Regan —, se eu responder a essa pergunta, você me deixa em paz, é isso?

Os lábios de Aldo se curvaram de leve.

— Provavelmente não — respondeu, tamborilando na mesa outra vez. — Você quer que eu te deixe em paz?

— Eu perguntei primeiro — rebateu ela, embora não tivesse perguntado primeiro, e ele deu de ombros.

— Pensei que poderíamos ser amigos. Ou, se isso for dar muito trabalho, que talvez pudéssemos ter mais cinco conversas.

Ela teria aceitado a proposta de amizade, mesmo que só por educação, mas a oferta seguinte lhe pareceu estranha demais para deixar passar batido.

— Cinco? — questionou ela. — Isso é muito específico.

— Sim.

— Por que cinco?

— Parece um número razoável.

— Tem algum significado matemático?

— Teoricamente, o fator matemático das conversas seria compilar a soma das suas partes.

— E você acha que consegue fazer isso em um total de seis conversas? — perguntou ela, e então piscou, assimilando o que acabara de dizer. — Ah — murmurou, balançando a cabeça. — Abelhas.

A boca de Aldo se entortava quando ele ficava contente; um lado era puxado para cima em concessão enquanto o outro se esforçava para permanecer no lugar.

— Você pode recusar, é claro.

— Mas você sabe que não vou. — Ela bebeu o resto do vinho. — Foi apenas uma sugestão?

— Ah, sim. Com certeza.

— A conta, quando quiserem — anunciou o garçom, reaparecendo ao lado de Regan.

Ela prontamente pegou o cartão de crédito, e o garçom se afastou de novo.

— Certo. Um total de seis conversas — concordou ela, voltando sua atenção para Aldo —, mas a cada conversa você precisa me contar o que descobriu sobre mim.

— Justo. Você vai fazer o mesmo?

Ela deu de ombros.

— Se você quiser.

— O que descobriu hoje?

— Que você não tem muitos amigos.

O sorriso dele se alargou.

— E você? — perguntou ela. — O que descobriu sobre mim?

— Que você está tão entediada que concordou em ter seis conversas inúteis com um desconhecido.

Ela sorriu.

Ele sorriu de volta.

— Muito obrigado — agradeceu o garçom, devolvendo o cartão de Regan.

Ela olhou para baixo.

— Qual o valor da gorjeta? — perguntou para Aldo, talvez para testá-lo. — Já que você é uma espécie de gênio da matemática.

— Sempre dou uma bela gorjeta — respondeu ele, lembrando: — Meu pai é dono de restaurante, afinal.

Ela levantou a cabeça para olhá-lo, pensativa.

— Da próxima vez — anunciou ela —, ou ninguém come, ou nós dois comemos.

— Anotado. E pagar o dobro do valor dos impostos provavelmente basta.

Ela fez o sugerido e se levantou.

— Até a próxima — disse ela, o que ele confirmou com um aceno de cabeça.

— Até a próxima.

Então Regan saiu pela porta, ajustando os brincos e escondendo um sorriso na curva da mão.

— Eu estava me perguntando quando você ia dar as caras de novo — comentou Regan.

Tinha ajeitado o cabelo cuidadosamente atrás da orelha, ondulando-se na direção dele conforme se aproximava. Era uma mania dela, pensou Aldo, convidá-lo para a geografia da conversa. Ele se perguntou quando ela havia percebido que as pessoas queriam um convite.

— Suspeitei que seria imediatamente ou nunca mais — continuou ela —, embora você não tenha chegado em boa hora. — Apontou para o aglomerado às suas costas. — Minha visita guiada sobre Impressionismo começa em cinco minutos.

— É, eu sei — falou Aldo, segurando o panfleto do museu. — Vou participar.

Regan pareceu surpresa, deixando escapar uma risada. Os risos dela eram inesperados ou ausentes. Pelo que Aldo percebera, qualquer demonstração de divertimento por parte de Charlotte Regan era uma encenação ou um motim, sem meio-termo.

— Bem, isso conta como uma das seis conversas, então — disse ela. — Você não pode desejar mais desejos.

Ele balançou a cabeça.

— Conta *se* nós tivermos uma conversa — argumentou. — Do contrário, não passa de uma apreciação minha às belas-artes.

— É trapaça, isso sim — rebateu Regan. — Você está burlando as regras.

— Se você considerar sua companhia um prêmio a ser ganho, então sim — admitiu ele. — Mas, se for uma hipótese a ser testada, estou apenas realizando a pesquisa necessária.

Regan franziu o cenho, com ar de suspeita. Parecia nutrir muitas suspeitas sobre ele, e Aldo gostava disso. Era raro que tivessem qualquer suspeita a seu respeito que não pudesse ser confirmada ou negada cinco minutos depois de conhecê-lo.

— O que pretende fazer? — perguntou ela, e Aldo deu de ombros.

— Quero ver o que você vê. Como vou fazer isso sem observá-la em seu hábitat natural?

— Isso é meu trabalho, não um hábitat.

— É um trabalho que você escolhe fazer de graça — apontou Aldo, e ela abriu a boca para responder.

— Com licença — interrompeu alguém à esquerda dele. — É aqui que vai ser a visita guiada sobre Impressionismo?

— Isso — responderam os dois em uníssono.

Regan lançou um olhar de censura para Aldo.

— Isso — confirmou ela para o turista com sotaque de Boston, e então se virou para Aldo, arqueando uma sobrancelha que parecia indicar que ele deveria se comportar.

Em resposta, Aldo limitou-se a dar de ombros, inocente.

Ele dissera a verdade, afinal de contas. Havia algo muito estranho nela, e, para aplacar sua necessidade de simplificar problemas complexos, Aldo tinha dividido Regan em campos de estudo distintos. O primeiro era o relacionamento dela com a arte. Já tinha sido artista e criminosa, segundo ela mesma, e, se ele não podia observá-la sendo uma dessas coisas, teria que achar sentido na outra.

Acima de tudo, Aldo esperava por algum tipo de epifania. Estava confiante de que, em algum momento, todas as partes dispersas que tornavam Charlotte Regan tão incompreensível se organizariam em uma forma reconhecível, e então ele entenderia a raiz do problema.

Todas as pessoas, na experiência de Aldo, podiam ser quantificadas pelas coisas que julgavam importantes. O pai dele, por exemplo. Masso era a somatória de um complexo de abandono, um instinto de zelo, um amor pela comida e um forte senso de responsabilidade. Logo, Masso precisava de hábitos, reafirmação e certo nível de proteção contra verdades difíceis. Aldo, que entendia tudo isso e era capaz de prever os comportamentos do pai com bastante exatidão, podia se concentrar em outras coisas.

Regan, por outro lado, ainda era uma série de características desconhecidas, além de surgir na mente de Aldo sem convite. Ele se frustrou ao descobrir que, embora recheada de informações, a visita guiada sobre Impressionismo não era particularmente elucidativa. Regan desempenhava o papel de historiadora da arte, que parecia mais um casaco que ela decidia vestir do que uma versão de si mesma. Não havia nada de introspectivo na maneira como ela falava sobre arte; de tempos em tempos, Aldo pensava que ela revelaria alguma ligação pessoal com tal obra ou artista, mas até mesmo as observações mais entusiasmadas de Regan não chegavam a transmitir paixão.

— Olá, com licença — chamou Aldo, levantando a mão. Regan tomou um susto. — Tenho uma dúvida.

— Sobre Degas? — perguntou ela com descrença, apontando para a pintura das dançarinas atrás de si.

— Não, sobre você.

Ela lançou um olhar afetado de impaciência para Aldo, então aquiesceu:

— Só vou responder uma.

— Qual seu quadro favorito no museu?

— Senhor, estamos em uma visita guiada sobre Impressionismo — disse Regan. — Você precisa limitar o escopo de sua pergunta.

— Certo. Seu quadro favorito do Impressionismo, então.

Ela hesitou por um momento, e então cedeu, chamando o grupo para outro canto da sala.

— Este aqui — disse, apontando para a pintura de um pôr do sol sobre um canal. Mesmo para Aldo, que não sabia nada de arte, as cores sugeriam que a obra representava o entardecer. — O quadro se chama *Noturno em azul e dourado*, e é de James McNeill

Whistler. É parte de uma série que ele pintou à noite e batizou em homenagem a obras musicais. É considerada uma pintura vanguardista das abstrações modernistas.

— Por quê? — perguntou Aldo, pegando-a desprevenida antes que ela pudesse mudar de assunto.

— Bem, porque não é tão ilustrativa ou narrativa quanto...

— Não, desculpe. Por que este quadro? — corrigiu-se ele.

— Eu disse só *uma* pergunta.

— Não me parece justo. Esta é apenas um subproduto da pergunta original.

— Quer dizer que minha resposta não foi completa?

— Não muito. Foi insatisfatória.

Ela pareceu suprimir algum impulso. Talvez um sorriso, quem sabe uma balançada de cabeça em reprovação.

— Senhor, isso é uma visita guiada, não uma conversa particular.

— Por que precisaria ser particular? — rebateu ele, abanando a mão. — É uma conversa que você está tendo com todos nós. Sabe? De maneira pública. Pseudopública.

— Toda arte é particular — declarou ela. — A primeira pergunta era sobre a coleção, mas agora você está pedindo que eu revele algo pessoal.

— Se toda arte é particular, então a pergunta é a mesma.

— Essa é uma interpretação bastante livre.

— Arte no geral permite interpretações livres.

Ela parecia discordar.

— Você acha que não há precisão na arte?

— Certamente não no Impressionismo — disse ele, o que lhe parecia óbvio.

— Só se estiver procurando a verdade sobre um objeto — rebateu ela. — Mas se quiser identificar uma emoção ou sensação, então não há nada mais preciso do que a arte.

— Qual é a precisão deste quadro?

— Bem, essa pergunta sugere que eu gosto dele por sua precisão.

— E não é por isso?

— Definitivamente não.

Ele pareceu surpreso.

— Então o que...

— A decisão de Whistler de não pintar nada específico era deliberada — explicou ela, parecendo ter enveredado para a resposta sem querer. — Muitas pessoas zombavam de suas obras. Achavam que faltava emoção em seus quadros porque ele não contava uma história. Mas ele não pretendia contar uma história. Para Whistler, a arte deveria ser desprendida de contexto. Arte é simplesmente arte, e suas especificidades são inconsequentes. O ano? Não importa. O lugar? Quase irrelevante. O que vocês estão vendo aqui é o momento de uma única respiração. *Um* momento. É a beleza do mundo em seu estado mais objetivo, porque o artista não está expressando significado algum. Não está tentando definir, ensinar ou dizer qual espaço ocupar, está apenas...

Ela respirou fundo, virando-se para o sol que começava a se pôr no horizonte da pintura.

— Vejam as cores — continuou, sua voz menos insistente e mais suplicante. — Vejam como é sombrio, como é solitário. Ele atribuiu nomes de músicas a suas pinturas para que nenhum sentido ficasse insatisfeito. Dá para ver as luzes, que provam que ele não está sozinho no mundo. Elas o cercam em um desvanecer lento e incoerente, mas não há nada que conecte você, o observador, a esse momento. Não há nada que o remeta a qualquer coisa, exceto ao momento dessa única respiração, logo acima do Canal da Mancha, pouco antes de o sol se pôr. É arte porque é arte, de maneira circular — arrematou, e então piscou. Um meio sorriso permaneceu nos seus lábios quando ela se virou para Aldo. — Um círculo perfeito, por assim dizer, porque existe, porque existiu e porque vai existir, tudo de uma só vez.

— Isso é um ciclo — contrapôs ele —, não um círculo. Mas entendia o que ela quis dizer.

Regan assentiu uma vez, concluindo a interação.

— Enfim — disse ela, levando-os a Monet —, sigamos.

Aldo não falou mais nada até o fim da visita, embora tenha esperado até ser o último ali.

— Então — retomou Regan, seu olhar indo de encontro ao dele, convidando-o de volta a seu espaço de consideração. — O que descobriu sobre mim?

— Não tanto quanto esperava. Mas um pouquinho mais.

— Bela explicação — ironizou ela. — Alguma coisa específica?

— Bom, me diga você — sugeriu ele. — O que descobriu sobre mim? Porque, se a resposta for nada, então não foi uma conversa. Só conta se você tiver descoberto alguma coisa.

Ela abriu a boca, e então reconsiderou.

— Deixa eu fazer uma pergunta — pediu ela. — Havia quantas pessoas nessa visita guiada?

Ele refletiu.

— Quatro?

— Quinze. Você reparou na garota que estava olhando para você?

— Que garota?

— Pois é — respondeu ela —, exatamente. Além do mais, você tem noção de que usou as mesmas roupas nas três vezes em que nos vimos?

Ele olhou para baixo.

— Estão limpas.

— Não foi o que perguntei — Regan tratou de responder. — E o casal do seu lado?

Ele tentou conjurar a imagem do grupo, mas só conseguiu invocar a sensação de lotação.

— O que tem eles?

— Estavam *olhando feio* para você — explicou ela, parecendo radiante.

— Não vejo a relevância de nada disso — insistiu Aldo.

Para a surpresa dele, Regan soltou uma risada. O som dançou até o teto e ricocheteou com um calor surpreendente até suas orelhas.

— Digamos apenas que descobri que você é muito obstinado — comentou ela, balançando a cabeça. — Você estava muito concentrado em resolver o que quer que fosse, e acho que pelo menos metade do grupo queria te matar.

Não era novidade; Aldo aprendera a ignorar esse tipo de coisa com o tempo. Regan olhou para ele, obviamente esperando uma resposta para a mesma pergunta, buscando reciprocidade — parecia ser uma pessoa bastante dependente de reciprocidade —, mas ele não sabia como colocar em palavras.

— Desembucha — demandou ela.

Aldo suspirou.

— Bem, eu descobri uma coisa. Mas ainda não sei o que é.

Ele havia percebido uma expressão no rosto dela que não tinha visto antes.

— Quando você estava falando sobre o quadro, o *Noturno* — comentou ele quando Regan arqueou uma sobrancelha, impaciente. — Descobri... uma coisa.

Ela não pareceu impressionada.

— Não acho que conta, se você nem sabe o que é.

— Bem, observei algo que acredito que vou entender mais adiante. Talvez lá pela conversa número quatro — estimou ele.

Ela o observou por um segundo, contemplando algo, então estendeu a mão.

— Me dá seu celular — pediu Regan, e ele o tirou do bolso, colocando-o na mão dela. Ela olhou para o aparelho e balançou a cabeça, incrédula. — Olha só, não precisa de senha.

— Não tenho muitos segredos — respondeu Aldo, enquanto ela abria os contatos.

— Duvido — murmurou ela, digitando o que parecia ser seu número de celular. — Pronto — falou, devolvendo o aparelho depois de ligar para o número que tinha inserido. — A propósito, isso conta — acrescentou, encarando-o. Ele percebeu que as expressões dela ficavam mais surpreendentes quando eram espontâneas, e essa era uma das mais reativas que ele já tinha visto. — Esta foi a conversa número dois.

— Certo.

Era justo. Ambos tinham descoberto alguma coisa, o que alcançava os parâmetros estabelecidos.

— Não gosto de surpresas — avisou ela. — Quero saber da próxima com antecedência.

Também era um impulso compreensível.

— Por que não escolhe, então? — sugeriu ele.

Ela considerou a proposta.

— Amanhã à noite — determinou. — Você me encontra ali fora? Por volta das oito.

Ele reorganizou os horários do dia seguinte na mente, ajustando os pontos de mundanidade costumeiros em torno do novo ápice.

— Sim, pode ser — concordou.

Ela assentiu ao se virar.

— Bem, então a gente se vê amanhã — respondeu Regan, afastando-se mais uma vez.

— Você não gosta mesmo de lugares cheios, não é? — perguntou Regan, observando Aldo se sentar, desconfortável.

Ele vestia a calça jeans preta de costume e a jaqueta de couro gasta, o que fazia um pouco mais de sentido, já que estavam em um bar em River North, e não no museu. Ele não tinha levado a mochila, felizmente, mas os cachos estavam em completa desordem, amassados pelo capacete. Ela suspeitava que ele tinha subido na moto logo após sair do banho.

— Não sou muito fã de multidões — confessou —, mas ninguém é. — Ele deu uma olhada ao redor antes de pegar o cardápio. — O que você vai beber?

Ela gostava de espelhar sua companhia.

— Não sei. Tem alguma sugestão?

O palpite de Regan era cerveja, ou algum destilado. Ou talvez ele fosse o tipo de italiano que só bebia negronis.

— A seleção de bebidas por garrafa é melhor do que a de taças — comentou ele, apontando para a carta de vinhos. — Quer dividir?

— O que você tem em mente?

Ele analisou as opções, seu olhar vagando para o lado por um instante quando alguém passou por ele, e então tentou se aproximar de Regan, sem muito sucesso.

— O Barbera — sugeriu Aldo, passando a carta de vinhos para ela.

Vinho tinto. Interessante.

— Perfeito — concordou Regan.

— Você está mentindo — observou ele. — Prefere vinho branco?

Ela preferia, sim.

— Tudo bem ser tinto — garantiu Regan, e a boca dele se repuxou de leve.

— A gente não precisa pe...

— Está tudo bem — insistiu Regan. — Além do mais, talvez eu descubra algo sobre você quando beber.

Mais importante ainda, pedir uma garrafa significava que eles passariam um tempinho ali. Considerando o desconforto atual de Aldo, isso trazia uma garantia mais tangível do que uma mísera taça.

— Verdade — disse ele, assentindo.

Ela se sentiu grata por ele não dizer "você vai gostar". Era uma das frases de que menos gostava; se tratava de uma garantia imprudente. Odiava todos os cenários que precediam a suposição de que alguém seria capaz de prever o gosto dela. Ou achavam que ela era comum o bastante para ser agrupada com todo mundo ou achavam (quase sempre um equívoco) que entendiam suas necessidades *específicas*, e Regan não sabia qual crime era pior.

No fim das contas, acabou gostando do vinho. Não achou as palavras apropriadas, mas ficou aliviada por Aldo também não oferecer nenhuma. Ele só deu um gole, olhando para os lados com o mesmo grau de desconforto de antes.

Regan se perguntou se ele se ressentia por ter sido levado àquele bar.

— Como anda a pesquisa sobre viagem no tempo? — indagou ela.

Ele saboreou o vinho na língua por um momento antes de responder.

— Não é uma pesquisa. É mais um problema para resolver. Sei a solução, mas não sei como funciona.

— Acho que a ciência não é assim. Você não deveria propor uma hipótese e depois testá-la?

— Sou um matemático teórico — disse ele. — Eu proponho uma hipótese e depois a provo.

Regan registrou essa informação para uso posterior.

Ele olhou para o lado outra vez, depois de volta para ela. Ou, mais especificamente, para algo que existia dentro da cabeça dele enquanto a encarava, por assim dizer.

— Você está distraído — comentou ela.

— Só estava pensando que, quanto mais nociva é a picada de uma abelha, menos eficaz ela tende a ser em seu trabalho. Quanto mais a abelha precisa proteger sua colmeia, menos mel ela produz.

Ele tomou outro gole de vinho, e Regan pediu:

— Me conte mais sobre abelhas.

— Você não quer saber sobre abelhas — alegou Aldo com prudência, uma hipótese que Regan ficou feliz em refutar.

— Não quero? Além do mais, talvez abelhas sejam para você o que arte é para mim. Talvez eu aprenda mais sobre você do que sobre abelhas.

— Você está interessada em mim?

Pareceu uma pergunta neutra, apesar da escolha de palavras, que na experiência dela costumavam significar outra coisa. Mas a experiência de Regan parecia não ajudar em nada quando aplicada a Aldo.

— Estou aqui agora, não estou? — relembrou ela. — Eu não tenho o hábito de fazer o que não quero.

Ele considerou a resposta, seu olhar caindo para a base da taça e voltando para Regan.

— Se eu falar sobre as abelhas, você tem que me contar sobre o golpe.

Regan já sabia que ele era obstinado, e acrescentou "transacional" à sua lista mental.

— Essa não seria uma troca justa. Um dos elementos é pessoal.

— Talvez ambos sejam.

Ela ponderou, determinando:

— Talvez.

— Talvez?

— Sim, talvez. Você me conta sobre abelhas, e talvez eu te conte sobre... — Regan se interrompeu antes de dizer "o golpe", quase aderindo à interpretação dele. Ela deixava outras pessoas se apossarem de sua história com muita facilidade, pensou. — Sobre o que aconteceu.

— Ok — concordou ele, pensando a respeito. — Algumas abelhas produtoras de mel têm ferrões incapazes de penetrar a pele humana. Elas fazem mel, certo? — perguntou ele de maneira retórica, e Regan assentiu. — Obviamente as pessoas o roubam, e elas continuam produzindo mel mesmo assim.

Isso só podia ser uma metáfora, pensou ela.

— Isso não é uma metáfora — acrescentou Aldo.

— Claro que não — concordou Regan.

— Algumas colmeias são mais... hostis, eu diria. Mais letais. — Ele tomou um gole de vinho. — Quanto mais elas conseguem defender a colmeia, menos mel costumam produzir. Além disso, as rainhas são interessantes — comentou, abrindo uma tangente. — A rainha pode escolher se quer ou não fecundar determinados ovos.

— O que acontece com os que não são fecundados?

— Viram zangões. Abelhas-machos.

Regan pareceu perplexa.

— Espera aí, como é?

— Isso mesmo — garantiu ele diante da surpresa dela —, e abelhas machos têm uma única função.

Regan abaixou a taça.

— Não me diga que é transar com a rainha.

— É transar com a rainha — confirmou Aldo, dando outro gole. Depois, olhou para a taça. — Taninos fortes — observou, concentrando-se no vinho, e Regan deu uma cutucada no pé dele.

— Continue a falar das abelhas — pediu. — O que acontece depois que o macho transa com a rainha?

— Bem, o pênis dele é arrancado.

Regan ficou estarrecida.

— Pois é, ele só tem uma chance — explicou ele. — As abelham copulam durante o voo, sabe?

Ela assentiu como se já soubesse daquilo; como se o ritual de acasalamento das abelhas já tivesse cruzado sua mente.

— Certo, então, os zangões têm olhos maiores para verem a rainha se aproximando — prosseguiu Aldo. — Eles acasalam uma vez e depois...

— Ele... morre? — interrompeu Regan.

— Ele morre — confirmou Aldo. — Seu único propósito é a reprodução. Não é muito diferente de outras espécies.

— Isso... — Regan se deteve. — Espera, como a rainha vira rainha?

— Bem, ela é mais desenvolvida do que as outras abelhas — explicou Aldo. — Se um ovo não for fecundado, vira um zangão. Se for, vira uma abelha-operária. Fêmea — acrescentou ele, e Regan assentiu de novo. — Elas são alimentadas com proteína de abelha, que é limitada. Com o tempo, as larvas passam a receber néctar. Mas, se a colmeia decide alimentar uma das larvas com mais proteína de abelha, ela acaba se tornando a rainha. Ela se desenvolve mais e pode criar novas abelhas-operárias.

— Então quem escolhe a rainha?

— A colmeia. As abelhas-operárias. Geralmente isso acontece quando a rainha anterior morre ou começa a ficar mais fraca.

— Aí elas escolhem a próxima rainha — concluiu Regan, e depois se corrigiu: — Não, elas a *criam*?

Aldo assentiu, dando mais um gole.

— Isso.

Era o oposto do direito divino, pensou Regan; uma sociedade de mulheres sem deus. Um verdadeiro pesadelo para o patriarcado. Por alguns instantes, foi tomada por um encanto reverente.

— Mas... — Ela pegou a taça de vinho, balançando a cabeça. Então continuou, lentamente: — Mas algumas das abelhas... Você disse que, se elas protegerem mais a colmeia, fazem menos mel?

— Isso — repetiu Aldo. — Quanto mais tempo a abelha passa defendendo a colmeia, menos mel ela produz.

— Então, em algum lugar por aí, existe uma colmeia de abelhas-fêmeas matando pessoas por vingança em vez de fazerem o próprio trabalho?

— Sim, provavelmente.

— Isso é... — Encorajador. Revigorante, até. Temporariamente fascinante. — Interessante.

Ele assentiu, olhando para ela com um meio sorriso ao afastar um cacho rebelde da testa.

Aquele corte de cabelo era péssimo, pensou Regan de novo. Aldo tinha certo nível de beleza convencional que passava despercebida sob sua camada de névoa enigmática. Ou talvez não, acrescentou para si mesma, lembrando-se da garota que tinha ficado de olho nele durante o tour sobre Impressionismo. Talvez aquela garota tivesse enxergado além das olheiras fundas, do corte de cabelo terrível e das faces encovadas e visto algo a mais. Ele tinha aqueles olhos, ponderou Regan, e aquela boca, e, bem, todas as estranhezas que saíam dela. Uma parte de Regan nutria um rancor irracional pelo fato de a garota não saber que Aldo Damiani ficava ainda mais próximo da beleza quando falava sobre abelhas.

— Então — retomou ele. — Posso saber sobre o golpe agora?

Ela quis muito retrucar que os detalhes de seu passado não chegavam aos pés daquelas informações que ela poderia ter pesquisado por conta própria na Wikipédia — afinal, eram meros factoides sobre abelhas —, mas sentia que devia oferecer algo em troca.

A natureza transacional dele era contagiante.

— Não foi um golpe — declarou ela.

Ele pareceu favorável a uma discussão sobre a nomenclatura apropriada.

— O que foi, então?

— Complicado, mas não um golpe.

— Por que não?

— Porque um golpe implica… sei lá. Roubo. — Ela deu um gole no vinho. — E, no fim das contas, foi isso mesmo — admitiu —, mas esse não era o objetivo supremo.

Aldo não pareceu surpreso.

— Eu já suspeitava de que o objetivo não tinha sido dinheiro.

— Não, não foi. Mais ou menos. — Ela deu um tapinha na própria taça. — Meu namorado precisava de dinheiro — confessou. — Essa parte era verdade.

— Deixe eu adivinhar. Seus pais não gostavam dele?

Eles nunca gostavam de seus pretendentes, e devia ser por isso mesmo que ela os escolhia.

— Ele era escultor — contou Regan. — Mas não trabalhava só com cerâmica. Tinha acesso a muitos materiais diferentes.

— Então ele era criativo e habilidoso? — adivinhou Aldo.

— Sim, bastante — concordou Regan. — Quando eu o conheci, ele estava montando uma instalação com tipos diferentes de metal. Ele era ferreiro nas horas vagas. Era a única fonte de renda dele, e não era lá grande coisa.

— Você está me contando o lado dele da história — observou Aldo. — Eu pedi o seu.

— Nossas vidas estavam meio entrelaçadas nesse ponto — explicou ela, dando de ombros, embora ficasse satisfeita por Aldo perceber a distinção. — Ele forjava artefatos de metal na época, sabe? Queria começar a fazer espadas e adagas chiques, esse tipo de coisa. Para vender em eventos medievais.

— Entendi.

— E eu o via recriando espadas e pensei... Eu poderia fazer isso, só que de maneira mais eficiente. — Sem se dar conta, ela se inclinou na direção de Aldo. — Ele forjava espadas falsas por dinheiro, certo? Mas eu... — ruminou ela, estendendo a mão para encher a taça — ... provavelmente conseguiria falsificar dinheiro se quisesse, o que me pareceu um jeito mais rápido de atingir aquele objetivo. Ir direto ao ponto, entende? Eu poderia criar os designs, e ele tinha acesso aos materiais. A princípio, só cogitei, tipo, por diversão. Estava brincando com a ideia na minha mente. Mas foi como se... uma vez que a ideia me ocorreu... — Ela pigarreou. — Eu não conseguia esquecer.

Aldo assentiu.

— Hexágonos.

— Abelhas — concordou ela, dando de ombros com um sorriso fraco. — Enfim, não é como se eu tivesse muitas alternativas. A formação em arte não me levaria a nenhuma carreira específica. Eu não gosto de lecionar, então não estava interessada na vida acadêmica...

— Você disse que é artista — interrompeu Aldo. — De arte digital?

— Eu disse que *queria* ser artista, mas não sou. Tentei trabalhar como designer gráfica, mas não gostava de ter clientes. Nenhum deles sabe o que quer. "Ai, altera pra mim, por favor. Não gostei", mas nem sabem explicar o que é para mudar. Nunca fui boa em lidar com o gosto das outras pessoas.

— Compreensível — disse Aldo, passando o dedo pela base da taça. — Eu não gosto de ter que prever como as outras pessoas pensam.

— Mas você está fazendo isso agora, né? — perguntou Regan.

Ele negou com a cabeça.

— Não estou tentando prever você. Estou tentando te entender.

— Você não poderia me prever se me entendesse?

Ela achou que o tinha na palma da mão. Por que outro motivo ele estaria fazendo isso tudo?

— Parece uma pergunta mais adequada para quando estivermos sob o domínio inevitável dos robôs — objetou Aldo, tomando um gole do vinho —, um devaneio filosófico que está fora da minha especialidade, por sinal.

Esse, pensou Regan, era o tipo de conversa que Marc gostava de ter quando estava chapado, somada a seu plano para sobreviver a um apocalipse zumbi. Mas ela concordava com a posição de Aldo de que nem toda situação hipotética era digna de uma análise mais profunda.

— Por que escolheu a obsessão por abelhas?

— Hexágonos — insistiu ele. — Não sou entomologista. Nem apicultor.

— Por que decidiu ser matemático, então?

— Fiz uma disciplina de álgebra no primeiro ano da faculdade porque achei que fosse precisar para o meu curso.

— E qual era o seu curso?

— Ainda não tinha decidido. Mas fui bem naquela aula, então segui em frente. Tranquei por dois anos, voltei e tive que escolher uma especialização. Todos os créditos que eu tinha eram em matemática, então só continuei. — Mais um gole. — Comecei a trabalhar com alguns alunos da pós e me convidaram para continuar no programa de doutorado. Ainda não saí dele, como pode ver — comentou Aldo, com um sorriso meio irônico e meio sombrio. — Então acho que vou ficar na universidade até me botarem no olho da rua.

A frase parecia familiar. Regan não soube identificar por quê, mas sentiu que, fosse lá qual fosse o espaço mental que Aldo ocupava, ela também já tinha estado lá.

— Bem, faz sentido. — Ela fitou a taça, pensativa. — Acho que descobri um pouco mais sobre sua história hoje.

— Eu também. Mais ou menos. Embora ainda não tenha sanado minha dúvida.

— Qual? Sobre o golpe?

— Não foi um golpe — retrucou ele, e Regan se permitiu um sorriso passageiro. — Foi... uma fixação, acho. Pelo menos em parte.

— Em parte?

— Talvez eu descubra o resto em outra ocasião. Durante uma das nossas outras três conversas.

— Talvez — concordou ela.

Ambos se calaram, dando um gole em suas respectivas mentes.

— Gostei — disse ele.

— Do quê?

Ele afastou o vinho dos lábios.

— Do seu cérebro.

Três conversas, admirou-se Regan, e ela já entendia que esse era o elogio supremo do arsenal de Rinaldo Damiani. Sua regra de seis estava se mostrando válida.

— Obrigada — respondeu ela, e fez um brinde, permitindo que sua taça tilintasse em sincronia com a dele.

Ele viu o nome na tela e atendeu no segundo toque.

— Padrões de onda — sussurrou ela, do outro lado da linha.

Ele forçou a vista na direção do relógio.

— São quatro da manhã, Regan.

— Eu sei. Não consigo dormir.

Aldo apoiou o travesseiro na parede sem cabeceira e deu impulso para se sentar. Estendeu o braço para pegar o baseado ainda apagado na cômoda, mas pensou melhor e mudou de ideia, voltando sua atenção para Regan.

— O que tem os padrões de onda?

— Quando você derruba algo na água, o impacto causa pequenas ondulações. São círculos.

Ondas de consequência.

— Nossos olhos as percebem como círculos perfeitos — disse ele. — Não há evidência de que sejam mesmo.

— Ainda assim conta, não?

Ele achou melhor deixar Regan vencer dessa vez, pelo menos em parte.

— Não é uma contradição muito convincente, mas conta, sim.

— Agroglifos — continuou ela. — Anéis de fada.

— Essas coisas não são naturais. São sobrenaturais.

Ela murmurou uma melodia, pensativa.

— Você acredita no sobrenatural?

— Acho que seria irresponsável da minha parte não acreditar — respondeu Aldo. — Tenho certeza de que há explicações. Só não tenho tempo de analisá-las.

— Verdade. Ainda precisa solucionar a viagem no tempo.

— Exato — disse ele. — Uma impossibilidade de cada vez.

Regan ficou em silêncio por um momento, e Aldo não sentiu a necessidade de preenchê-lo. Em vez disso, inclinou a cabeça para trás e continuou a contemplação silenciosa que oscilava entre os dois.

— Arco-íris — disse ela.

— O que tem os arco-íris?

— Podem ser círculos. O arco é… circular, né?

— Poderia ser. Mas a simetria é implícita, e também não ocorre com frequência na natureza.

— Verdade — concedeu ela, com um suspiro. — Fizemos alguns rostos simétricos em uma das minhas aulas de desenho, e ficaram horríveis. Perturbadores, até.

— Sim — concordou ele, olhando para o céu lá fora, que permanecia escuro. — A propósito, por que está sussurrando?

— Meu namorado está dormindo.

— Ah. E você presumiu que eu estaria acordado ou pretendia me acordar?

— Eu não estava pensando em você, para ser sincera.

Por algum motivo, ele sorriu. Então perguntou:

— Tem mais alguma coisa em mente?

Era evidente que sim.

— Por que hexágonos? — quis saber ela.

— Pela recorrência. Eles não paravam de aparecer para mim, principalmente na matemática. São a base de grupos quânticos.

— E ocorrem na natureza?

— Sim. William Kirby chamou as abelhas de "matemáticas celestialmente instruídas".

— Mas isso não é verdade — protestou Regan, parecendo incomodada. — As abelhas são criaturas sem deus.

Aldo usou a mão para abafar uma risada baixa.

— Bem, Darwin conduziu experimentos para provar que era um instinto relacionado à evolução.

— Ah, que bom. — Sua voz estava aliviada. — Melhor assim.

Aldo se esticou para acender a luminária ao lado da cama. Estava claro que não voltaria a dormir.

— O que fez hoje à noite? Ou na noite passada, melhor dizendo.

— Nada. Nada de interessante. Faz tempo que você não vai ao museu — acrescentou ela, como se tivesse acabado de lhe ocorrer.

Ele não queria sufocá-la. Parecia cada vez menos um acidente ele associar as duas coisas em sua mente.

— É um dos lugares que frequento, mas não o único.

— Aonde mais você vai?

— Lugares ao ar livre, se possível. É o ideal.

— Ah.

Ele ouviu um ruído do outro lado da linha, como se ela estivesse pegando algo na geladeira.

— O que você faz durante o dia? — perguntou ela.

— Vou à universidade. Dou aula. Vou à academia. — Ele deu uma olhada em seu apartamento vazio. — Nada de mais.

— Hmm. — Ela parecia estar elaborando mais perguntas. — Quem é a pessoa da qual você é mais próximo?

— Não sei — respondeu Aldo. — Meu pai, talvez?

— Eita.

Ele riu.

— E a sua?

— Não sei. Não pode ser você, é claro. Você é um desconhecido.

— Verdade — concordou ele. — Um excelente argumento.

— Minha sobrinha é bem legal.

— Sobrinha?

— Isso, a filha da minha irmã.

— Nem sabia que você tinha irmã.

Ele ouviu uma porta se fechando.

— Tenho — respondeu ela, a voz agora um tom acima de um sussurro. — Ela é mais velha que eu. É médica.

— Também atende por Regan?

— Não, ela é apenas Madeline. Nunca Maddie, nossa mãe odeia esse apelido. As pessoas só começaram a me chamar de Regan por causa dela, na verdade. No ensino médio, todos me chamavam de "Mini Regan" ou "Regan Júnior", e pegou.

— Ela é muito mais velha?

— Quatro anos.

— E ela... tem uma filha?

— Pequena. O nome dela é Carissa. Eu a chamo de Cari quando Madeline não está ouvindo.

— Você não me parece o tipo de pessoa que gosta de crianças.

Ele com certeza não era. Mas a ideia de Regan influenciar o desenvolvimento de uma criança era charmosa, de certa forma. De uma forma um tanto problemática e bastante divertida.

— Bem, é que... — Ela se conteve. — Você vai odiar isso.

— Vou? Acho improvável.

— Madeline... Ela é perfeita, sabe. Isso... nossa. — Regan suspirou. — Isso é tão clichê.

— Gosto de clichês — declarou Aldo, considerando que vez ou outra também era um. — Não tenho nada contra.

— Ok, só não... Tá, que seja — murmurou Regan, falando mais consigo mesma. — A questão é que Madeline nunca fez nada de errado. Ela passou de primeira para medicina em Harvard, conheceu o marido, que também é médico, e se casou quando os dois fizeram residência aqui. Depois, do nada, ela engravidou. No *primeiro ano* da residência, veja só. Ela estava casada havia uns cinco segundos quando *pá!*, ficou grávida. Minha irmã é uma gênia da cirurgia que não soube usar métodos contraceptivos, e pela primeira vez *na vida* ela surtou, não sabia o que fazer. — Aldo ouviu Regan rindo na linha. — Enfim, foi a primeira vez que senti que Madeline e eu estávamos no mesmo time. Ela estava tão nervosa antes de contar aos nossos pais e... sei lá, foi... meio divertido, acho. Ver minha irmã surtada daquele jeito. — Ela grunhiu baixinho. — Enfim, eu sou uma pessoa horrível.

— Bem... — Aldo levou a mão à boca, rindo. — É mesmo, um pouco.

— Nossa, *valeu*, Rinaldo...

— Mas, voltando ao assunto, você gosta da sua sobrinha — insistiu ele.

Ela soltou um suspiro.

— Sim — admitiu Regan —, gosto. Ela é uma criança legal. E deixa a Madeline louca, o que é um bônus.

Aldo riu.

— Gosto disso.

— Do quê, de eu ser rancorosa?

— Não, da ideia de você ser uma tia coruja.

— Não sou tia coruja — protestou ela, com uma careta audível. — Eu trato as crianças como adultos. Acho que esse é o segredo.

— E como você trata a maioria dos adultos?

Silêncio.

— Bem mal. Talvez você tenha razão.

Ele sorriu.

— Enfim... — continuou ela. — Mais alguma informação sobre hexágonos?

Aldo refletiu por um instante.

— Tem umas coisas babilônicas.

— Meu Deus, aposto que tem — respondeu ela, com uma risada. — Que coisas babilônicas?

— Bem, os babilônios gostavam muito de astronomia. Herdamos deles nosso conceito atual de tempo. E de círculos — acrescentou Aldo. — Eles faziam tudo em unidades de sessenta. Sessenta segundos em um minuto, sessenta minutos em uma hora...

— Olha o seis aí de novo.

— Exatamente — concordou ele. — Então nós vemos o tempo da forma determinada por eles, o que sugere que talvez haja outro jeito de olharmos para o tempo.

— Que seria...?

— A teoria quântica parece indicar um multiverso. Onde todos os tempos, possibilidades e resultados coexistem.

— Em hexágonos?

— Provavelmente. Talvez. — Ele deu de ombros. — Mas não podemos identificar o formato do multiverso, já que nem sabemos em qual universo nós existimos.

— Por que tentar solucionar a viagem no tempo em vez da viagem pelo multiverso?

— Bem, a ideia do multiverso é que não seria necessário viajar — explicou. — Você existiria em todas as coisas a todo momento, então em termos de ser algo passível de *experimentar*...

— Ah, oi — disse Regan, claramente falando com outra pessoa. — Desculpa, você precisa...?

Aldo ficou quieto, ouvindo uma voz masculina do outro lado da linha.

— Sim, não, eu... eu perdi o sono, então... é. Desculpa — acrescentou ela, dessa vez para Aldo. — Um segundo... Não, tudo bem, eu vou só... Certo, ok, pode ir.

Ele ouviu o som dela saindo de onde quer que estivesse.

— Desculpa — repetiu Regan. — Marc precisava usar o banheiro.

— Você estava no banheiro?

— Aham. Sabe como é... lá tem porta. Eu estava sentada na banheira.

Por um instante, Aldo se lembrou de Audrey Hepburn na banheira em *Bonequinha de Luxo*.

— Não parece muito confortável — observou ele.

— Tudo bem, agora já saí. Do que você estava falando mesmo? Babilônios? Não! Viagem no tempo.

— Ambos, de certa forma.

— Você *quer* viajar no tempo?

Era uma boa pergunta.

— Acho que o que eu queria mesmo é descobrir como funciona, mas não tenho grandes expectativas.

— É uma fixação meio estranha, não? Se não planeja usá-la.

— Se eu achasse uma solução, então talvez usasse. Mas... — Ele hesitou. — Bem, existe um motivo para matemáticos meio que pararem de desenvolver suas teorias em determinado ponto. Se não há capacidade de entender a matemática dali em diante, não tem por que continuar tentando. Seria perder noites de sono à toa tentando desvendar nossa própria existência.

— Mas *você* está disposto a perder noites de sono com isso — observou ela.

— Eu... — Era difícil de explicar. — Sim, porque...

— Porque, se não tiver algo para tentar solucionar, não tem motivo para seguir em frente?

Bem, talvez não fosse tão difícil assim de explicar.

— É — concordou ele. — Basicamente.

Ela ficou quieta por alguns instantes. Por fim, disse:

— Então foi assim que você conseguiu.

— Consegui o quê?

— Seguir em frente. Depois que... Você sabe. Depois do que aconteceu com você.

— Ah. — Ele não sabia se estava disposto a falar sobre isso; as pessoas costumavam tratar a ressurreição de sua estabilidade mental como um evento dramático, mas para ele era meramente histórico. — Acho que sim.

— Não, com certeza é isso. Você se deu um problema impossível para que nunca conseguisse parar de pensar nele. É genial, na verdade. — Ela parecia quase impressionada. — As pessoas devem achar que é loucura, não?

— Meu pai meio que dá trela. Ele não entende — admitiu Aldo —, mas todo dia me pergunta em que período estamos. Eu invento, é óbvio, e toda vez ele finge que é algo novo e interessante. Acho que é a versão dele de "oi, tudo bem?". Só para ver como estou.

Houve um silêncio de novo.

— Isso é legal — decretou ela, por fim. — Gostei.

Aldo se perguntou qual era a expressão dela naquele momento.

— Quer fazer algo mais tarde? — perguntou ela, o tom de voz mudando para algo cristalino e urgente. — Ou, sei lá, agora.

— Tenho um compromisso às sete, mas se você quiser...

— O que raios você tem para fazer às sete da manhã de um domingo?

Você vai odiar isso, pensou ele, estremecendo um pouco.

— Vou à igreja.

— O quê? Não. — Ela parecia perplexa. — Você é religioso? Mas...

— Não muito — interrompeu ele rapidamente. — Nem um pouco, na verdade. Mas eu sempre ia com meu pai, então virou rotina. Gosto da missa logo cedo porque é mais calma, e...

— Missa? Você é católico?

— Sou — respondeu ele, se perguntando vagamente se o tom dela indicava que tinha algum argumento excêntrico guardado na manga para refutar a essência do catolicismo; alguma oposição à família Médici, talvez. Mas era improvável, já que ela gostava de arte. — Mas se quiser fazer algo dep...

— Posso ir com você?

Ele piscou, pego totalmente de surpresa.

— É sério?

— É. Faz milênios que não vou à igreja, e quando vou é com meus pais, na Páscoa e no Natal, essas coisas. Tudo bem se eu for junto?

Aldo duvidava que Regan pudesse perturbar qualquer espaço mental que ele viesse a ocupar. Na verdade, sentiu que o lugar que reservava para a rotina mecanizada e o ocasional pensamento errante seria vastamente aprimorado pela presença dela.

— Claro — concordou. — Eu costumo ir à Catedral do Santo Nome em Streeterville.

— Nossa, bem pertinho daqui. Às sete, então?

— Às sete — confirmou Aldo.

— Vai ser uma nova conversa. Só para você saber.

— Naturalmente. O que descobriu com essa aqui?

— Para ser sincera, o principal foi que você frequenta a igreja.

Ele riu.

— Justo. Minha principal descoberta foi que sua melhor amiga é uma criança.

— Bem, tente extrair mais informações da próxima vez, então — sugeriu ela. — Depois só vai faltar mais... o quê, uma?

— Isso.

— Bem, melhor não desperdiçar.

Nenhuma das conversas até ali tinha sido um desperdício, pensou ele.

— Vejo você às sete? — perguntou ela.

— Claro.

Já eram cinco da manhã, o que significava que ele ainda poderia se exercitar um pouco.

Ou.

— Ou eu poderia continuar falando sobre os babilônios — sugeriu Aldo.

— Hm. Tentador — comentou Regan. — O que mais eles fizeram?

Ele se perguntou no que ela acreditava. Provavelmente em quase tudo, ou em nada.

— Astrologia?

— Ahh, sim, certo — respondeu ela rapidamente, se acomodando. — Me conte sobre os babilônios e as estrelas.

Ele estava esperando por ela na escadaria da catedral, usando uma camisa com mangas compridas arregaçadas e calças de sarja que eram uma melhoria em relação a seu jeans de sempre. O cabelo estava, pela primeira vez, afastado da testa, embora parecesse mais uma consequência do vento do que uma decisão estética. Já eram meados do outono, e Chicago estava em uma versão mais amena de sua época de ventania; um aviso sutil, provavelmente, para quem não conseguia lidar com o rigor do inverno e talvez quisesse ir embora.

— Veio andando? — perguntou Regan a ele, que assentiu.

— Você está bonita — elogiou Aldo.

Ela usava uma saia midi, um par de sapatos oxford com salto e seu blazer comprido, acompanhados de um coque baixo sensato. Regan sentia que estava fantasiada de boa menina, embora isso não fosse de todo ruim. Ela sempre se sentia fantasiada, de uma forma ou de outra. Na mente de Regan, a questão sobre mulheres e roupas era que nenhuma expressão era permanente; não havia um comprometimento em se manter como esse ou aquele tipo de garota, apenas um *hoje, eu sou*. Tratava-se apenas de qual versão ela queria projetar no momento. No que dizia respeito a ir à missa com um quase desconhecido após um ano sem pisar numa igreja, a abordagem dela tinha sido algo entre bem-intencionada de forma neutra e descaradamente puritana.

— Obrigada — disse ela, e os dois entraram.

O alívio do catolicismo era que pouquíssimo mudava — em termos geográficos, temporais e afins. Havia uma devoção barroca à grandeza em cada recinto católico que Regan já adentrara, e a Santo Nome não era exceção. O exterior da catedral tinha uma imponência própria — era uma ilha atarracada de tijolos caiados com um campanário ao lado de seus primos, arranha-céus industriais —, enquanto o interior ostentava uma mistura eclética dos elementos que Regan considerava típicos, de uma perspectiva papal. As portas de bronze da catedral exibiam uma árvore da vida; a distância, um crucifixo suspenso conferia certa seriedade ao luxo exagerado. A planta do prédio homenageava a arquitetura gótica, com os tetos altos e arqueados, e imagens de violência e idolatria irradiavam pelo ambiente na forma de feixes de luz coloridos.

Não era muito diferente do Instituto de Arte, o que fazia sentido. Ela entendia por que Aldo gostava de se cercar daquilo. Era como banhar-se em opulência, só que de um jeito mais frio, com uma rigidez autoritária. Igrejas eram um tipo de museu — com devoção a rituais, pelo menos, se não a Deus —, e existir dentro de uma era diminuir-se em comparação.

Ela entendia o ímpeto de buscar espaços amplos. Reduzir-se a uma partícula de nada.

Aldo escolheu um banco mais ou menos no meio, fazendo sinal para que ela passasse na frente e se ajoelhando antes de se sentar. Parecia um movimento repetido mais por hábito do que por deferência. Regan percebeu que ele tinha conjuntos diferentes de expressões para pensar e para atos rotineiros, e essa demonstrava um vazio notável.

Regan se perguntou como o rosto dele ficava ao realizar outras atividades; quando lecionava, por exemplo, o que sua busca superficial no Google indicou que ele fazia sem muita dedicação. Tentou imaginar como o rosto dele ficava quando dormia; quando sonhava; quando gozava.

Ela voltou a si, estremecendo de leve.

— Está com frio? — perguntou Aldo.

Algo do tipo.

— É bastante... austero, não?

— Que palavra fria — observou ele, esboçando um sorriso. — É, sim. Acho revigorante.

Ele se inclinou para a frente, pegando um dos missais do assento à sua frente. Aldo não usava joia alguma, percebeu ela. Andava sem ornamentos. E não roía as unhas (Regan, por outro lado, tinha esse hábito, mas pintava as unhas com frequência para evitá-lo). Na verdade, as unhas de Aldo estavam sempre cortadas à perfeição; possivelmente até lixadas, além de aparadas. Tinham aquelas marquinhas pálidas de meia-lua que ela raramente via nos próprios dedos. Ele passou a mão pela capa do livro, posicionou-o sobre o colo e no mesmo instante começou movimentos inquietos.

A inquietação de Aldo era bastante específica. Não era um balançar de perna, como a maioria das pessoas, e sim algo mais próximo de um batuque com os dedos, embora não demorasse a se transformar no que Regan a princípio julgara serem desenhos sem propósito, mas depois percebeu ser uma escrita intencional.

Rabiscos, na verdade, de números. Equações matemáticas? Provavelmente. Ele se mexia em um ritmo sequencial, indo de batuques para desenhos e por fim para rabiscos. Ela quase perdeu a deixa para se levantar, ocupada com suas tentativas de traduzir os movimentos de Aldo.

A missa foi familiar, as palavras e os refrões continuavam os mesmos. O salmo daquele dia falava de asas; o catolicismo ansiava pelo voo na mesma medida em que incutia uma dose saudável de medo. Nesse aspecto, havia algo bastante humano na instituição.

Durante a homilia, Regan voltou sua atenção a Aldo, que sem dúvidas estava imerso em pensamentos àquela altura. Seus lábios assumiam um formato diferente quando refletia sobre alguma coisa, quase como se estivesse a ponto de murmurar baixinho para si mesmo. Seus dedos tremeram, pararam por um instante e voltaram ao desenho. Um hexágono, percebeu ela. Repetiu o mesmo desenho várias vezes, e então parou.

Virou a cabeça e olhou para ela.

Ao se dar conta de que tinha sido pega no flagra, Regan fez uma careta.

Os lábios dele se curvaram e a testa se franziu, em uma expressão intrigada. Toda a energia que Aldo dedicava a qualquer que fosse o problema em sua mente transferiu-se para ela, e Regan sentiu o impacto como um soco bem no meio do peito. Tentou entender o que tornava a boca dele tão chamativa, mas não conseguiu chegar a uma resposta.

Ela estendeu a mão, um gesto hesitante, e Aldo ficou paralisado.

Ele estava nervoso, e meio encantado, reparou ela. Regan considerou afastar a própria mão, mas nunca tinha sido o tipo de pessoa que agia com cautela. Em vez disso, apoiou seus dedos nos dele por um momento, então levantou a mão de Aldo para transferi-la da coxa esquerda dele para a coxa direita dela. Não de um jeito sexual, na opinião dela. Havia uma área que ela considerava utilitária, e embora Aldo tivesse ficado um pouco tenso e hesitante, ela fez um gesto que achou que ele reconheceria: *Continue*, incentivou. Ele franziu o cenho, depois assentiu.

Gentilmente, no tecido da saia de Regan, Aldo desenhou um hexágono. Ela sentiu a própria pele se arrepiar sob o toque, um leve tremor se instalando em suas costelas. Ela assentiu outra vez, ignorando a sensação.

Aldo começou a escrever números; ela reconheceu o formato do dois, depois um cinco (ele riscou o topo apenas no final), e por fim a letra z. Ele cortava letras e números com um traço horizontal. Desenhou algo como um sigma, mais rabiscos, e em seguida uma linha horizontal mais longa. Ele sem dúvidas estava fazendo contas, e ela se deleitou em estar em posse do cálculo; em ser o instrumento usado para canalizar os pensamentos dele.

Então, o formato das fórmulas mudou, e a energia dele se alterou também. Passou a desenhar mais depressa, como se estivesse próximo de uma resposta. A hesitação tinha ido embora, percebeu Regan; ele não se preocupava mais com o fato de estar tocando nela, o que Regan não sabia se deveria achar empolgante ou ofensivo. A chama dos pensamentos de Aldo se intensificou, e logo Regan se perdeu no que ele escrevia. De vez em quando, conseguia decifrar um número. Um triângulo. Uma ou duas vezes, esteve certa de que ele tinha desenhado uma interrogação, como se quisesse lembrar a si mesmo de retornar àquele ponto mais adiante, mesmo sabendo que não voltaria. Era provável que sua pele — sua perna, na verdade, que ela mantinha atipicamente imóvel, para não atrapalhar — não estivesse mais ali quando ele retornasse. O toque dele era rápido e leve. Se agitava sobre ela, e Regan lutou contra a vontade de agarrar sua mão e colocá-la em outro lugar que se beneficiaria daquele nível de concentração frenética. Ou estava frio na igreja ou ela ficou muito ciente do calor que irradiava dele por outro motivo.

Regan percebeu com certo atraso que ele era canhoto, e tirou um instante para ponderar a raridade disso. Ocorreu-lhe que Aldo Damiani também devia ser uma raridade.

A homilia acabou e Aldo parou de rabiscar, percebendo a mudança na atmosfera e imitando as pessoas a seu redor. Não estava totalmente desligado, mas também não parecia perceber que sua perna estava pressionada contra a dela. Os corpos se tocavam do quadril ao joelho, em uma linha reta de possibilidades conjuntas. Ele ergueu a mão, os dedos se curvando por um momento de indecisão, e depois a afastou com cuidado.

Regan sentiu uma faísca acender dentro de si, crescendo, ironicamente, para professar sua fé.

A seu lado, Aldo continuou recitando coisas de cabeça. Ele frequentava a missa toda semana, então fazia sentido. Era parte do ritual. Ele tinha feito aquilo todo domingo antes de conhecê-la e continuaria fazendo todo domingo dali em diante. Ela se perguntou com que frequência ele se abria com outras pessoas e considerou por um momento que talvez ela não fosse a primeira, mas tratou de abandonar esse pensamento com a mesma rapidez com que ele surgira. Afinal, ela sabia quais movimentos dele pareciam treinados. Aldo não estava acostumado a ter alguém assim tão perto. Era nítido que nada disso havia sido ensaiado.

Ela não sabia o que fazer com essa descoberta.

O padre abençoou o corpo e o sangue de Cristo, e Regan não achou nada de mais. Na verdade, ela também não achava o vampirismo nada de mais. Não havia nada em seu mundo que fosse considerado intrinsecamente grotesco. Sua mente vagou para longe (o que era um pecado, sem dúvida, mas o menor deles), e foi só quando Aldo fez menção de pegar sua mão que ela lembrou, de repente, que o gesto fazia parte da missa.

A palma dele estava quente e seca, e se fechou com delicadeza ao redor dos dedos dela. Essa oração ela conhecia. Talvez até Marc a conhecesse, como o bom homem branco, anglo-saxão e protestante que era. Regan deu um aperto fraco na mão de Aldo, sem respirar direito. Lamentou não poder examiná-lo em detalhes até se lembrar de que não havia por que se conter.

Só lhe restava uma conversa com Aldo Damiani depois dessa.

Regan deslizou sua mão para a frente, as pontas dos dedos percorrendo os picos e vales dos nós dos dedos de Aldo. Sentiu o olhar dele, um pouco surpreso, mas continuou encarando a mão dele. Os nós tinham marcas; cicatrizes fracas. Havia algumas nos dedos também. Ela as traçou na horizontal, depois na vertical, descendo pelos dedos até a mão e subindo de volta às unhas, acompanhando as cutículas.

A oração terminou.

Ele não a soltou.

Regan virou a palma dele para cima e a examinou. Passou os dedos pela linha da vida, que se curvava a partir da lateral da mão e se ramificava em duas, talvez três, antes de acabar perto do tendão do polegar. Depois fechou a própria mão ao redor do pulso dele, medindo-o, e levantou a cabeça, encontrando seu olhar e verificando sua reação.

Aldo assistia com curiosidade, mas não confusão.

Regan voltou a atenção para a mão dele.

Acima da linha da vida ficava a da cabeça e depois a do coração. Ela sabia por conta de um livro que tinha lido na biblioteca quando era criança, sem nunca pegá-lo emprestado. Sua mãe tinha superstições herdadas do Velho Mundo, mas Regan ia atrás de qualquer nova crendice que pudesse encontrar. Ambas as linhas se estendiam por toda a palma de Aldo, de maneira reta e ordenada. Não eram nada parecidas com as dela, que se espichavam em risquinhos e teias. Sempre achou que aquilo significava que ela tinha dois corações, duas cabeças, duas caras. Ela passou o polegar pelos nós dos dedos dele, com uma expressão de gratidão--conforto-desculpas.

Alguém pigarreou atrás dela. Era hora da comunhão.

Ela fez menção de soltar a mão de Aldo, prestes a entrar na fila até o altar, mas ele apertou com mais firmeza e deu um passo para trás, abrindo espaço. Um pequeno grupo de quatro pessoas passou por eles, indo em direção ao corredor central, mas Aldo se sentou de volta no banco, sem soltá-la. Regan se sentou ao lado dele, as mãos unidas flutuando entre os dois antes de ela decidir colocá-las no pequeno espaço entre as pernas dos dois, na superfície de madeira.

Depois engoliu em seco, posicionando a ponta de cada dedo nos calos da palma de Aldo. Desse jeito, com a mão dele relaxada, ficavam mais perceptíveis. Ela os posicionou um por vez, indicador-médio-anelar-mindinho, e ele fechou os dedos sobre os dela, desenhando um círculo lento ao redor do nó do indicador.

Ambos encaravam o altar, todas as outras partes deles imóveis e paralisadas. Regan deslizou os próprios dedos por entre os dele, entrelaçando-os com cuidado.

O polegar dele acariciou o dela em um movimento linear, subindo da base ao nó do meio.

Ela deslizou o próprio polegar pelo vinco no pulso de Aldo.

A música acabou. A oração recomeçou.

Aldo virou a mão dela, entrelaçando a parte de trás dos dedos de ambos.

Ela pressionou uma única vez, seu coração martelando na garganta.

O padre anunciou algo sobre comida enlatada.

Bênçãos, bênçãos, bênçãos. As palmas se reencontraram. Os dedos de Aldo se esticaram por baixo da manga dela, percorrendo seu pulso. Regan ficou cada vez mais consciente da própria respiração. Puxou o ar pelo nariz, engoliu em seco e expirou. Suas costelas se expandiram para abrir espaço. A percepção de que tinha seios foi repentina e intensa.

Ao redor deles, a congregação se levantou, e Aldo a soltou.

A mão dela voltou à lateral de seu corpo.

Sair devagar da igreja depois que o padre se retirou foi um processo extremamente mundano e monótono. Regan sentiu-se mortal de novo; extirpada de reverência, exaurida de qualquer magnitude. Ela se sentia pesada, corpórea e enfadonha; o céu lá fora não estava nem um pouco mais claro do que quando chegaram. Ela se virou para Aldo, abrindo a boca para dizer alguma coisa, mas parou quando os olhos dele encontraram os dela.

Ele não era bonito de um jeito pouco convencional, percebeu Regan.

Aldo era incomumente lindo.

— O que descobriu? — perguntou ele em um tom neutro.

Que eu poderia estudar você a vida toda, carregar todas as suas peculiaridades e discrições nos emaranhados de linhas das minhas palmas, e ainda assim me sentiria de mãos vazias.

— Você... pratica artes marciais — começou ela, pigarreando. — Ou algo assim. No começo, achei que fosse levantamento de peso — explicou, incomodada com o retorno relutante à normalidade —, por causa dos calos nas suas mãos, mas agora acho que não.

Depois de conhecer você.

— Os nós dos seus dedos têm machucados — concluiu.

Se ele ficou decepcionado com a resposta dela, não demonstrou.

— São mesmo — confirmou, assentindo.

— E você? — perguntou ela, um pouco ofegante. Regan não conseguia se lembrar da última vez que sentira esse tipo de apreensão, ou talvez ansiedade. — O que você descobriu sobre mim?

Ele esticou o braço sem falar nada, pegou a mão direita dela e girou o anel de Claddagh para cima.

Ela olhou para baixo, reparando na pequena extensão de pele mais pálida sob o anel.

— Você não tira este anel — disse Aldo, sem levantar o olhar.

— Não — concordou Regan.

— Foi presente de quem?

Era uma joia tradicional, quase sempre passada de geração em geração.

Quase sempre.

— De mim mesma.

Aldo assentiu, soltando a mão dela e deixando Regan abaixá-la.

— Foi uma forma atípica de conversa — comentou ele. — Conta?

Se não tinha sido uma conversa, então tinha sido algo completamente diferente, e Regan não queria pensar nisso ainda.

— Conta. Só mais uma, então.

Ele assentiu.

— Mais uma.

Alguém esbarrou neles ao passar. Aldo lançou um olhar infeliz por cima do ombro, depois perguntou para ela:

— Quer ter a última conversa agora?

Regan foi tomada por uma onda de pânico.

— Não. Não, eu... preciso ir, na verdade. É melhor eu ir.

Ele pareceu entender, assentindo.

Ela se virou para ir embora, mas então parou e chamou:

— Aldo.

— Regan.

— Eu... — Nunca mais segure a mão de ninguém. — Eu encontro com você qualquer hora — disse Regan, e ele assentiu.

— Está bem.

Regan se afastou depressa, aliviada por ele não ter tentado fazê-la voltar.

— Ah, me desculpe...

— Sem problema — murmurou Aldo, preparado para ignorar aquela colisão até ver um lampejo de vermelho. — Regan — disse ele, antes que pudesse se conter, registrando a visão familiar dos brincos dela.

A mulher ao lado do homem em quem ele esbarrara congelou.

— Aldo — cumprimentou ela, sua voz aguda, polida e falsa ao guiar os três para longe do movimento da calçada. — O que está fazendo por aqui?

— Aldo? — repetiu o homem, que tinha progredido de um obstáculo amorfo para um rosto acompanhado de ombros, cabelo e membros. Era mais alto e um pouco mais velho do que Aldo, e profundamente branco. — Não me diga que este é o cara da matemática!

— Isso, este é meu amigo Aldo — confirmou Regan. — Este é meu namorado, Marc — acrescentou ela, com um pedido de desculpas no olhar.

Marc estendeu a mão para Aldo, que retribuiu o gesto, ainda que um tanto relutante, e o cumprimentou.

— Prazer em conhecê-lo — disse Aldo.

— Achei que você morava na região do Hyde Park — comentou Marc, olhando para Regan em busca de confirmação.

— Não, não. Aldo *trabalha* perto do Hyde Park — explicou ela. — Ele é professor na Universidade de Chicago.

— Aluno de doutorado — corrigiu Aldo.

— Certo, isso — confirmou Regan, e Marc assentiu.

— Vim aqui comprar um presente, na verdade — explicou Aldo, gesticulando vagamente ao redor. — Para o aniversário do meu pai.

— Ah! — exclamou Regan, relaxando um pouco.

— Legal — disse Marc, assentindo de novo. — Sabe, eu fiquei curioso para saber com quem Regan estava falando ao telefone às cinco da manhã, sentada na banheira — comentou ele, com uma risada, balançando a cabeça. — Que bom finalmente te conhecer, cara. Quando Regan falou de você pela primeira vez, fiquei tipo "Aldo, é sério?". Mas agora entendi, combina mesmo.

— É apelido de Rinaldo — explicou Regan.

— Hm, que interessante — falou Marc, e por um instante Aldo pensou em abelhas.

De forma mais específica, em zangões.

— Bem, é melhor a gente ir — comentou Regan. — Vamos deixar você voltar às suas compras.

— Está bem — falou Aldo, sentindo alívio. — Tenham uma ótima noite.

— Você também — respondeu Marc. — Ei, a gente devia sair para jantar qualquer hora, não é, lindona?

— Ótima ideia! — disse Regan.

— Claro — concordou Aldo, e se virou, seguindo na direção oposta.

Já estava dentro da Crate & Barrel (Masso precisava de um novo saca-rolhas) quando recebeu uma mensagem. Ele pegou o celular vibrando no bolso, deu as costas para as tábuas de frios e leu o nome de Regan na tela.

Essa não conta como uma das seis.

Não, concordou ele, e enfiou o celular no bolso antes de se virar para a cutelaria.

No apartamento — na bancada da cozinha, logo acima da gaveta de facas —, estava o caderno que Aldo geralmente carregava para onde quer que fosse. Já não tinha mais folhas em branco, o que costumava acontecer a cada seis meses, mais ou menos, mas dessa vez tinha acabado em apenas quatro. Os desenhos, mais uma atividade impulsiva do que qualquer outra coisa, tendiam a ser os mesmos: formas geométricas, em sua maioria hexágonos, todos sombreados de diferentes maneiras e desenhados em incrementos maiores ou menores. Aldo não fugia muito de formas geométricas, embora pouco antes tivesse desenhado um par de lábios. Um queixo majestoso e altivo. Dois olhos refratando um padrão de feixes hexagonais. Ele tinha deixado o caderno acima da gaveta de facas, na bancada da cozinha, e aproveitaria aquela saída para comprar um novo.

Olhou para a cutelaria, franzindo o cenho.

Já estava na hora de comprar uma nova faca.

―――――

Para essa situação, que não era uma conversa, Regan usou calça jeans.

— Esse é o prédio de matemática? — perguntou ela para um aluno do lado de fora, e ele assentiu, distraído. — O porão é... lá embaixo, imagino? — acrescentou, e o aluno apontou para a escada. — Ótimo, obrigada.

Regan estava tremendo um pouco. O clima tinha esfriado consideravelmente, e ela se apressou para entrar.

Tinha chegado cinco minutos mais cedo e logo se acomodou no fundo da sala. Os outros alunos pegavam seus notebooks para se preparar para a aula, resmungando alguma coisa sobre as tarefas. Era uma daquelas salas pequenas e apertadas, sem luz natural. A lousa estava vazia, esperando para ser preenchida. Regan recebeu algumas olhadas de esguelha, uma ou duas mais longas do que o esperado. Ela deu um sorriso educado em resposta, e as cabeças se viraram para a frente, com arrependimento vergonhoso.

Aldo entrou exatamente às três da tarde, passando pelo corredor do meio. Pegou um livro na mochila, o colocou aberto sobre a mesa na frente da sala e olhou para baixo.

— A regra da cadeia — começou, sem se dar ao trabalho de cumprimentar a turma.

Depois ergueu a cabeça apenas para esquadrinhar o ambiente e parou de repente ao vê-la.

Pareceu surpreso.

— A regra da cadeia — repetiu, e se virou para o quadro sem mudar o tom de voz, escrevendo algo que parecia uma tremenda baboseira — é usada para encontrar a derivativa de duas funções compostas. — Então parou e, sem se virar para a turma, sugeriu, com relutância: — Imagino que queiram um exemplo?

— Sim — respondeu uma das pessoas na primeira fileira.

— Certo. — Aldo suspirou, e Regan lutou para conter o riso. — Digamos que alguém pula de um avião. Você quer calcular uma série de fatores: velocidade, pressão atmosférica, empuxo.

Ele não se deu ao trabalho de conferir, mas, de onde Regan estava, pôde ver algumas cabeças assentindo em compreensão.

— Isso simplifica — continuou Aldo. — Pega todos os fatores relevantes e aplica uma abordagem unificada.

Mais algumas cabeças assentiram.

— Enfim — prosseguiu Aldo, preenchendo o quadro com runas egípcias e bruxaria de invocação de demônios (ao menos foi o que Regan presumiu) até as 15h51, quando liberou os estudantes com um lembrete enfático de que a primeira prova do semestre aconteceria na semana seguinte.

Alguém perguntou se Aldo pretendia organizar uma sessão de estudos, e ele confirmou. Seu olhar encontrou Regan e voltou para os alunos, que se levantaram e saíram da sala como uma trilha de formigas operárias. Aldo então apagou o quadro, guardou o livro na mochila e caminhou pelo corredor central, parando ao lado da carteira de Regan.

— Conversa número seis? — perguntou ele, provocador.

Ela balançou a cabeça.

— Vai por mim — respondeu —, eu não aprendi nada com isso.

Ele sorriu.

— Está com fome?

— Sim e não — disse ela, levantando-se. — Quer dizer, sim — corrigiu-se —, mas já aviso que esta não pode ser uma das conversas.

— Por que não?

— Porque é para falar de logística — explicou ela, guiando-o até a porta. — Decidi que quero que você vá comigo à festa das bodas dos meus pais.

Ele parou por um segundo, do jeito que fazia quando não entendia algo direito. Regan apontou para a maçaneta, sugerindo silenciosamente que ele a abrisse, e Aldo obedeceu com um movimento apressado, deixando que Regan passasse e então se juntando a ela no corredor.

— Quando vai ser? — conseguiu perguntar depois de se recompor.

Ela reprimiu uma risada.

— Não vai perguntar por que quero que você vá?

— Estou me concentrando na logística — respondeu ele. — Não quero que isso seja uma conversa.

— Certo — concordou ela. Um argumento excelente. — Bem, é no sábado. E você provavelmente teria que passar a noite lá.

Ele pareceu encafifado com algo que não quis perguntar em voz alta.

— Está se perguntando se terminei com o Marc? — sugeriu ela, e Aldo balançou a cabeça com vigor.

— Não me conta.

— Falo sozinha, então — sugeriu ela.

Aldo assentiu em resposta.

— Está bem — concordou, segurando a porta do prédio e gesticulando para que ela seguisse em frente.

— Bem... — começou Regan, soltando o ar. — A questão é que meus pais não gostam do Marc, e eu não estou no clima para receber um sermão. Não quero ir sozinha porque vai ser horrível, mas também não quero que fiquem me perguntando sobre... você sabe, coisas reais. Meu futuro. Meus *planos*. Achei que, se eu levasse um... — Ela olhou para ele. — Bem, não um amigo. Mas uma pessoa. Então talvez eles não me fizessem tantas perguntas... Mas, repito, só estou pensando alto, falando sozinha. — Ela se perdeu em devaneios e puxou o casaco em volta do corpo enquanto Aldo a direcionava para a esquerda. — Mas *se* eu fosse levar alguém, a pessoa teria que estar disponível sábado bem cedinho. É mais ou menos uma hora de carro até Naperville, e...

— Essa parte você pode falar para mim — comentou ele. — Tem a ver com logística.

— Ah. É mesmo. — Regan se deteve, percebendo que estivera tão distraída que Aldo os conduzira até a moto, que ela ainda não tinha visto com os próprios olhos. — Hm. O que é isso?

— Uma Ducati Scrambler de 1969 — respondeu ele. — Você disse que estava com fome.

— Não tem lugar para comer aqui no campus?

— Até tem, mas eu não quero. — Ele entregou o capacete para ela. — Pode recusar, se quiser.

Ela estreitou os olhos, aceitando o capacete.

— Mas você sabe que não vou fazer isso, não sabe?

O sorriso de Aldo se alargou.

— Não posso concordar nem discordar — respondeu, subindo na moto —, já que isso não tem a ver com logística.

Regan montou na garupa um pouco relutante, embora não tanto quanto ela esperava. Não era a primeira vez que um cara de moto lhe oferecia uma carona, mas sem dúvidas era a primeira que ela aceitava. Ao que parecia, sua confiança implícita em Aldo Damiani era uma curiosidade pessoal que Regan nunca tinha energia suficiente para negar.

— Toma cuidado — alertou ela, colocando o capacete. — Mercadoria delicada.

Aldo olhou para ela.

— Segura em mim — instruiu, e Regan fez menção de enlaçar o torso dele com os braços antes de parar, notando um obstáculo.

— Você está de mochila.

— E daí?

— É que... — Vai ficar entre nós dois. — Não é confortável.

Ele jogou os ombros para trás, deixando as alças caírem, depois deslizou a mochila para o lado e ofereceu a ela.

— Quer colocar?

Não era como se houvesse outra opção.

— Claro.

Havia um charme vintage nessa situação, pensou ela. Um cavalheirismo retrô, e às avessas — era *ela* carregando os livros *dele* —, então era melhor ainda. Regan colocou a mochila nas costas, apertou as alças para evitar que o livro pesado a puxasse para trás e contemplou a curva da coluna de Aldo quando ele se inclinou sobre o guidão.

Ela se perguntou se Aldo tinha cheiro de couro.

E chutou que estava prestes a descobrir.

Por um momento, ponderou suas opções, sem saber se deveria se inclinar primeiro (e, portanto, sujeitar a si mesma, seus seios inclusos, a uma intimidade instantânea) ou se aproximar aos poucos, explorando o âmbito dos limites físicos um do outro antes que se encontrassem. Escolheu a segunda alternativa, então espalmou as mãos no tronco dele primeiro e só depois permitiu que os braços o envolvessem. Ao perceber que estava longe demais para garantir sua segurança, Regan deslizou o quadril mais para a frente, suas pernas tocando o exterior das coxas dele. Aldo se virou e tornou a encará-la.

— Pronta?

Era só uma pergunta logística, lembrou a si mesma.

— Pronta — respondeu.

Ele tinha mesmo cheiro de couro, confirmou ela, e também algo suave e vagamente almiscarado, além de um toque de sabão em pó que recendia a brisa do mar. Ela o assimilou um sentido de cada vez: ele parecia certo ao toque; tinha cheiro de permanência; soava firme. A nuca de Aldo era um amontoado de cachos rebeldes; alguém precisava cortá-los. Enrolada nele como estava, não teve como não notar a respiração profunda que ele deu ao sentir os braços dela ao seu redor, esperando.

Aldo não era um motorista imprudente. Dirigia como se movia, como pensava: com a evidência de cálculo. Para alguém que prestava tão pouca atenção aos arredores, dirigia a moto com extrema cautela, observando o entorno em busca de obstáculos com algo que beirava a paranoia. No que dizia respeito a Regan, assim que deixou de lado as preocupações sobre o próprio cabelo, percebeu por que Aldo preferia andar de moto. A ausência de quatro portas e de uma moldura de aço alterou sua percepção do ambiente, afrouxando uma inquietação ao mesmo tempo nova e antiga quanto mais ela e o veículo se uniam. Ela sentia uma segunda versão de si mesma escapar da cavidade em seu peito e se deleitar naquele momento, um par de braços alternados se firmando ainda mais na cintura de Aldo para sussurrar: *Acelera, acelera, acelera.*

Ele não a levou para muito longe, parando em um restaurante em algum ponto mais ao sul do Loop. Os movimentos a partir disso — ela lhe entregando a mochila, ele abrindo a porta do estabelecimento para ela — foram silenciosos e vagamente constrangedores. Os pés dela haviam encontrado a calçada com decepção, lamentando a afronta de ter que caminhar.

— O que tem de bom aqui? — perguntou Regan.

— Tudo — respondeu ele —, dependendo do que estiver a fim de comer.

Uma pergunta logística, lembrou a si mesma.

— Doce?

— Bolo — sugeriu ele, apontando para a vitrine de confeitos de chocolate e red velvet.

Ela riu, só por decoro.

— Não está cedo demais para comer bolo? Ou tarde demais?

Ele deu uma olhada no relógio.

— São quatro e meia — falou. — Meio que estamos no período entre uma refeição e outra, não?

Quando a atendente chegou, parecendo reconhecê-lo, Aldo gesticulou para Regan.

— Uma fatia de red velvet, por favor — pediu ela.

— E, para você, o de sempre? — perguntou a atendente para Aldo, que assentiu.

— Isso, por favor.

A mulher deu uma piscadinha maternal para ele e se retirou.

Regan se mexeu, procurando uma posição confortável na poltrona, e Aldo a observou por cima de seu copo d'água.

— Você podia só ter ligado — comentou. — Ou mandado mensagem.

— Achei que seria mais justo assim — explicou ela — Já que você me viu trabalhando.

Ele pareceu ter achado uma resposta aceitável.

(Não tinha a ver com o assunto, mas a forma como Aldo a encarava fez a garganta de Regan coçar. Como se ela precisasse tossir algo entalado bem lá no fundo.)

— Não sei como falar com você sem configurar... você sabe. Uma conversa — admitiu ela.

— Não precisamos conversar. — Ele deu de ombros e se recostou na poltrona. — Não me importo com o silêncio.

— Ok.

Regan viu aquilo com certo alívio. Já pensara muito naquele dia, sem chegar a nenhuma conclusão.

(— Por mais que eu ame a ideia de não ter que passar um fim de semana na casa dos seus pais — dissera Marc naquela manhã —, preciso me preocupar com esse tal de Aldo?

Parte dela se ressentiu por ele já não estar preocupado.

— É claro que não — respondera ela. — Ele é meu amigo. Além do mais, fala sério, você conheceu o Aldo. Vai ser hilário.

— Ah, entendi. — Foi fácil assim. Marc riu, balançando a cabeça, sem sentir a necessidade de perguntar mais nada. — Olha ela aí. A rainha do caos.

Caos pelo caos. O lema de Regan, o que a tornava divertida pra caralho.

— Então não se importa? — confirmou, e Marc deu de ombros.

— Nós dois sabemos que você fica mais feliz quando arma barraco — disse ele, se virando de volta para a prensa francesa e deixando as coisas como estavam.

Não houve conflito e certamente não houve drama. Ele já tinha visto cada ângulo dos altos e baixos de Regan. Às vezes ela era maravilhosa, brilhante, criativa, sagaz; às vezes apenas previsível, mimada, maníaca, superficial. Um olhar particularmente cruel, mas sempre honesto. Ela amava Marc por sua honestidade. Sentia-se grata, lembrou a si mesma, por sua franqueza.)

O bolo chegou, uma pilha exagerada de chantilly ao lado das camadas de cream cheese. Regan pegou uma garfada com um pouco das duas coisas, abraçando o absurdo do excesso (será que no mundo existia algo mais desnecessariamente suntuoso do que um restaurante?) e enfiando com gula na boca. O bolo tinha uma textura encorpada, aveludada como o nome sugeria. O ato de escolhê-lo pareceu luxuoso, extravagante de um jeito tranquilizador, e Regan deslizou pelo assento com satisfação, fazendo seu joelho bater no de Aldo.

— Bom? — perguntou ele.

— Divino — disse ela, apoiando a cabeça no banco acolchoado ao se encolher em um estado de êxtase que deixou seu corpo mole, com as pernas bem abertas sob a mesa.

Ele deu um sorriso e assentiu, direcionando o olhar para o próprio prato.

(— Você diria que é muito compulsiva? — perguntara a psiquiatra de Regan.

O bastante para aceitar ter seis conversas com um estranho, pensara ela.

— Não sei — respondera —, talvez um pouco.)

O osso externo de seu tornozelo esbarrou no osso interno do tornozelo de Aldo, e ali ficou.

(— E como anda seu humor? — perguntara a médica.

O problema dos comprimidos, Regan quis dizer à médica que claramente nunca havia tomado nada do tipo, era que os altos e baixos ainda aconteciam; só estavam diferentes, contidos entre faixas de limitação. Um pouco de rebeldia interna ainda estava lá, berrando por um alto mais alto e rastejando por um baixo mais baixo, mas no fim das contas os comprimidos eram restrições frouxas, um método de diminuição entorpecente.

Cada vez que uma pílula estava na palma de Regan, ela sofria um novo tipo de estrangulação; uma vaga lembrança de uma necessidade distante de forçar seu coração a bater acelerado. Ela ansiava por um surto insensato, um choro seco, uma alegria psicótica, mas só encontrava uma batida após a outra do mais absoluto nada.

Sem a volatilidade de seus extremos, o que era ela, afinal?

— Controlado — respondera.)

Ela piscou com firmeza para retornar ao momento, dando outra garfada no bolo e olhando para Aldo de novo. O silêncio dele pesava menos do que o dela, ou ao menos era essa a impressão que dava. Ele parecia decidido, ou no mínimo calmo. Avaliava algo fora de vista, com o olhar fixo em nada.

O cabelo de Aldo caía sobre os olhos, e isso a irritou, fazendo seus ombros se contraírem.

— Você mora longe daqui? — perguntou Regan, e Aldo levantou a cabeça, saindo de seu torpor.

— Não, a algumas ruas.

Ótimo. Perfeito. Ideal.

— Vou cortar seu cabelo — informou ela.

(— Você diria que é muito compulsiva? — perguntara a médica.

Não me lembro, cacete!, não gritara Regan.)

O olhar de Aldo sobre ela se intensificou, um falatório em algum lugar da mente dele visivelmente surgindo na superfície.

E então veio um silêncio abrupto. Em seus olhos, a aquiescência foi suave.

— Está bem — concordou ele, voltando sua atenção para o sanduíche.

Deixar Regan entrar em seu apartamento era exatamente o tipo de enigma para o qual Aldo nunca tinha ligado, porque era difícil quantificar as projeções envolvidas. Por exemplo, ela o veria com outros olhos depois de conhecer onde ele morava? Isso pressupondo-se que ele fazia ideia do que Regan pensava a seu respeito, o que não era verdade. Ainda assim, ela o acharia chato? Disfuncional? Será que ela desejaria extirpar esse conhecimento do que já sabia sobre ele, e será que ele conseguiria dormir naquele mesmo espaço nas noites vindouras, tendo testemunhado em riqueza de detalhes todos os lugares pelos quais ela havia passado?

Não que importasse. Ele mal dormia, e ela já tinha conhecido todos os seus outros espaços, de qualquer forma.

Aldo abriu a porta e a deixou entrar, e Regan se esgueirou em silêncio, com cuidado, como se pudesse atrapalhar alguma coisa. Não se preocupe, você vai se encaixar perfeitamente aqui, pensou ele. Não se preocupe, não tem nada aqui que você possa quebrar.

Regan se endireitou, depois olhou para cima.

— Pé-direito alto.

— É — concordou ele.

Ela assentiu, deixando o olhar vagar brevemente pelo lugar, e então se virou para ele.

— Você tem… sabe? Um barbeador? — perguntou. — Aquela maquininha de pentes? Não sei como se chama.

Ele ergueu a sobrancelha.

— Preciso me preocupar com o que você vai fazer com a minha cabeça se não sabe nem o nome do aparelho?

— Não tem como ficar pior do que já está, vai por mim. — Ela fixou o olhar no dele de novo, analisando o cabelo. — Está muito ruim. E, desde que eu te conheci, você não cortou, então…

Ela parou de falar.

— No banheiro — informou ele, indicando o cômodo.

Regan relaxou os ombros e assentiu.

Tinha o dom único de dominar um lugar, pensou ele. Transformava os arredores em parte de seu domínio, a atmosfera cedendo ao seu caminhar. Aldo, por sua vez, costumava ser sujeitado às leis e aos costumes do ambiente.

Ela se debruçou na bancada ao entrar no banheiro, o olhar sempre aguçado fixo em Aldo enquanto ele procurava o kit de barbearia que ganhara de Natal alguns anos antes. Ele nunca tinha tocado no estojo, então era provável que tivesse que espanar a poeira.

Assim que ele o tirou de uma das gavetas, ela se curvou de novo e estendeu a mão.

— Certo, agora... — Ela olhou ao redor, franzindo o cenho. — Sente-se — falou, e fez sinal para ele se sentar na tampa do vaso sanitário, mas logo se interrompeu. — Ah, não. Espera. A camisa primeiro.

Ele olhou para baixo e depois de volta para Regan.

— O que tem?

— Bem, acho que você não tem uma daquelas capas, né? Ou coisa parecida.

Levou um momento para Aldo entender que ela queria que ele se livrasse da camisa.

E foi o que fez, com um tremor tardio ao sentir o ar gelado em contato com sua pele exposta, largando a peça no chão e se acomodando no vaso fechado, como solicitado. Enquanto isso, ela andou pelo banheiro, pegando uma lâmina de barbear e analisando um par de tesouras. Em silêncio, fez sua escolha, acoplou o pente à máquina e ficou atrás dele, estudando sua nuca enquanto ele a observava no reflexo do espelho. A testa dela estava franzida com concentração, suas mãos pousadas gentilmente sobre as cicatrizes no ombro dele (moto derrapando no asfalto, marcas permanentes) antes de levá-las ao cabelo, medindo as mechas entre os dedos. As unhas de Regan resvalaram no couro cabeludo, e ele se permitiu fechar os olhos, relaxado por um momento com o toque dela.

Quando os abriu, viu que ela o observava pelo espelho. Ela não desviou o olhar, seu polegar desenhando uma linha cuidadosa da nuca até o começo da coluna.

Ela então exalou rapidamente, voltando a atenção ao cabelo de Aldo.

Ele não sabia o que esperar. Regan parecia metódica, de certa forma, com um plano de ataque, ou ao menos algum senso de geografia sequencial. Tinha dito que a arte era uma coisa precisa, e ele acreditara nela. Naquele momento, teve a certeza de que ela era mesmo uma artista, quer se visse assim ou não. Encontrava-se constantemente no meio de uma primeira demão em um quadro, imaginando como as coisas poderiam ser antes de tornar sua visão realidade.

O foco, vibrante e luminoso, lhe caía bem. O lábio inferior estava entre os dentes, a língua rosada aparecendo de vez em quando nos picos de concentração, e Aldo estava tão fixado nela que só percebeu o que tinha sido feito do seu cabelo quando Regan deu um passo para trás e levantou o olhar para encontrar o dele no espelho.

O corte tinha sido rente o bastante para estar mais desgrenhado do que cacheado, curto o bastante para nenhuma mecha cair nos olhos e na testa. Não se preocupara muito com o resultado, mas estava satisfeito. Acertou em confiar no olhar dela, passando os dedos sobre o dégradé sutil.

— Pronto — murmurou ela para si mesma, bagunçando as ondinhas no topo da cabeça dele e as ajeitando de volta para apreciar seu trabalho. — Agora parece que alguém se importa com você — falou, e sua mão parou, seus olhos se levantando mais uma vez para vê-lo pelo espelho.

Aldo inclinou a cabeça para trás e a apoiou no torso dela, deixando-a ali por um momento experimental. Em resposta, Regan passou o polegar por sua têmpora; depois mais baixo, acariciando de leve a maçã do rosto. Ele colocou uma das mãos para trás, enrolando os dedos na parte de trás do joelho dela; Regan tocou o cabelo dele novamente, sua respiração ficando mais rápida sob o peso da cabeça dele.

Aldo se permitiu fechar os olhos, e então os abriu.

— Que horas? — perguntou.

Ela pareceu aliviada.

— Sete? — sugeriu. — Eu dirijo.

— O que preciso levar?

— Hm. — Os dedos dela se moveram para a clavícula, dançando pelo osso estreito. — Um paletó? Umas duas calças de alfaiataria? Você tem?

— Tenho um terno — garantiu ele, passando a mão pela panturrilha dela até deixar o dedo indicador tocar o calcanhar. Em seguida, puxou a mão, retornando à segurança de seu espaço pessoal. — Já tive que fazer entrevistas, Chuck.

Ela piscou.

— Charlotte — disse, de repente se afastando dele para colocar os pentes de volta na pia. — Você vai ter que me chamar de Charlotte.

Ele se pôs de pé, virando-se para encará-la.

— Claro — concordou, e se apoiou no batente da porta enquanto ela seguia pelo corredor, fazendo um caminho incerto em direção à porta. — Mais alguma coisa?

— Não. Não precisa. — Ela soltou uma risada estrangulada. Parou. — Nada que não possa esperar, de qualquer forma.

Ele assentiu, depois olhou para o relógio de pulso; já eram quase seis.

— Quer que eu leve você para casa?

Ela negou com a cabeça.

— Não precisa, eu pego o trem.

— Tem certeza?

Teria que andar cerca de um quarteirão até a linha vermelha, mas ainda assim.

— Tenho.

Ela parecia inquieta, elétrica. Talvez precisasse ficar sozinha.

— Espero que não tenha descoberto nada — comentou ele.

Regan desviou o olhar. Quando retornou, estava afiado de certeza.

— Nadinha de nada — garantiu ela. — Te vejo no sábado?

— Sim.

Ele lhe fez o favor de não segui-la, preferindo em vez disso observar os cachos sem vida espalhados no chão do banheiro, percebendo a ausência de peso no topo da cabeça. Depois se olhou no espelho de novo, ajeitando o cabelo como ela tinha feito.

Era fascinante, na verdade, ver o que Regan via. Desconcertante, até, que ela pudesse fazer algo de sua cabeça virar realidade. Magia prática.

Aldo foi até o armário do corredor, contemplando os lugares pelos quais ela tinha passado.

Aqui. Aqui. Ali.

Sua mente relembrou o formato do toque dela, replicando os padrões e as formas; conectando as observações. A rapidez de sua hesitação. A força de sua respiração. Ele a revirou na imaginação — um emaranhado de fatos, detalhes e observações —, envolvendo-a com a mente da mesma forma que havia feito com os dedos.

Em seguida, ligou o aspirador de pó, permitindo que o barulho abafasse seus pensamentos.

— Você está falando sério mesmo? — perguntou Marc, rindo um pouco ao vê-la colocar um par de saltos na mala. — Assim, você disse que ia, mas...

— Estou fazendo a mala, não estou? — retrucou Regan.

Depois afastou uma mecha de cabelo da testa, se perguntando se deveria levar o vestido que sempre lhe caía bem, mesmo se isso significasse que a mãe a criticaria por usar a cor de velórios em uma boda de casamento.

Madeline usaria vermelho, provavelmente. Era a cor da irmã e, por coincidência ou não, também era uma cor festiva. Vermelho significava boa fortuna no pouco de cultura chinesa que Helen Regan (Yang em uma vida passada) tinha retido, embora Regan tivesse quase certeza de que o elemento da tradição teria sido abandonado de pronto se não ficasse tão bem em sua filha mais velha. Quando as meninas eram crianças, a mãe sempre as fazia usar vestidos vermelhos iguais, que acabaram evoluindo para trajes vermelhos de competições de dança e por fim um par de lábios escarlates de Madeline para a formatura, que se tornou sua marca registrada até bem depois da faculdade. A cor, no entanto, nunca pertencera a Regan de verdade.

A única exceção eram os brincos, mas eles não contavam.

— Então, esse cara aí — retomou Marc, interrompendo os pensamentos de Regan, que olhou para ele, já irritada.

Detestava ter que ler a mente dele.

— O nome dele é Aldo.

— Tá, que seja. — Marc alisou a barba por fazer. — O que você está fazendo, Regan? De verdade?

— Eu já disse. Arrumando a mala.

Talvez o vestido envelope roxo, pensou ela. Ainda muito escuro para o gosto da mãe, mas Regan amava cores que remetiam a pedras preciosas. Além do mais, nunca tinha conseguido agradar a mãe e certamente não conseguiria a essa altura do campeonato.

— Quis dizer o que está fazendo com *ele*, Regan. Não estou te dando atenção o suficiente?

— Você me dá bastante atenção. — Pensando melhor, o vestido roxo era muito largo. O azul de seda ficava melhor em seu corpo. Mas, se o objetivo era usar algo que acentuasse as curvas, a melhor escolha seria o preto, então ela estava de volta à estaca zero. — Na verdade, queria até que você me desse menos atenção, já que estou ocupada.

— Regan — insistiu Marc, com um suspiro, segurando seu braço enquanto ela ia de um lado para o outro revirando o armário. — Só me diz se isso for algum tipo de… episódio.

Ela pareceu surpresa, se virando para ele.

— Como é?

Ela usou *certo* tom, e Marc conhecia os sinais de alerta. Considerava as mudanças de humor abruptas de Regan parte de um pacote excêntrico, das quais provavelmente reclamava entre uma bebida e outra quando ela não estava por perto.

Mulher é assim mesmo, ela o imaginou dizendo.

— Não faça isso — pediu Marc. — Não estou acusando você de nada. Foi só uma pergunta.

Regan estava começando a se enfurecer. Marc não tinha perguntado "Você tomou seus remédios?", mas ela ouviu o questionamento na voz dele, a insinuação de que não tinha.

— Estou bem — respondeu ela, voltando a atenção ao processo de arrumação.

E *estava* bem, fora a intromissão indesejada de Marc. Estava *surpreendentemente* bem, na verdade. Sentia algo parecido com animação, o que era uma alternativa impressionante, mas muito bem-vinda, ao pavor existencial que sempre a tomava quando precisava encontrar a família.

— Aldo é... Você sabe. Um amigo — ela o lembrou. — Apoio moral, para ser sincera.

Com Aldo ao seu lado, Regan duvidava que os pais a pressionariam com perguntas sobre o que ela andava fazendo. Era mais provável que se contivessem e agissem formalmente, indispostos a se aventurarem em nada que estivesse além da polidez do Meio-Oeste. Marc, que tinha a tendência de ser fugaz em conversas, nunca era muito confiável; ele *socializava*. Era *extrovertido*. Aldo, por outro lado, seria apenas um acessório.

— Você gosta dele — observou Marc.

— Isso é o quê, uma *acusação*? — perguntou ela, encarando-o. Ele não respondeu.

Quase no mesmo momento, Regan de repente se lembrou de um vestido que não usava havia anos, então se virou para procurá-lo no armário. Tinha perdido peso nos últimos meses, mas achou que ainda serviria. Ela era mais magra em sua fase criminosa; o sono era raro naquela época, e sua tendência de se concentrar em uma tarefa de cada vez significava que ela pulava muitas refeições.

— Regan — repetiu Marc —, se esse cara for... Assim, se ele é o tipo de coisa de que você precisa para extravasar...

Ele parou de falar, e Regan, após tirar o vestido do fundo do armário, se virou para encará-lo, de cenho franzido.

— O quê?

— Eu não me importaria. Assim, eu gostaria de saber — acrescentou ele, com uma risada seca —, mas enfim.

O estômago dela embrulhou. Isso estava acontecendo fora de hora. Marc só deveria perder sua possessividade por ela depois de um ano de casamento, no mínimo.

— Espero que isso seja alguma tentativa medíocre de psicologia reversa — disparou Regan, visivelmente irritada.

Ele balançou a cabeça.

— Não é. É só, você sabe... — Ele deu de ombros. — Eu te conheço, Regan.

Um sentimento até legal, se ao menos tivesse soado um pouco íntimo. Chegou aos ouvidos de Regan mais como uma provocação, e ela cruzou os braços, virando-se para ele.

— Dá para parar de enrolar, Marcus? Diz logo o que quer — disse ela, provavelmente um pouco na defensiva demais.

— Ah, é? — respondeu ele, o tom de voz um pouco maldoso demais. — Está bem, Regan. Aqui vai, sem merda de enrolação nenhuma: pode trepar com ele se quiser. — Ela tentou não estremecer, embora tivesse certeza de que tinha recuado pelo menos um pouco. — Sabe por que não importa? Porque você vai voltar para mim — continuou ele, e, mais uma vez, era uma incompatibilidade desconcertante: palavras suaves, intenções duras. — Porque eu te conheço. Porque eu te *entendo*. Você acha que quer emoção, acha que quer algo novo e interessante, mas, linda...

Ele se aproximou, afastando uma mecha do rosto de Regan.

— Você sabe que uma hora ou outra ele vai ver quem você é de verdade — murmurou. — Você faz pose na frente dele, não faz? Como faz para todo mundo. Mas chega uma hora que isso te cansa, não é?

Ela se exasperou, sentindo-se em algum ponto entre desprezada e desmascarada.

Não havia nada pior do que ser previsível. Nada menor do que se sentir comum.

Nada mais decepcionante do que ser lembrada de que era essas duas coisas.

— Somos iguais, Regan — relembrou-lhe Marc. — Não é bonito quando descobrem o que tem sob a superfície, não é? Mas comigo você não precisa ser diferente. Pode ser sua versão toda ferrada mesmo — concluiu ele, rindo no ouvido dela, os lábios roçando sua bochecha —, e ainda estarei aqui, mesmo quando todo mundo virar as costas para você.

A doçura dele sempre tinha um toque de amargor. Sua franqueza nunca vinha sem uma mordida. Era do que ela gostava nele, na verdade; daquele senso de poder. Marc Waite sempre cultivava um desinteresse belo.

Havia um desequilíbrio permanente entre os dois, e Regan sabia que ambos entendiam. Quando Marc a encontrou, ela estava quase reduzida a nada, tanto que passaria o relacionamento todo devendo algo a ele, ou tudo, só por ficar quando qualquer outra pessoa racional a teria abandonado.

A falta de romantismo não era suprema. Na verdade, era sim, de um jeito perverso. Mesmo quando o calor do sexo se extinguia, ainda restava uma sensação tácita de camaradagem; um entendimento de que Marc era péssimo com seus defeitos e vícios charmosos, mas Regan sempre seria pior — egoísta, instável e superficial. Peças complementares de um quebra-cabeça péssimo e perfeito, no qual ela era a peça quebrada e ele era a normal. Ela sempre estaria doente e ele sempre estaria bem.

— Então você está satisfeito em ganhar por desistência? — perguntou ela, levantando o rosto para encará-lo. — É isso? Posso transar com o Aldo porque no fim das contas ele vai me deixar?

Regan queria que ele tivesse recuado, mas não foi o que aconteceu. Não esperava mesmo que ele voltasse atrás. Encha-se de drogas e nada vai te abalar; escolha uma mulher que aposta no próprio elemento-surpresa e uma hora ou outra você vai precisar ficar entorpecido só para lidar com ela.

— Isso — falou Marc —, ou eu te amo. — Ele a soltou, dando de ombros, e se virou. — O que for melhor para você, Regan. Qualquer coisa que você encontre para servir de justificativa.

Ele a deixou com o vestido na mão, o tecido embolado entre os dedos; por mais que preferisse jogar algo nele, Regan apenas o observou se afastar.

Odiava a visão das costas dele. Causava-lhe algo, a reduzia à irrelevância, à insuficiência, à insignificância. Dessa forma, ela conseguiria se enfiar nos vãos do piso, sumindo até virar nada por sua pequenez, e ele sabia disso. Um velho baque de dor martelou em seu peito e, querendo uma trégua, Regan olhou para o vestido, apertando o tecido.

O verde era uma cor interessante. Tinha tantas conotações, tantas formas. Às vezes era brilhante em esmeralda, outras turvo e opaco. Às vezes o verde podia ser tão escuro que quase parecia preto à primeira vista, ou ao menos um tom bem mais escuro do que de fato era. O vestido que segurava era desse tipo. Difícil de definir, embora sob determinados raios de luz ficasse intensamente óbvio; verde, sem dúvidas verde; tão verde que era incompreensível que talvez fosse visto como outra coisa, ou que as pessoas pudessem não perceber sua cor. Verde na luz de um arsenal. Verde contra o pano de fundo de uma igreja. Verde na hora das bebidas, do bolo, das trivialidades. Verde no reflexo dele, encarando-a, os dedos segurando sua panturrilha de forma quase penitente. O decote das costas era cavado e elegante; usar sutiã estava fora de questão. Provavelmente calcinha também. Quando Aldo dançasse com ela, *se* dançasse — tinha uma estranha suspeita de que ele aceitaria se ela pedisse —, não teria como pousar as mãos em outro lugar que não a pele exposta. Ela se lembrou da sensação dos dedos dele traçando os desenhos em sua coxa, uma sequência de cálculos impossível de distinguir. Mentalmente, ela reorganizou as memórias que tinha dele, pegando a leveza de seu toque e o imaginando na parte inferior de suas costas, subindo por sua coluna.

E estremeceu.

Depois guardou o vestido na mala e foi para o banheiro. Marc estava em algum canto da sala de estar, mantendo-se fora do seu alcance, mas ainda assim algumas coisas exigiam lugares secretos, portas fechadas. Ela tirou a calça legging, se livrou do suéter e se deitou nua na banheira, estremecendo um pouco ao entrar em contato porcelana fria.

Pensou em ligar para ele. Uma emoção nada insignificante percorreu seu corpo com essa ideia. *Isso não é uma conversa*, ela se imaginou dizendo, *então não fale. Só fique aqui comigo, só respire.* Ela se perguntou o que ele acharia disso, de só ouvir o som dela. Marc, é claro, amaria esse tipo de coisa. Ele amava tudo que era lindo, tudo que era sensual, embora amasse mais como um cuidador, um guardião.

Aldo, Regan disse de olhos fechados, você descobriu algo sobre mim?

(Não está prestando atenção o suficiente para dar no pé?)

Ela deslizou a mão pelas partes de seu corpo que estavam fortalecidas pelas horas e mais horas de suor na yoga e no pilates, consequência dos "não vou querer sobremesa, obrigada", dos jantares leves e o que mais fosse preciso para continuar sendo uma superfície plana e ininterruptamente lisa. Regan se esforçara muito por seu corpo, só para apreciar a visão dele; não era *tudo* graças à genética, ainda que ela tenha dado uma forcinha. Os ossos de seu quadril eram afiados como estalagmites, protuberantes no vale de sua cintura, e ela os amava mais do que todo o resto por isso. Deitada ali na banheira, ela parecia uma arma. Ou, pelo menos, uma paisagem que poderia fornecer defesa.

A essa altura, sua visão do peito e das costas de Aldo, tanto a real quanto a do reflexo, já estava gravada na memória. Ela sempre tivera um olho bom para esse tipo de coisa, para inconsistências também. Os músculos ao redor dos ombros, os lugares onde as asas estariam, eram largos demais. Se o terno que ele alegava ter não fosse sob medida (e Regan tinha certeza de que não era), ela duvidava que serviria bem. Sua mãe lançaria a ele um olhar fulminante e nossa! (aqui ela fingiria tremer de frio), ele nem perceberia. Aldo estaria olhando para outro lugar, sua boca no formato do nome dela, a totalidade dele retesada e incerta, inclinada firme e inquestionavelmente na sua direção.

Aquele filho da mãe estava certo. Nem seis conversas e ela já o conhecia o bastante para dar vida a ele. Olhos verdes, aquele amontoado de músculos revestindo seu tronco, o osso estreito da clavícula. Aquela boca. As maçãs do rosto e *aquela boca*. Aqueles olhos. Canhoto. *Preciso que minta para mim*. Um zumbido que percorria suas veias. As mãos dele, os dedos longos entrelaçados nos dela. Seria o sexo um problema matemático para ele? Uma equação a ser resolvida? Ela sempre considerou o ato algo razoavelmente metódico. Penetração e fricção, $a + b$. Tão fácil que até um cheirado que trabalhava com fundos de cobertura dava conta.

O celular tocou, e os olhos dela se abriram. Depois, se inclinou sobre a borda da banheira, a mão ainda entre as pernas, e fitou a tela. Era Aldo. Falando no diabo.

Ela esticou a mão livre, deslizando para atender.

— Alô?

— Um terno? Só isso mesmo?

A voz dele estava sempre um pouco seca, quase afiada. Lembrava Regan de champanhe brut.

— Algo para a viagem de carro, se quiser. E algo para usar na volta.

— Você está ofegante — observou ele.

— Estou. Um pouco.

— Está correndo?

— Mais ou menos. — Ela olhou para baixo e viu as coxas fechadas ao redor da mão. — Claro. — Do outro lado da ligação, ela ouviu uma sirene. — Onde você está?

— No terraço. — Ela o ouviu dar uma tragada em algo. — Queria falar com você, mas infelizmente não tenho nada logístico para puxar assunto.

— Podemos conversar amanhã. A viagem de carro vai ser meio longa.

— Tem algum assunto em mente?

— Vamos ver o que nos ocorre amanhã.

Ele exalou devagar; um pequeno arrepio borbulhou na pele de Regan.

— Certo.

Poderia ter acabado ali.

Deveria ter acabado ali.

— Aldo — disse ela. Merda, merda, merda. — Como você gosta do seu café?

— Não bebo café.

Claro que não.

— Bem, o que posso levar para você?

Isso era logística.

— Não preciso de nada, Regan.

— Você está me fazendo um favor, Aldo. Eu devia levar alguma coisa para você.

Ele parou.

— Estou?

— Está o quê?

— Te fazendo um favor.

Ah, que se dane. Ela pressionou a orelha contra a banheira, deixando os dedos continuarem suas perambulações.

— Não está?

— Não é bem um favor — afirmou ele. — Você vai fazer a maior parte, e eu não sou muito bom em festas.

Ele seria um verdadeiro desastre. Só Deus sabia o quanto.

— Você vai se virar bem.

— Cuidado — alertou ele. — Isso está quase virando uma conversa.

Ele devia estar chapado, não devia?

— Aldo.

— Regan?

Mesmo se não estivesse, ela achava que ele ia gostar. Todo mundo gostava. Estou nua. Estou me masturbando. Estava pensando em você antes, estou pensando em você agora, vou gozar assim, pensando em você.

Os homens adoravam esse tipo de coisa. Eram ridiculamente fáceis. Era tão primitivo que chegava a ser trágico.

— Estou feliz por você ir comigo — disse ela, murchando.

— Estou feliz por ter me chamado. Em termos logísticos, quer dizer.

Falando nisso.

— É melhor a gente desligar — comentou ela, fechando os olhos.

Regan o ouviu dando outra tragada.

— Não precisamos conversar — sugeriu ele, soltando a fumaça de novo.

Perfeito, pensou ela.

— Ok — disse.

Regan já tinha decorado o padrão da respiração dele; três batidas inspirando, cerca de duas expirando. Para dentro, para fora, com um êxtase calculado. Então ajustou o próprio ritmo ao dele, já que o seu tinha se perdido com outros objetivos.

Ela gozou depois de dez respirações; com o coração saltitante, o lábio preso entre os dentes para estrangular a possibilidade de qualquer som.

— Aldo.

Saiu como um suspiro sussurrado, meio implícito; mais como uma respiração do que qualquer outra coisa, que inundou Regan como se o corpo dela fosse algo oco.

Se Aldo ouviu aquilo, ou qualquer outra coisa, não comentou.

— Chá seria bom — disse ele, enfim. — Se quiser. Em vez do café.

Logística. Ela fechou os olhos novamente.

— Quer leite ou açúcar? Mel? Limão?

— Só o chá, por favor. — Ela o ouviu se levantando. — Vou te deixar voltar para as suas coisas agora.

Aquele velho reflexo não morria nunca; a pontadinha de "Não vá, fique um pouco mais. Coloque-se sobre mim como a maré, me cubra como uma manta, se enrole em mim como o sol".

"Não vá, não vá, não vá."

— Ok — disse ela. — Te vejo de manhã, Aldo.

— Tchau, Regan — despediu-se ele, e ela desligou, deixando o celular cair da mão e pousar em seu torso nu; reto, parado e sem vida.

Isso não é bom, pensou ela, com certa apatia. Não estava nem perto de ser suficiente. Ela sentia uma voracidade que nunca conseguia suprir, um medo que não conseguia ignorar, um pavor que a perseguia a todo momento. Tinha uma necessidade, muitas necessidades, que nunca conseguia extinguir. Mas as pessoas não gostavam de uma pessoa com necessidades, então ela aprendera a transformá-las. Enterrá-las, ocultá-las habilmente, em alguém cujas compulsões combinavam com as dela. Formas complementares se tornando peças que se encaixavam.

Defeitos, pensou ela, eram só espaços vazios a serem preenchidos.

— Marc! — gritou ela, e ouviu os passos dele se aproximando da porta do banheiro.

Ele não precisaria de nenhuma explicação, nenhum convite. Ela não pediria desculpas, e ele, com razão, também não as ofereceria.

Regan fechou os olhos quando ele parou ao lado da banheira e abriu a torneira apenas o suficiente para que a água escorresse sob a sola do pé dela, acariciando o calcanhar apoiado na porcelana logo abaixo. Marc passou a mão pela coxa dela.

— Está melhor agora? — perguntou.

Era um alívio, ela lembrou a si mesma, não ser o alvo de expectativas impossíveis. Ou mesmo moderadas.

— Vai ficar — disse ela, soltando a respiração.

Qualquer coisa que sirva de justificativa.

Aldo deu outra tragada no baseado, depois soltou a fumaça na brisa. Não estava muito frio, o que era bom. Só lhe restavam mais algumas dessas noites acolhedoras. Uma delas poderia ser a noite seguinte, mas ele estaria ocupado. Em uma festa. Com Regan.

Certa vez, ele perguntara ao pai como tinha sido conhecer sua mãe.

— Foi como pular de um precipício — respondera Masso, e não de um jeito que abria espaço para mais perguntas.

Aldo espiou pela beirada do terraço, avaliando a altura da queda. Ele tinha um hábito, entalhado em sua afinidade por alturas, de olhar para baixo e determinar o ponto aproximado do qual ele pularia e não conseguiria sobreviver ao baque. Era em momentos assim, chapado o suficiente para inalar a promessa do risco, que as linhas esculpidas das ruas da cidade traziam à tona sua melancolia permanente; aquele *l'appel du vide*, o chamado do vazio.

Pela experiência de Aldo, o vazio falava muitas línguas. Cruzamentos congestionados, ondas furiosas, os sons muito parados de seu apartamento, os frasquinhos de plástico que ele sabia que ainda conseguiria arranjar se quisesse. Geralmente, quando o vazio falava com ele, Aldo rebatia com ainda mais contemplação sobre o tempo. O tempo, e às vezes inundações. Toda cultura antiga tinha uma história com inundação. Deve ter havido uma, algo devastador. A terra era vingativa.

Então deu outra tragada, depois soltou o ar. Não se fala sobre como fumar é perigosamente próximo de colocar fogo em si mesmo. Em alguns dias, ele gostava mais do ato do que do resultado, a sensação de que poderia queimar algo, prender a combustão lenta de cinzas em seu peito, e então soltar o ar como algum tipo de deus onipotente. Incêndios, inundações. Pragas e gafanhotos. Ele se perguntou se Regan já havia pensado nisso, e considerou ligar de novo para checar, mas se deteve.

Soltou a fumaça, observando-a se dissipar no ar.

Às vezes, Aldo achava que era justamente por uma queda que ele vinha esperando.

Regan estava cinco minutos atrasada, mas Aldo não sabia (embora pudesse ter adivinhado) que aquilo era bem adiantado para os parâmetros dela. Ele estava esperando do lado de fora do prédio, uma bolsa de viagem pendurada no ombro, os olhos fixos em nada. Seus dedos estavam unidos como se segurassem um cigarro invisível.

— Oi — disse Regan, abrindo o vidro do carro, e ele piscou antes de voltar o foco para ela.

Ela tinha feito um ótimo trabalho com o corte de cabelo.

— Oi — respondeu ele, e então abriu a porta do Classe S e se acomodou no banco do carona, levando um momento para se orientar.

Fez um exame minucioso do veículo, depois permitiu que os ombros relaxassem, se moldando aos novos arredores. Ela queria rir daquele processo de adaptação, mas limitou-se a indicar onde havia colocado o chá, no suporte de copo do painel central.

— Gosta de chá preto? — perguntou.

Aldo assentiu.

— Obrigado — disse, e então pareceu aflito por um momento. — De verdade — acrescentou lentamente, como se temesse que o reconhecimento inicial de sua gratidão inicial não tivesse bastado, e ela deu um tapinha em seu joelho para tranquilizá-lo.

— Sem problemas — falou.

Ele olhou para a mão dela.

Regan a puxou de volta, colocando-a no volante, e entrou de novo na pista, rumo à interestadual, enquanto Aldo pegava o chá.

— Então — retomou ele, apoiando a cabeça no banco. — Sobre aquela última conversa... — continuou, e Regan sentiu uma pequena onda de alívio. — Acho que agora talvez seja um bom momento.

— É?

— É. — Aldo olhou para ela. — Agora que sabemos que o silêncio não é um problema para a gente — observou —, não tem nada de errado em esta ser nossa última conversa. Tecnicamente, não precisaríamos nos falar de novo.

— Verdade — concordou ela. — É um excelente argumento.

— Embora a possibilidade de renegociar nunca tenha sido descartada.

Ela assentiu, satisfeita por ter sido ele a sugerir.

— Com certeza. Você tem alguma objeção a octógonos?

— Não são minhas formas geométricas favoritas, mas também não são inválidas.

Regan sorriu, ligando a seta para pegar a rodovia.

— E sobre o que deveríamos falar? — perguntou ele.

— Informações pessoais. Segredos.

— Você já sabe todos os meus segredos.

Ela o repreendeu com o olhar.

— Você me contou *todos* os seus segredos em uma duração total de cinco conversas?

Ele deu de ombros.

— Não tenho muitos segredos. Não tenho nenhum, na verdade.
— Você deve ter *alguns*.
— Tem algo específico que você queira saber?
Agora que ele mencionara, sim.
— Vamos falar sobre sexo — sugeriu ela, em um tom de voz neutro.
Ele bebericou o chá.
— Certo — disse. — O que quer saber?
— Quem foi a última pessoa com quem você transou?
— Uma garota que frequenta a mesma academia que eu.
— Vocês chegaram a namorar ou...?
Ele olhou para Regan, sorrindo.
— O nome dela é Andrea. Ela prefere Andie.
— Com i?
— I-e.
Regan fez uma careta, e ele riu.
— Ela é professora lá. Saímos duas vezes, dormimos juntos quatro vezes. A última foi há uns três meses.
— O que deu errado?
— Nada — respondeu ele. — Ela não tem horário fixo para trabalhar, e eu nunca estava disponível quando ela podia. Além disso, não ia dar em nada.
— Por que não?
— Por mais estranho que pareça — comentou ele, com outro olhar de esguelha —, algumas pessoas parecem não ter interesse em abelhas.
Regan sentiu uma satisfação repentina que logo tratou de reprimir.
— Você contou a ela sobre as colônias sem deus?
— Não acho que essas tenham sido minhas palavras literais, então não.
— Bem, então você pisou na bola — informou ela, entrando na última pista da esquerda. — Já teve algum namoro sério?

Ele negou com a cabeça.

— Minha personalidade não costuma levar a relacionamentos longos.

— A minha também não, mas cá estamos. — Ela franziu o cenho. — E quem te disse isso?

— Ninguém. Mas tenho minhas observações.

— Hmm, está soando muito heteronormativo para o meu gosto — comentou ela, lançando um olhar rápido para ele. — Um homem alérgico a compromisso? Que novidade.

— Não tenho problema com compromisso — explicou ele. — Na teoria, pelo menos. Mas tenho dificuldade em entender o que as pessoas querem de mim.

— Mesmo sendo um gênio?

— Não sou esse tipo de gênio — pontuou ele —, mas acho que você é.

Era óbvio que Aldo estava desviando do assunto, mas ela achou compreensível.

— Isso é algo estranho de se dizer — disse Regan. — Não?

— Só acho que você tem um entendimento muito claro de como se encaixa com outras pessoas — explicou Aldo, depois acrescentou: — É algo positivo.

— Não parece.

— Não?

— Bem, você já disse que sou uma mentirosa — relembrou ela. — Acha que sou falsa também?

— *Você* acha que eu sou falso?

Ela fez uma careta.

— Não foi o que perguntei.

Aldo sorriu.

— Acho que sua cabeça requer um molho de chaves específico.

— Um molho inteiro? — indagou Regan.

— Ah, tenho quase certeza disso — respondeu Aldo. — Acho que, para uma pessoa se aproximar de você, primeiro você tem que dar a ela uma das chaves, e não todas. E, mesmo assim, só um andar pode ser destrancado por vez.

Interessante.

— Quais chaves, em qual ordem?

— Não sei ao certo — confessou ele. — Sua história, acho, é uma chave bastante óbvia.

Justo.

— Mais alguma coisa?

Regan olhou-o de relance, mas ele pareceu estar muito concentrado em outra coisa.

— E sexo? — sugeriu ela. — Já que era o tópico que concordamos em abordar antes.

— Acho... — começou ele, parecendo um pouco tenso. — Acho que, para você, amor e sexo talvez sejam duas chaves diferentes. Talvez até mais do que duas.

— Mais do que duas?

— Bem, eu não saberia dizer — disse ele, dando de ombros. — Não tenho os meios para conduzir um experimento mental adequado.

Ela checou, mas não era um convite. Era um fato, como todo o resto.

— Faltam variáveis?

Mais um dar de ombros.

— É só um palpite.

— Bem, eles são aceitos como moeda de troca aqui — respondeu ela, animada. — Além de teorias, sensações vagas e notas falsificadas.

Ele batucou os dedos no copo de papel da Starbucks.

— Acho que você pode se envolver fisicamente com uma pessoa antes de precisar dela — disse ele devagar. — E acho que você pode precisar dela antes de amá-la.

— E você diz isso com base em quê?

— Cinco conversas e meia.

A convicção dele era um pouco charmosa.

— Faltou uma coisa — ela decidiu confessar. — Consigo dormir com uma pessoa antes de desejá-la, na verdade. E eu preciso dela antes de querê-la.

Aldo a encarou.

— É sempre assim?

— Pelo histórico, sim, e você sabe como me sinto em relação à história.

Ele deu um gole no chá, inclinando a cabeça para trás de novo.

— O que aconteceu com o namorado da falsificação?

— Nada — respondeu Regan, indiferente. — Nada fora do normal. Meus relacionamentos têm uma vida útil de cerca de um ano, no máximo dois.

— Você prefere estar em um relacionamento?

Ela ponderou.

— Eu nunca tinha parado para pensar no que prefiro, na verdade, mas acho que sim. Eu não saio por aí procurando pessoas — explicou ela, tamborilando no volante. — É mais como se elas se manifestassem, e eu vou com tudo.

— Foi isso que aconteceu com o Marc?

— Foi.

Regan tinha a nítida impressão de que qualquer coisa que dissesse sobre Marc seria um desperdício de conversa.

— Às vezes — continuou Regan —, quando estou com alguém, sinto como se estivesse dormindo.

Então tamborilou no volante de novo, se perguntando se conseguiria tirar algum sentido disso ou se só terminaria caindo em um buraco de autopiedade repulsivo.

Mesmo assim, continuou falando.

— Às vezes é como se eu estivesse ali, mas sem estar. Não por completo. Como se parte de mim fosse acordar um século depois e tudo fosse impossível de identificar — contou, com uma risada melancólica. — Sabe, como o Rip van Winkle ou algo assim.

Aldo ficou quieto por um momento.

— Viagem no tempo — disse ele, por fim.

Ela lutou contra um sorriso, balançando a cabeça e repreendendo-o com o olhar.

— Mas não estou tentando achar uma resposta para isso.

— E daí? — perguntou ele, impassível. — Provavelmente significa que você vai resolver antes.

— Porque sou uma gênia?

— Exatamente — confirmou ele, e então, sem transição: — Quero ver sua arte.

Ela abriu a boca, hesitou.

— É uma chave — observou ele, e Regan revirou os olhos.

— É que eu não tenho nada para mostrar, só isso — disse ela. — Não faço nada há tempos. Anos.

— Nem um esboço?

— Nem um esboço — confirmou, balançando a cabeça. — Não tive tempo.

Mentira.

— Você está mentindo — declarou ele.

Ela suspirou.

— Sabe, é falta de educação acusar uma dama de mentir o tempo todo.

— Bem, pode mentir se quiser — tranquilizou-a ele. — Eu só gosto de saber quando acontece. Sabe, perceber nas minúcias, pelo menos. Talvez até saber de antemão, se pudermos estabelecer um sistema.

— Você é meio controlador — comentou ela, com uma sobrancelha levantada.

Aldo não pareceu ver problema nisso.

— Você prefere a ignorância?

— Eu provavelmente deveria — admitiu Regan. — A ignorância parece mesmo ser uma bênção.

Nisso, no entanto, ele pareceu, *sim*, ver problema.

— Acho que prefiro ter informações a bênçãos.

— Então prefere conhecimento a felicidade?

Ele ponderou.

— Sim — concluiu, depois hesitou. — Às vezes — começou lentamente —, a felicidade não parece... falsa? Como se fosse algo que alguém inventou. Um objetivo impossível que nunca alcançaremos, só para nos fazer calar a boca.

— É quase isso mesmo — concordou ela.

Eles seguiram viagem em silêncio por alguns minutos.

— Qual o nome da sua mãe? — perguntou ela depois de um tempo.

— Ana.

— Já teve curiosidade sobre ela?

— Já.

— E já tentou conhecê-la?

— Não. Acho que não conseguiria encontrá-la, se tentasse.

Ela reprimiu um olhar de compaixão.

— Bem, dizem que é melhor mesmo nunca conhecer seus heróis.

— Ela não é minha heroína, mas entendo o que quer dizer.

— Sempre foi só você e seu pai, então?

— E minha *nonna*, sim.

— Você é próximo dela?

— Era.

— Ah. — Ela estremeceu. — Sinto muito.

Ele deu de ombros.

— Você não tinha como saber.

— É, mas ainda assim...

— E sua mãe?

Ela mordiscou o lábio.

— Outra chave — observou ele, emendando: — Não precisa responder.

— Bem, você vai conhecê-la — falou Regan, dando de ombros —, então acho que não vai levar muito tempo para entender. Eu meio que sou um clichê ambulante, você vai ver. Mãe narcisista, irmã bem-sucedida, pai obcecado por trabalho. É tão comum que chega a ser quase freudiano.

— Não acredito nisso. E Freud tem sido amplamente refutado.

— Bem, estou em algum lugar por aí, então — disse ela. — Tenho certeza de que todo psiquiatra já conheceu alguma versão minha antes.

Aldo lançou a ela um olhar longo, inquisitivo.

— Quem te disse isso?

A psiquiatra dela. O advogado.

Um juiz. Um júri cheio de conhecidos.

Marc.

— Ninguém. — Ela encontrou o olhar dele brevemente, e então voltou a prestar atenção na estrada. — Primeiro beijo?

— Sexto ano. Jenna Larson. E o seu?

— Nono ano — disse Regan. — Demorei um pouco.

— Talvez tenha sido melhor assim. O meu foi péssimo.

Ela riu.

— O meu também. Primeira vez?

— Eu tinha dezesseis — contou ele. — Foi embaixo da arquibancada da escola. Uma daquelas meninas do tipo maconheira anarquista.

— Deus do céu, é claro. Eu tinha dezesseis também — respondeu ela. — Ele era o capitão do time de polo aquático.

Aldo riu.

— Claro que era.

— O nome dele era Rafe — continuou Regan, e ele grunhiu.

— Claro que era — disseram em uníssono.

Quando o riso morreu em sua garganta, Regan sentiu algo tomar o lugar, preenchendo o espaço vazio em seu peito. Alguma outra compulsão retraiu seus membros, e ela estendeu o braço, colocando a mão no joelho de Aldo.

Dessa vez, ele não recuou. Pousou a mão na dela, cobrindo-a brevemente e passando o polegar sobre os nós dos dedos. Satisfeita, ela puxou a mão de volta, segurando o volante com as duas mãos.

— O que acha de dançar? — perguntou ela.

— Minha avó me ensinou quando eu estava no ensino médio — respondeu Aldo. — Eu sei dançar.

— Não foi o que perguntei.

De canto de olho, ela viu um sorriso se formando no rosto dele.

— Bem, me pergunte depois — sugeriu ele.

— Está bem — concordou Regan.

Seis conversas, pensou ela, uma onda de descrença palpável percorrendo seu corpo, e ainda assim mal podia esperar para descobrir.

PARTE TRÊS

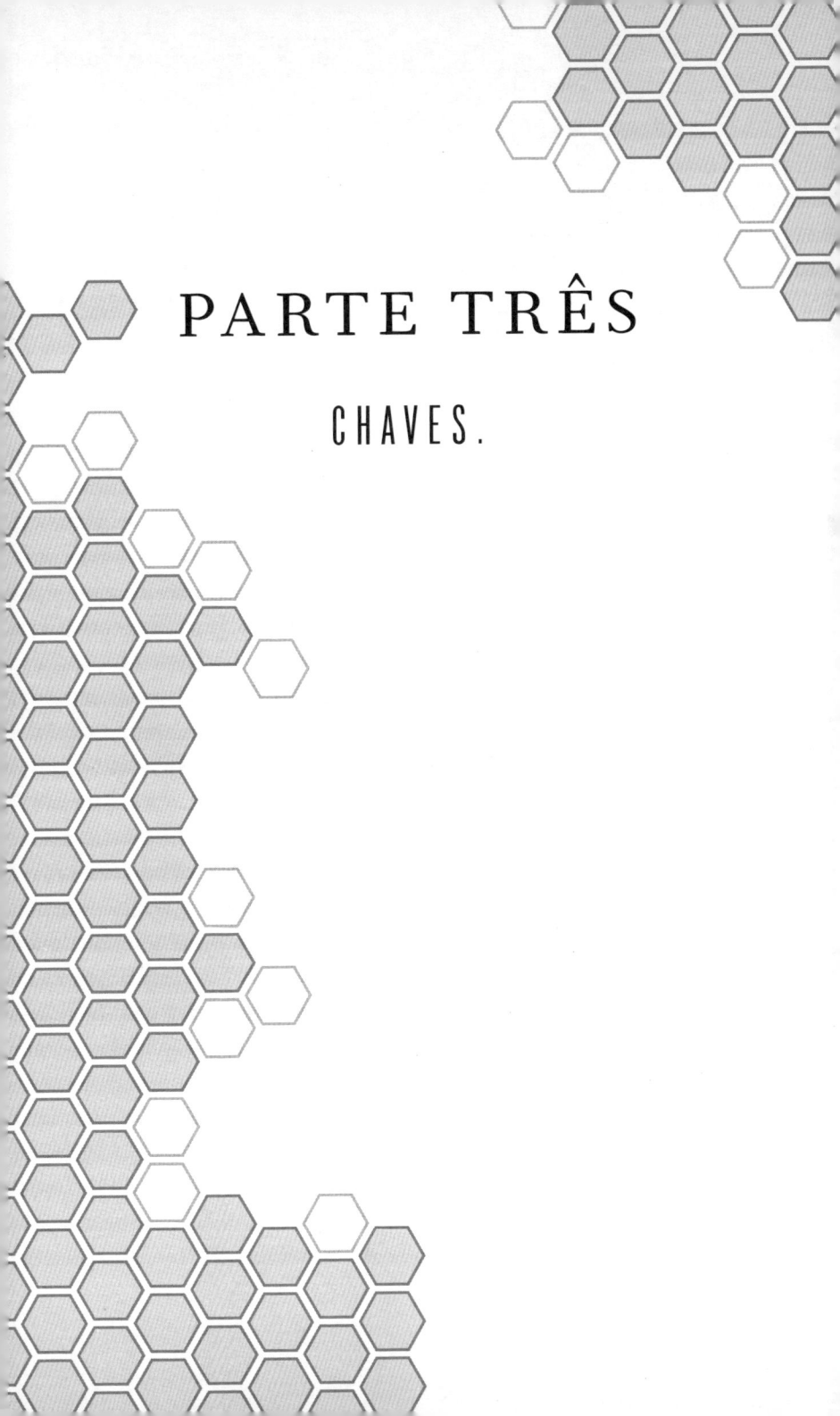

CHAVES.

Uma das considerações de Aldo a respeito do tempo era determinar em que instante, conceitualmente, as coisas se tornavam normais, sem nada de especial. As pessoas se embruteciam com tanta facilidade, tornavam-se tão inevitavelmente entorpecidas quando se tratava da natureza repetitiva da existência. Ele se perguntou, em um primeiro momento, quanto tempo Regan tinha demorado para perder a admiração pela própria vida, e, em seguida, se ela um dia já nutrira esse sentimento.

Aldo nunca tinha ido a uma festa de bodas de casamento, considerando que os pais nunca haviam se casado e que o avô tinha morrido bem antes de ele nascer, mas sua impressão era que esse tipo de evento geralmente tinha um escopo razoável. Isso não valia para a família de Regan, que consistia nos pais, John e Helen, as duas filhas, Madeline e Charlotte, além do marido de Madeline, Carter Easton, e a filha deles, Carissa. Aldo entendeu por que, por uma questão de logística, Regan o tinha alertado para chamá-la pelo nome, e, ao vê-la naquele contexto, ele fez isso de maneira intuitiva. Regan era como ela se apresentava, mas quando estava ali era Charlotte, a quem Aldo começara a ver como uma identidade completamente distinta.

Charlotte, por exemplo, foi uma Regan mais moderada ao entrar na casa em que havia crescido, quase como se o esforço de tentar preencher esse espaço, uma tarefa fácil em qualquer outro ambiente, houvesse sugado a energia exigida para determinadas facetas de sua personalidade. Ao passo que Regan se movia com uma elegância típica e lânguida, Charlotte era apreensiva e contida, os músculos retesados, as pontas dos dedos pressionando a taça com tanta força que ficavam brancas. Aldo fez de tudo para não olhar para aquelas mãos, algo que não pertencia àquele lugar, algo para o qual sua atenção insistia em retornar vez após outra. O desconforto de Regan era uma distração inigualável para ele.

— ... da vida, Aldo?

Aldo piscou, desviando o olhar enquanto registrava o que a mãe dela dizia. Era uma mulher mais baixa (a altura de Regan claramente tinha sido herdada do pai — John, como a filha mais nova, era esguio e quase franzino, enquanto as outras duas eram pequeninas e tinham, por falta de uma expressão melhor, curvas femininas), e Aldo foi forçado a olhar para baixo, sentindo-se desconfortavelmente grande em comparação à mulher.

— Perdão, o que disse? — perguntou, a contragosto.

Ele preferiria conversar com Regan, que por sua vez parecia preferir conversar com Carissa, sua sobrinha. Isso, Aldo lembrou a si mesmo, era algo que talvez devesse ter previsto. Não havia modelado formalmente os eventos da festa, mas o evento estava progredindo de uma maneira que ele poderia ter previsto (em teoria).

— O que você faz da vida? — repetiu Helen, falando com uma deliberação dolorosa dessa vez.

— Matemática — respondeu ele, e parou por um momento, pensando que tinha algo entalado em sua garganta. Mas não tinha.

— Programação, essas coisas? — continuou Helen.

— Não. Matemática teórica.

— Mãe, eu te disse — interveio Regan, pegando Carissa no colo e se juntando à conversa com as pernas da garotinha enlaçadas em seu quadril. — Aldo é professor na Universidade de Chicago.

— Adjunto — corrigiu Aldo. — Não fixo. Estou fazendo doutorado.

— Ah — disse Helen. — E você acha que vai ser contratado?

— Não sou lá muito fã de lecionar — respondeu Aldo.

— Mas ele é muito bom — contribuiu Regan. — Bem, de qualquer forma, ele é um gênio.

Regan lhe ofereceu um sorriso e uma piscadinha, enquanto Carissa agarrava o cabelo dela.

— E o mercado de trabalho de "matemática teórica" é bom? — perguntou Helen.

— *Mãe* — repreendeu Regan.

— Não sei ao certo — disse Aldo, que nunca tinha se importado em descobrir.

— Charlotte, só estou fazendo perguntas. Você é de Chicago mesmo?

Aldo levou um momento para perceber que Helen tinha voltado a lhe dirigir a palavra.

— Não. Da Califórnia — explicou. — Pasadena.

Regan, percebeu Aldo, estava o encarando com uma frequência cada vez maior, então ele imaginou que devia estar dizendo algo errado. Se era *o que* dizia ou *como* dizia, ele não tinha certeza.

— Meu pai ainda mora lá — tratou de acrescentar. Talvez estivesse deixando muito espaço para o silêncio entre suas palavras. — Ele tem um restaurante.

— Ah, é? — disse Helen.

— É, sim.

— Aldo cozinha muito bem — comentou Regan.

Helen lançou um olhar penetrante para Aldo, e então se virou para a filha.

— Quando foi que ele cozinhou para você? — perguntou, falando exclusivamente com ela.

Aldo teve a sensação distinta de que desaparecera de repente, e lutou contra o instinto de conferir se ainda tinha mãos e pés.

A resposta à pergunta de Helen era "nunca", pois Regan não tinha nenhuma evidência, qualitativa ou de qualquer outra natureza, para aferir a habilidade necessária de Aldo. Isso, no entanto, não a impediu de continuar como se não fossem fatores relevantes.

— Somos amigos, mãe. Ele já cozinhou para mim, eu já cortei o cabelo dele. Ficou bom, não ficou?

Era uma pergunta, notou Aldo, mas também algum tipo de ameaça.

— Desde quando vocês são amigos? — indagou Helen. — Nunca ouvi você falar dele.

— Bem, ele está aqui agora, não está?

— Charlotte. Não começa.

— Mãe, você está sendo ridícula.

Aldo teve a sensação de que não estavam mais falando de suas capacidades culinárias. Olhou para o vestido de Regan, de um verde-escuro que escorria pela cintura fina e se expandia um pouco na altura do quadril. Ele deveria dizer que ela estava bonita, pensou, embora a palavra talvez fosse um eufemismo.

— … só peço que você não seja tão irresponsável pelo menos uma vez na vida…

— … não *estou* sendo irresponsável, *você* é que queria que eu viesse…

Pensando melhor, ele considerou que talvez não devesse usar a palavra "bonita". Imaginava que muitas pessoas já haviam dito a Charlotte que ela era bonita, e que Regan provavelmente fazia questão de se lembrar disso. E talvez fosse uma palavra usada apenas para crianças. Parecia pueril, pelo menos um pouco. Por sinal, Carissa, a menininha, não estava mais ali. Regan tinha colocado a sobrinha no chão para poder encarar a mãe, e Aldo conseguia ver as linhas de tensão em suas costas desnudas.

Bonita, pensou ele de novo, e se forçou a pensar em outra coisa. A ideia de tempo parecia mais nebulosa do que de costume. Parecia ter abandonado seu ritmo habitual para se arrastar com melancolia pelo lugar, viajando lentamente pelos entalhes da coluna de Regan.

— Aldo, alguém já te ofereceu algo para beber? — perguntou uma voz vinda de trás dele.

Era Madeline, irmã de Regan, mãe de Carissa. Aldo tinha começado a mapear todos os papéis e personagens relevantes, embora fosse um mapa relativamente pequeno. Gráficos, para ele, eram tranquilizadores. Encurralar os organismos do caos em ordem era uma maneira agradável (*mais* agradável) de ocupar seu tempo.

— Não precisa — respondeu, e Madeline abriu um sorriso largo, que ele percebeu ser mais ensaiado do que o de Regan ou o de Charlotte. Parecia fruto de treino frequente.

— Já que não quer beber nada, que tal tomar um ar? — sugeriu ela.

Havia uma urgência gentil em sua voz, que ela uniu a um movimento que o arrastou para longe de Regan. Aldo seguiu, relutante, tendo um último vislumbre da postura retesada de Regan antes de se virar.

Madeline era consideravelmente menor do que a irmã, em energia e comportamento, além da constituição física. Tinha um rosto felino, um nariz diminuto com olhos brilhantes e feições finas. Seu cabelo escuro se tingia de um dourado delicado nas pontas, caindo por um dos ombros. Era difícil de acreditar que aquela mulher tinha uma filha, que dirá um diploma em medicina. Parecia ter sido tirada dos vinte e poucos anos sem suspeita, ou senão, talvez de um bosque de fadas da floresta. Usava um vestido vermelho e estava muito, muito bonita. O palpite de Aldo era que ela provavelmente receberia bem o elogio, mas supôs que, se a Regan mais nova o acharia indigno de confiança, a mais velha o guardaria em algum lugar para usá-lo como combustível de sua própria eletricidade.

— Aqui fora é bonito — comentou Madeline, levando-o até o gramado.

Eles haviam comprado os mesmos aquecedores externos que Masso usava no pequeno pátio do restaurante, embora Aldo percebesse que Madeline ainda tremia um pouco no ar de outubro.

— Se você estiver com frio...

— Ah, não. Estou bem — disse Madeline rapidamente, lançando-lhe um sorriso frágil. Havia um espaço para o bartender ali fora, montado a uma distância segura da casa. — Tem certeza de que não quer beber nada?

— Não, obrigado — respondeu Aldo, e então, porque estava pensando naquilo, acrescentou: — Foi uma boa ideia colocar o bar do lado de fora. Assim a fila não atrapalha — observou, vendo que ninguém bloqueava os pontos de circulação da festa. — Inteligente.

O sorriso de Madeline se intensificou.

— Bem, de tanto repetir a gente acaba aprendendo uma coisa ou outra, mas obrigada.

Aldo olhou para ela.

— Foi você que organizou o evento?

Isso, ele percebeu, provocou um sorriso diferente em Madeline. Então, presumiu que tinha dito algo mais valioso do que um mero elogio à sua aparência.

— Não é tão difícil, para ser sincera. Você não ia acreditar na festa que meus pais insistiram em dar no primeiro aniversário da Carissa.

— Posso imaginar.

E podia mesmo, embora fosse só mais uma frase que as pessoas gostavam de usar. *Posso imaginar*, como se dedicassem um bom tempo a pensar no assunto. Na verdade, a maior parte das pessoas expressava sua capacidade de reconhecer padrões, de modelar dados mentalmente. Ele duvidava que muitas delas de fato usassem a imaginação, exceto talvez Regan. Faria questão de perguntar a ela depois: *Você imagina coisas? Sua vida é um sonho ou um gráfico? Você já pensou nisso, ou naquilo, ou naquela outra coisa?*

Sabia que ela as responderia, e estremeceu diante daquela imagem profética.

— Está um pouco gelado — comentou Madeline. — Eu voltaria lá para dentro, mas é melhor a gente dar um tempo para as duas. Sinto muito pela minha irmã.

Aldo não entendeu de imediato a relação entre as duas coisas.

— Por quê? — perguntou, e Madeline pareceu surpresa.

— Bem, aposto que você sabe como ela é. Meio difícil e tal.

— Difícil — ecoou Aldo, com um tremor apreensivo de desalinhamento com a palavra, e Madeline deu de ombros.

— Ela sempre foi desse jeito; muito propensa a arranjar briga, sobretudo com minha mãe. Sempre digo que ela fica muito na defensiva, e que o jeito da nossa mãe de mostrar que se importa é sendo, você sabe... autoritária, acho, às vezes. Mas aí ela sempre me acusa de ficar do lado da minha mãe, então é meio que um jogo impossível de ganhar...

— Claro que ela é difícil — falou Aldo, ainda preso na primeira verborragia. — Ela é mais do que difícil, na verdade. Ela é... — Ele parou, tendo dificuldade de explicar. — Bem, em uma equação, há variáveis — arriscou, e Madeline, como muitas pessoas com quem ele conversava, fez uma expressão de divertimento misturado com confusão. — Você sabe disso, obviamente — declarou ele. — Você é cientista.

— De certa forma — confirmou Madeline, e ele assentiu.

— A maior parte das pessoas é relativamente simples. Uma combinação de fatores contextuais, propensões genéticas, características inerentes...

Aldo parou para ver se ela estava acompanhando.

— Pode continuar — disse Madeline, assentindo.

— Certo. Então, a maioria das pessoas não passa de funções bastante diretas de x e y, se comportando dentro das restrições esperadas.

— Construções sociais? — adivinhou Madeline.

— Supostamente — confirmou Aldo. — Dentro desses parâmetros, algumas pessoas são funções exponenciais, mas ainda assim bastante previsíveis. Regan — *Charlotte,* ele lembrou a si mesmo tarde demais, mas deixou passar como um erro inevitável — não é só difícil, ela é uma convolução. Uma contradição.

Honesta até quando mente — ofereceu como exemplo —, e raramente a mesma versão duas vezes. Ela é indecifrável, muito complexa. Infinita. — Essa era a palavra, pensou ele, agarrando-se ao termo quando o encontrou. — Ela teria que ser medida infinitamente para ser calculada, o que ninguém nunca conseguiria fazer.

Ele olhou para Madeline, que esboçava um sorriso confuso.

— Faz sentido?

— Faz — respondeu ela, devagar. — Faz, sim.

Aldo decidiu que gostava de Madeline.

— Enfim — continuou, imaginando que já tinha falado demais. Geralmente as pessoas não davam a mínima para suas teorias, e embora pudesse discorrer mais sobre o assunto, se forçou a resumir sua explicação com um contundente: — Você não deveria se desculpar por ela.

— Não — concordou Madeline —, acho que não.

Eles ficaram em silêncio por um momento, pois era como se fosse a vez de Madeleine falar. Ela, no entanto, parecia mais interessada nos próprios pensamentos, e, quando cruzou os braços, Aldo vislumbrou a evidência de um arrepio na pele. O celular dele vibrou no bolso; provavelmente era o pai perguntando se estava se comportando. *Tente não encarar o teto enquanto as outras pessoas falam com você*, costumava dizer Masso, o que Aldo achava difícil. No momento, o teto era um céu repleto de estrelas. Se tivesse um baseado e silêncio, seria uma noite como outra qualquer passada no terraço de seu prédio.

Só que não era, lembrou-se ele, porque Regan estava ali perto.

— Você está com frio — comentou para Madeline, vendo como ela tinha se encolhido para se aquecer um pouco. — É melhor voltar lá para dentro. Vou ficar bem aqui — disse, e então mentiu: — Vou pegar uma bebida.

Ela assentiu, ainda imersa em pensamentos.

— Foi um prazer te conhecer — disse ela, despedindo-se.

— Igualmente — respondeu ele, com um movimento superficial da cabeça, e então ela sorriu para ele antes de voltar para dentro.

Aldo bolou um baseado invisível entre os dedos enquanto caminhava até a beira do gramado. Assim que chegou com Regan naquela manhã, percebeu que a casa tinha vista para um riacho estreito, e de repente percebeu que desejava vê-lo. Em vez disso, podia apenas ouvi-lo ao fundo, um som tão leve que ele se perguntava se estava mesmo ali ou se era só uma construção de sua imaginação. Parte dele cogitou pular na água, descobrir na prática. Nem todo problema era melhor quando restringido a uma explicação teórica.

— Trouxe uma coisa para você — anunciou uma voz logo atrás, tirando-o de seus pensamentos com um sobressalto, e, quando ele se virou, viu que Regan se aproximava pelo gramado, parando ao lado dele.

O vento tinha bagunçado o cabelo dela, e Aldo afastou algumas mechas de seus olhos, que lhe ofereciam um olhar de desculpas.

— Aqui — disse ela, segurando o que restava de um baseado, e ele olhou para a ponta, cético. — Ah, fala sério — continuou, revirando os olhos —, que culpa eu tenho se a Regan dos tempos da faculdade esqueceu maconha de péssima qualidade no quarto? Ainda é melhor que nada — frisou, balançando a ponta tentadoramente.

Ele levantou a mão para pegar o baseado. As pontas dos dedos de Regan estavam quentes.

— Não está com frio? — perguntou ele, em um tom de voz neutro.

Ela deu de ombros, segurando um isqueiro de plástico e gesticulando para ele levar a ponta do baseado aos lábios.

— Não muito — respondeu, enquanto ele acatava a sua sugestão. Em seguida, ela segurou o queixo dele com a mão, acendeu o isqueiro e o levou até o baseado, chamuscando a ponta atrofiada.

— Pronto — falou, obviamente satisfeita consigo mesma enquanto ele tragava. — Melhor assim?

Ela soltou o queixo de Aldo, e ele soprou a fumaça. Não era maconha muito boa, mas ele já tinha fumado piores.

— Claro — respondeu Aldo, olhando para o baseado. — Mas também não estava tão ruim antes.

Ela pareceu discordar, mas ignorou os próprios sentimentos em relação àquilo.

— Ouvi dizer que você conversou com a Madeline — comentou, quase num tom desafiador.

Ele deu de ombros.

— Um pouco. Na maior parte sobre matemática.

— Nada sobre abelhas?

— Nada sobre abelhas — respondeu ele, e passou a ponta a ela. — Abelhas são para você.

Ela sorriu, aceitando.

— Obrigada — disse, como se ele tivesse dito que ela era bonita.

— De nada — respondeu ele, como se tivesse dito mesmo.

Ela tragou com força, engasgando-se um pouco quando a fumaça preencheu sua boca.

— Isso é mais forte do que eu me lembrava — falou, tossindo, e ele riu, estendendo a mão para pegar o baseado de volta.

— Você não vai ter problemas por isso?

Ela deu de ombros, depois olhou para trás.

— Sou uma mulher adulta, Rinaldo. Ou quase.

— Hm.

Ele deu outra tragada, já se sentindo mais relaxado. Acima estavam as estrelas. Abaixo estava a grama. Havia maravilhas ali, mesmo se Regan não as visse mais. Mesmo se não as sentisse mais, ele as sentiria pelos dois. Traduziria para ela mais tarde. Aprenderia a desenhá-las para ela, pensou, ou a escrevê-las, transformá-las em gráficos. Regan parecia apreciar coisas que podia ver. Aldo pensou no olhar dela viajando pelas cicatrizes em seu ombro, absorvendo sua imagem. Sim, ele desenharia as maravilhas para Regan, e ela as veria. Assistiria a tudo tomando forma, e ele saberia que tinha dito de uma forma que ela conseguia entender, e assim ela saberia que mesmo isso, com suas características comuns, era maravilhoso e glorioso também.

Ele não a culpava por não conseguir enxergar. Mas culpava todo o resto do mundo por ter deixado que ela esquecesse.

Regan se inclinou para a frente, guiando a mão dele à sua boca para outra tragada. Seus dedos se curvaram sobre os dele, acariciando os nós da mão e indo até onde ele segurava o baseado, preso entre as pontas do indicador e do polegar.

— O que acha de dançar? — perguntou ela, umedecendo os lábios e inspirando.

Dessa vez, ela soltou a fumaça suavemente, tão perto que Aldo pôde sentir seu hálito como se ele mesmo tivesse tragado.

— Sim — respondeu (ele teria dito isso para qualquer coisa, ela poderia ter sugerido um motim e ele teria procurado incansavelmente um machado, uma foice, a própria Excalibur), e ela sorriu para ele, levantando o queixo para deixá-lo ter uma visão plena de sua aprovação.

A ideia de dançar, de qualquer coisa, zumbiu nas veias de Aldo.

Em seguida, Regan adotou a quietude que lhe era particular, com cada movimento impossivelmente alto.

— Seu cabelo está bonito — murmurou ela, levando os dedos às raízes perto da têmpora. Afastou as mechas, arranhando de leve o couro cabeludo com as unhas.

Ele deu outra tragada enquanto os dedos dela desciam, passando suavemente por sua bochecha em direção à boca. As pontas pintadas de preto das unhas viajaram pelo contorno do lábio superior dele, seguindo a curva, e em outra versão daquele exato momento, ele dizia: Regan, chegue mais perto, vamos ver o que acontece, vamos ver como as estrelas brilham na sua pele.

Em vez disso, ele disse apenas "Vamos lá" e lambeu as pontas dos dedos, apagando a brasa do baseado entre elas. Regan observou, seus olhos escuros seguindo com solenidade os movimentos de Aldo, que enfiou o que restou do baseado no bolso do paletó, guardando-o em segurança junto ao peito.

— Vamos — concordou ela, e enganchou o braço ao dele, conduzindo-o de volta à casa.

―――――――

Você é uma mulher adulta, Charlotte, aja como tal.

É por atenção? Você não largou esse osso ainda?

Veja só sua irmã, Charlotte, veja a Madeline. Ela tem uma vida, uma família, um bom emprego. Você não pode continuar sendo irresponsável assim para sempre. O que está tentando provar? Esse homem, quem quer que seja, por acaso você o trouxe aqui só para me irritar? Para testar nossa paciência, é isso? Ele é grosseiro, está na nossa casa e mal nos dirige a palavra, e cadê o Marc? Vocês já terminaram? É o que sempre digo, Charlotte, você precisa agir como adulta se quiser ter um relacionamento adulto. Nem tudo tem a ver com você, suas vontades, seus sentimentos. Crescer e perceber que existem outras pessoas no mundo além de você é assim mesmo.

É claro que não gostamos dele. Por que gostaríamos? Ele é estranho, Charlotte, olhe só como ele é estranho. Por acaso está se aproximando de você pelo dinheiro? Espero que não tenha prometido nada a ele. Não, não fique irritada, não fique histérica de novo, só estamos tentando te proteger. O que sempre fizemos, não foi? Mas esse showzinho já foi longe demais, Charlotte. Você está tomando seus remédios, indo à doutora como pedimos?

Sei que você não é idiota. Essa é a pior parte, Charlotte, eu sei como você é inteligente. Sei tudo o que poderia ser, mas você sempre põe tudo a perder, não é? Desperdiça seu potencial com chiliques assim, se rebelando a troco de nada. E ele? Ora, ele não é nada, Charlotte! Você quer mesmo acabar com alguém que não tem objetivos de vida, que não tem nada? Sei que não. Conheço você e conheço esse joguinho, e por mim já deu.

Ele é seu amigo, já entendi, você já falou. Certo, que seja, escolha amigos melhores, então. Marc pode não ser nossa pessoa favorita do mundo, mas pelo menos ele cuida de você e pode te dar apoio. E você está aqui, colocando isso em risco como se não fosse nada. Ele sabe que você trouxe esse sujeito à festa? Ele sequer conhece esse rapaz? Esse… Estou pouco me lixando para o nome dele, Charlotte, ele mal olha na nossa cara! É como se nem estivéssemos aqui, e agora você fica fazendo cena…

Você, Charlotte. *Você* mesma. Você sempre faz isso. Insiste que mudou, e ainda assim está aqui, cometendo os mesmos erros. Qual era o nome daquele artista? Isso, esse mesmo, mais uma de suas ideias horríveis. É isso que acontece quando joga fora a própria vida por homens que estão perdidos, que não têm ambição, que não têm um pingo de motivação. Pelo menos Marc trabalha, tem um emprego *de verdade*. Você pode construir a vida com alguém como ele, Charlotte. Sei que vai acabar fazendo algo idiota agora, não vai? Algo imprudente. Claro que vai. Viu só como te conheço bem? Que seja. Destrua sua própria vida então, Charlotte, deixe seu pai continuar tendo que tirar dinheiro do bolso para resolver os seus problemas e veja se isso muda alguma coisa em você. Viu como te conheço bem? Como mesmo agora sei o que está pensando?

Eu te conheço, Charlotte. Conheço tão bem que continuo na sua cabeça mesmo longe, mesmo quando você está fumando com o seu matemático esquisitinho no quintal da porra dessa casa enorme, e eu sei que você me escuta. Sei que me sente, sente o quanto estou decepcionada com você, sente tudo se espalhando por seus ossos enquanto você toca o formato abençoado da boca irreverente dele e se pergunta se essa voz na sua cabeça é mais cruel por ser a sua ou a minha. Ele não se comporta como deveria, Charlotte, você não está fazendo favor algum a si mesma, nem a ele e, cacete, não vou nem começar a falar do Marc. Você está metendo os pés pelas mãos, está estragando tudo como sempre, você tomou os comprimidos? Você os segurou, os aninhou entre as linhas da palma da mão e os deixou te lembrarem do quanto você é doente, débil e desesperada?

Nem a maconha vai conseguir mitigar isso, eu, tudo nos seus sentidos. Você ainda me ouve como o sangue que pulsa nos seus ouvidos, me sente como o formigamento dos seus dedos. Sente a escassez de tudo que os lábios dele roçaram, a vastidão de todos os lugares onde o toque dele nunca esteve. Ou talvez eu esteja errada sobre ele, talvez isso te sirva de consolo, mas nunca estou errada sobre você. Você quer que ele te deseje, não quer? Quer senti-lo como uma âncora, como um peso. Quer que ele te arraste, que te prenda a alguma coisa. Quer que ele te puxe para perto assim, como essa dança que nem é uma dança, mas é mais dança do que qualquer outra coisa que você tenha feito com outra pessoa, mas você nem mesmo sabe os passos, não é, Charlotte? As mãos dele estão na sua cintura, e quantas mãos já estiveram aí, ou ali, ou lá? Tente esconder, você não vai conseguir, ele vai enxergar quem você é de verdade. Todos enxergam. E para além dessa verdade jaz o que significa a vida sem você, e é inevitável que todos corram atrás dela, aliviados.

Você vai acabar errando com ele, Charlotte. Não sei de que jeito, nem você, mas não importa, nós duas sabemos que vai acontecer. Vale a pena, só para ter as mãos dele na sua pele? Vai valer a pena deixá-lo escapar por entre os dedos, escorrer feito sangue pelas rachaduras da sua constituição, só para ser lembrada de que você é o tipo de pessoa que os outros abandonam? Talvez valha, porque olhe só para a boca dele, veja o formato que ela faz quando seu olhar recai sobre ele. Você não faria amor com ele, faria arte. Talvez isso valesse a pena, mas, ainda assim, a arte é trágica. A arte é perda. É o sopro passageiro de um momento inevitável, a intimidade de coisas sem conclusão, o verão que chega ao fim. É o limão descascado e as espinhas de peixe no canto de uma natureza-morta holandesa, estragado e podre e morto. É ele deitado ao seu lado, com as pernas entrelaçadas às suas, só para acabar descobrindo que vai virar um mero espectro nos seus pensamentos daqui a um mês, uma semana, daqui a dez minutos. É o que faz isso ser arte, Charlotte, e você sempre entendeu isso. Sempre compreendeu, acima de todo o resto, que a beleza é resultado da dor.

Cresça, Charlotte, e aceite as coisas como elas são. Você não está apaixonada por Rinaldo Damiani, cujo cabelo tem cheiro de uma manhã de domingo ensolarada, você nem o conhece, e ele não te conhece. Você pode apoiar as mãos nas cicatrizes do ombro dele e ansiar por libertá-lo de cada respiro de dor, e ainda assim não estará apaixonada por ele, porque isso não é amor. Amor é uma casa e uma hipoteca e a promessa de permanência; o amor é medido e ritmado, e isso, sua pulsação acelerada demais, isso é uma droga. Você conhece bem as drogas, não conhece, Charlotte? A euforia pode ser engarrafada, tragada, dissolvida na língua e queimada até abrir um buraco na cavidade vazia desse seu peito desgraçado. As mãos dele no seu corpo, isso pode ser preservado, pode ser pintado, pode ser gravado na tela da sua imaginação, e pode ser guardado nos cofres das suas vontades particulares, seus devaneiozinhos, seus sonhos distorcidos.

Aceite, Charlotte. Aceite e cresça. Você é uma mulher adulta, Charlotte, aja como tal.

Charlotte Regan, sua tola, você esteve presa em um transe, acorde.

Acorde, Regan.

Regan, olhe para mim. Acorde.

Dá para mandar essa voz na sua cabeça ficar quieta, por favor? Sei que você não está aí agora, sei que está perdida em algum lugar que não consigo acessar ou tocar ou ver, mas olhe nos meus olhos verdes e diga o que mais importa. Abelhas, Regan, pense nas abelhas, pense na implausibilidade do tempo e do espaço, pense em coisas impossíveis. Pense nas estrelas na Babilônia e me diga, Regan, esse tempo todo que estivemos conversando e você esteve sincronizando sua respiração à minha, sua pulsação à minha e seus pensamentos aos meus, você estava aprendendo a me amar, não estava? Se eu amo problemas impossíveis, então você vai ter me amado pelas minhas impossibilidades, então me diga, Regan, o que mais importa além disso, de mim, de nós?

Nada.

Nada.

Bem-vinda de volta, Regan.

Senti sua falta.

———

— Aldo?

Os olhos dele se arregalaram de repente. Não estava dormindo, é claro — a maconha tinha ajudado, mas ainda estava no quarto de visitas de John e Helen Regan, o que era estranho demais para embalá-lo até a mais vaga ideia de um sono que fosse —, mas, mesmo assim, a voz dela no escuro foi um susto. Ela parecia quase um sonho conforme abria a porta com cuidado.

Aldo se sentou devagar, depois vislumbrou o luar que se esgueirava pela janela e banhava as pernas desnudas dela. Regan atravessou o piso de madeira com se soubesse onde pisar, evitando um espaço perto da porta, e foi lentamente até a cama, se empoleirando na beira do colchão.

— Te acordei? — perguntou.

Seu cabelo caía solto e ainda úmido ao redor do rosto, partido ao meio como uma cortina.

— Não — respondeu ele —, não exatamente.

— Que bom. — Ela o cutucou para que abrisse espaço e deslizou para o lado dele. — Você se divertiu? Ou, sei lá, algo do tipo?

— Algo do tipo — confirmou Aldo, ficando de lado para olhar para ela. — Definitivamente algo do tipo.

— Que bom. — Ela tremia um pouco, quase vibrando com algo indefinível. Empolgação, talvez. Tinha, afinal de contas, entrado no quarto dele, e talvez nem todos os elementos da rebeldia juvenil sumiam com a idade. — Você dança bem.

Ela também dançava. Em grande parte, a família de Regan os tinha deixado em paz pelo resto da noite, e a mãe dela, Helen, fizera questão de manter o olhar fixo na parede atrás dele. Aldo percebeu (porque não era idiota) que era um tipo de apatia desagradável, algo que ele deveria ressentir ou, melhor ainda, consertar, mas não se opunha de todo à ideia de eles se comunicarem o mínimo possível.

Regan chegou mais perto e levantou a cabeça para encará-lo.

— Eu não fazia isso tem um tempo — confessou Aldo.

Estava se referindo ao ato de dançar.

— Bem, você é bom. Muito bom.

Os dedos dela se esticaram, hesitantes, e encontraram as marcas que a State Street deixara nos ombros dele. O clarão da janela iluminava partes da silhueta dos dois, o lado direito dela e o esquerdo dele. Aldo teve a impressão, pelo jeito como o luar caía sobre eles, que eram metades de uma mesma pessoa, divididos em dois, cada fração um reflexo do outro. Sentiu os ecos do toque dela se espalhando como arrepios pelos braços, pelas pernas, até chegar às solas dos pés.

— Desculpa, viu? — disse Regan. — Pelos meus pais.

— Por quê?

Ele só viu metade do esboço de um sorriso, uma meia-lua estilhaçada de divertimento no escuro.

— Não percebeu? Não, é claro que não — respondeu Regan, aos suspiros. — Eu não deveria ter dito nada.

— Tarde demais — observou ele, e o sorriso dela se transformou em uma careta.

— Bem, não é nenhuma surpresa eles não terem gostado de você — disse ela. — Eles não te entendem e, além do mais, não gostam de ninguém. — Depois, passou o polegar pela clavícula dele. — Eles odeiam o Marc também. Só que por outros motivos.

Aldo tinha a nítida impressão de que ela o estava desenhando em algum espaço de sua mente.

— Que tipo de motivo?

— Tipo… sei lá. — Ela se afastou, deixando a mão cair nos lençóis, e ele imediatamente se arrependeu de perguntar. — Marc é, sabe… o tipo normal de insuportável. Fala alto, é exibido, essas coisas.

— E eu sou… anormal?

— Ah, pra caramba — disse ela, e então riu. — Você é o mais estranho de todos, Aldo.

Falou com tanta doçura que ele quase agradeceu.

Depois, pensando melhor (não uma, mas duas vezes), foi o que ele fez.

— Obrigado.

— De nada — veio a resposta, e ela rolou para ficar de costas antes de fechar os olhos. — Enfim, eu diria para não levar para o lado pessoal, mas acho que você nunca faz isso.

Nem sempre, Aldo quis dizer, mas o palpite dela tinha sido tão próximo da verdade que ele não o refutou.

— Eu é que deveria pedir desculpas.

Isso fez um olho dela se abrir.

— Hein?

— Bem, você queria que eu facilitasse as coisas para você aqui, e não foi o que fiz.

— Isso… — Ela se sentou, e parecia transbordar outra energia. Uma que ele não conseguiu identificar. — Não faça isso.

Ele se sentou também, espelhando o movimento.

— Não fazer o quê?

— Não… pense assim. Sei lá. — Ela estava agitada, balançando a cabeça. — Eles é que estão errados, sabe? E, enfim, Madeline gostou de você.

Então passou a mão pelo edredom, parecendo querer reparar o dano que sua fricção inesperada tinha causado.

Ela implorou em silêncio, ele a olhou devagar, e assim ficou. Àquela altura ele já desenhara os olhos dela mais vezes do que tinha planejado, e ficou satisfeito em ver que suas estimativas estavam corretas, geometricamente falando, ainda que pecassem na execução. Aqueles olhos na vida real eram armas, ou talvez antiarmas. Tinham sido os responsáveis por mantê-la longe da prisão, ele tinha certeza. Bem separados e grandes, cheios de pixels de inocência. Quadros que faziam piada de tudo escondido dentro deles.

— E eu... — disse ela, com tanto atraso que ele já tinha se esquecido do assunto.

— E você o quê?

— Gosto de você. — Passou a mão na bochecha dele. — Quer dizer — corrigiu-se, apressada para ocultar o que tinha dito com um flerte fingido —, essa é nossa sétima conversa, então deve significar alguma coisa.

— Deve?

Ela ficou quieta por um momento, lutando contra a verdade que guardava para si mesma. Aldo sentiu que Regan precisava de um empurrão, de um impulso. Um movimento espelhado. Então se inclinou em direção a ela, parando antes de se tocarem, e deixou espaço para a reverberação dentro dela ecoar dentro de si. Sentiu de novo, o tremor com que ela entrara no quarto, vibrando ali naquele intervalo, de súbito ocupado pelos abalos da possibilidade. Ela mesma poderia preencher aquele vazio, empurrar Aldo ou puxá-lo mais para perto. Poderia dilacerar as costelas dele e deixá-lo ali, com peso na consciência, olhos de corça arregalados e pensando *Não imaginei que seria tão molhado*.

Ele esperou ali, na grotesca imagem de si mesmo ensopando as mãos dela de carmim, sujando as cutículas de suas unhas estreitas e deixando manchas permanentes nos lençóis e no piso — e, se ele tivesse sorte, na consciência dela —, quando Regan igualou a distância que Aldo já tinha percorrido até ela. Aldo sentia o cheiro de seu cabelo, de sua pele, sua falta de hesitação. A outra metade das verdades dela era uma mentira.

Ela perguntou:

— Estou imaginando isso?

Ele negou com a cabeça, Não, não está, e se estiver eu também estou.

— Ah — disse ela.

Depois se inclinou para a frente. Ele igualou a distância mais uma vez, e suas testas se encontraram como velhas amigas. Olá, como está, quanto tempo, como é bom estar com você de novo. Enquanto isso, suas mãos permaneceram na retaguarda como cativos exauridos, prisioneiros de guerra receosos.

— Aquelas minhas chaves... — comentou Regan. — Se você pudesse ter uma delas...

Era uma pergunta implícita: se pudesse abrir apenas uma parte de mim para consumo próprio, para o seu deleite, para atender aos caprichos de sua mente carnívora, qual parte você desejaria ver?

A resposta, ou pelo menos a resposta que ela queria, era mais difícil de adivinhar. Por outro lado, havia, obviamente, o sexo. Não restavam dúvidas de que ela estava com aquilo na cabeça. E, naquele momento, ele também. Não apenas naquele instante, embora fosse inevitável, estando tão perto assim dela. Ele não era tão distraído a ponto de conseguir ignorar a proximidade, a tentação. Ela praticamente deixou uma resposta pronta para ele, facilitou: Aqui, deixe que eu diga o que você quer. Na verdade, deixe que eu lhe mostre. Deixe que eu seja quem vai decidir por nós dois. Deixe que eu seja quem vai te querer de uma forma que te faça reconhecer que me quer também, e deixe que eu poupe a nós dois do trabalho de se emaranhar nos "você quer?", "tem certeza?" e todos os como-é-que-você-prefere tão cansativos da intimidade.

Aldo podia imaginar a maciez da bochecha dela ou senti-la por conta própria, a decisão era dele. Podia ver o tremular de seus cílios, os olhos dela fechados e os dele abertos, podia observá-la tentando bancar a ingênua, podia deixá-la ganhar o protagonismo como queria. O cabelo dela tinha um cheiro floral porque ela o lavara em algum lugar daquela casa, sob aquele mesmo teto. Em algum lugar próximo dele, entre aquelas mesmas paredes, ela tinha ficado nua; o jato de água escorreu do topo da cabeça, quebrando como um ovo e descendo pela testa — a mesma testa que estava tocando a dele — e então pelos lábios. Aquelas gotas tinham deslizado pelo nariz dela como ele mesmo poderia fazer naquele instante, com só alguns centímetros para cobrir a diferença. A água pode ter caído nos pequenos vincos dos lábios dela, os mesmos que os dentes roçavam com ansiedade, e depois escorrido do queixo até o chão enquanto o resto se derramava por seus ombros, impregnando sua pele. Em algum lugar, ela suspirara em meio ao vapor que a envolvia com conforto, lavando as tensões do dia, expulsando-as lentamente conforme massageava o corpo — como as mãos dele poderiam fazer naquele instante, se quisessem. Ele poderia deslizar a alça da blusa dela e descobrir o que, até então, permanecia particular.

(Dela e de quem mais recebera permissão de ver. Dela e de quem mais possuía alguma versão deste momento com ela, de toques e quase toques abrigados por um quarto escuro.)

— Qualquer chave? — perguntou ele.

— Qualquer chave — respondeu ela, com o tom de voz usado de propósito para fazê-lo se arrepiar.

Ela virou a cabeça de leve, permitindo que sua bochecha encontrasse a dele. Aldo sentiu a respiração dela na pele, os dedos de Regan apertando o lençol, o gosto amargo e doce da espera dela, enrolada e torcida e tensa.

Como a vontade é frágil, pensou ele, e delicada. Como seria fácil quebrá-la entre os dedos, esmagá-la entre as palmas das mãos. Como era fácil para o desejo se transformar em um tomar frenético, e como era muito, muito fácil tomar.

— Eu quero... — começou ele, sua voz lutando contra a secura na garganta, e ela se afastou ligeiramente; apenas o bastante para que, se ele quisesse sua boca (se quisesse equilibrá-la com a dele), conseguisse. Poderia descobrir quais segredos ela guardava em seu beijo.

— Sim?

Um ímpeto de oposição irrompeu da névoa da proximidade dela.

— Sua arte — concluiu Aldo, e a sentiu enrijecer.

— O quê?

A tensão disparou, atingindo os dois.

— Quero ver sua arte — repetiu ele, e Regan se afastou, o encarando.

— Aldo — disse. — Está de brincadeira comigo.

Ele balançou a cabeça.

— Não estou.

— Mas. — Ela passou a língua pelos lábios secos, franzindo a boca. — Aldo, eu tenho namorado.

— Sim. Eu sei.

— Mas estou aqui. Com você.

— Sim.

Ela o encarou.

— Você sabe o que isso significa, não sabe?

— Tenho uma vaga ideia.

— Claro que tem, você é um gênio. — Dessa vez ela pareceu cuspir as palavras, e embora não tivesse se mexido, ele percebeu que Regan estava se retraindo, se contorcendo e diminuindo. — Achei que você...

— Eu quero.

— Mas então...

— Você disse que eu só poderia ter uma chave — declarou.

Ela pareceu surpresa.

— Você entende que essa pode ser sua única chance? — perguntou.

— Bem, então não quero.

Essa informação pareceu deixá-la tonta.

— Por que não?

— Não é a que eu quero.

— A chave?

— A chance.

— Qual o problema com essa chance?

— Regan.

— Me fala, Aldo. Eu quero saber.

Ele voltaria a esse momento um dia? Desejaria fazer isso?

— Você disse só uma chave — ele a relembrou, e pelo que pôde ver de seu rosto ao luar, ela parecia exasperada.

— Sim, mas pensei que... — Ela parou.

— E não está errada — disse ele.

Regan puxou os joelhos em direção ao peito.

— Mas me sinto errada.

Rinaldo, onde estamos hoje?, perguntara-lhe o pai, e Aldo respondera: Estamos em algum lugar nas profundezas do tempo, um lugar que as pessoas só ousam imaginar em sonhos. Estamos flutuando em matéria escura. Presos dentro de uma estrela, que está trancada em um sistema, que em si é uma galáxia da qual não podemos escapar, e estamos perdidos um para o outro, para nós mesmos e para a inconsequência do espaço.

Ele estendeu a mão sem pensar, e ela arquejou quando os dedos pousaram em sua bochecha, acariciando a pele, viajando até a extremidade da mandíbula. Ele ficou de joelhos, encarando-a, e ela fez o mesmo, mais uma vez um jogo de espelhos, suas mãos flutuando para afastar um cachinho da testa dele. Seu polegar descansou na têmpora dele, que segurou os dedos dela com alívio.

— Qual chave? — perguntou ela de novo.

Uma segunda chance.

Ele balançou a cabeça, os lábios ainda pressionados contra os nós dos dedos dela.

— Sua arte — respondeu, por fim

Regan, pensou Aldo, Regan, esta noite é um roubo, eu quero um assalto grandioso, e isso não passa de um furto.

— Isso eu não posso te dar — declarou ela, mas ele só ouviu depois de sentir, a porta sendo batida e as janelas sendo fechadas.

Em algum lugar dentro de si, Regan estava checando as fechaduras três vezes, engolindo todas as chaves que restavam, lançando-as ao fogo e derretendo para transformá-las em joias, em armaduras, em correntes. Estava se transformando em um cofre, e ele sentiu isso na forma como ela se retraiu mesmo antes de se desvencilhar da mão da dele.

— Não tenho mais essa chave — disse ela. — Provavelmente nunca tive.

Eu sei, pensou ele, eu sei.

— Caso encontre — sugeriu Aldo, e não terminou a frase.

Regan desceu da cama, a perna comprida o bastante para apará-la no piso, e, conforme ela se afastava, seus passos o fizeram estremecer.

— Boa noite — despediu-se ela.

Aldo sabia que ela nunca o perdoaria. Ele tinha escolhido seu próprio fim.

— Boa noite — disse ele, e a porta se abriu, e então se fechou, e ela foi embora, para longe dele.

Foi embora como nunca tinha feito antes.

O relógio de pêndulo da sala de estar no térreo informou a Regan que o dia virara havia um bom tempo; virado um novo. Na mesma rapidez, outro sol nasceria, e ela ainda estaria maculada com as escolhas da noite anterior. Ela cruzou os braços, estremecendo, congelada mais uma vez pela ausência de Aldo, e cruzou o corredor com cuidado, os pés descalços beijando as tábuas logo abaixo.

Sentia um misto de coisas, leves e pesadas. As coisas se contraíam e se expandiam em seu interior. Já estavam lá antes de ela entrar no quarto, mas depois que tinha saído dele, sentia-se exatamente igual, só que pior. Igual, só que mais.

Ela serpenteou pelo caminho de volta ao quarto, parando ao lado da porta do banheiro. Dentro do nécessaire de maquiagem estava a base da Armani, a máscara de cílios da Dior e o corretivo da Givenchy que ela mal tinha motivo para usar. Havia um blush ali para dar um ar de inocência, um bronzer para simular o sol, um gloss para postular o desejo. Era uma bolsinha cheia de mentiras e, bem lá no fundo, estavam os tubinhos laranja translúcidos implorando por sua atenção, convocando a mentirosa ao lugar que era dela por direito. Vou tomar, pensou ela, vou tomar os remédios agora, vai ficar tudo bem, eu ia tomá-los de qualquer jeito, e ia mesmo. Estivera ali naquele mesmo banheiro minutos antes, olhando os tubinhos e pensando: Vou tomar os comprimidos agora, mas depois: Não, vou ver Aldo primeiro, a pulsação do *você-e-eu*, você e eu juntos, *você-e-eu* martelando nos canais imprudentes de suas veias.

Ela não sabia ao certo o que esperava quando foi vê-lo. Não, não era verdade, ela sabia o que esperava, mas não sabia o que *queria*, mas nesse momento só sabia que não tinha conseguido nada e, portanto, estava de mãos abanando, mais vazias do que antes. Quis amenizar a curiosidade, talvez; ter um gostinho de algo tão apressado e transtornado e sórdido que não teria outra escolha senão encarar o ocorrido como uma decepção e seguir em frente. Quis se jogar nos braços dele e implorar para que a tirasse daquilo tudo, daquela farsa que ela chamava de vida. Quis que ele lhe oferecesse devoção, que se transformasse em um pretendente do século XIX e implorasse ardentemente por sua mão em casamento. Quis transar com Rinaldo Damiani e depois chegar para

Marcus Waite e dizer: Veja só, ele me quer, eu tenho valor. Veja só, um gênio esteve entre as minhas pernas e eu o mantive lá dentro e o engoli, e em seguida tomei o brilhantismo dele para mim.

Em algum lugar, uma vozinha a lembrou de que o que ela mais queria, talvez, era que Aldo a rejeitasse, beijasse sua mão e dissesse: Hoje não, Regan, assim não, não quando você não é minha. Mas ele não dissera nem mesmo isso, não tinha chegado nem perto, e de repente ela não conseguia sentir nada além de repulsa pela própria dedicação em odiar a si mesma e ainda assim não culpá-lo por nada.

A arte dela. Era tudo o que ele queria.

Ela baixou o olhar para a bolsinha de maquiagem, contemplando os remédios. Ela os tomaria, iria para a cama, e no dia seguinte diria a Aldo que estava tudo acabado entre os dois, fosse lá o que fosse "tudo". Acabou, ela tinha namorado, se deixou levar como sempre fazia; nada do que tinham feito era novo, estranho, nem mesmo diferente. Você exigiu demais de mim, pensou em dizer. Você queria mais de mim, e eu não valho isso tudo.

Arte. Ela nunca tinha sido boa naquilo, não exatamente. Não como ele esperaria que fosse, não como ele gostaria. A arte de Regan não o deixaria satisfeito porque não era arte coisa nenhuma, não era nada. A arte era uma verdade emocional, e ela não tinha aquilo, nem uma única verdade, e o nécessaire era a prova disso, além de todo o resto.

Mas enfim, era um dos fracassos dela, e esse era o tipo de coisa que ela deveria guardar para si.

Regan balançou a cabeça para o reflexo — *falando em fracassos*, uma voz que parecia a de sua mãe sussurrou em sua mente — e saiu do banheiro, perambulando até o escritório do pai. Tecnicamente, ela não tinha permissão para entrar ali, mas uma vez na vida ele não estaria lá, e sim entregue ao sono como todos os outros; exceto talvez Aldo, mas por coincidência esse cômodo da casa era o mais distante de onde ele estava.

Ela abriu a porta com cautela e acendeu a luz antes de entrar. O pai não tinha decorado o cômodo por conta própria, então o escritório não revelava nem um pingo de personalidade. As particularidades da vida privada de John Regan estavam limitadas ao fato de ele ser metódico, organizado e dono de uma quantidade absurda de papéis. Gostava das coisas em seu devido lugar, como sempre.

Regan vagou até as gavetas de documentos, depois as abriu e correu os dedos pelas abas, dando uma olhada nas etiquetas na parte de cima de cada arquivo. Madeline, a filha boa. Charlotte, a problemática. Em algum lugar ali ele provavelmente tinha as duas filhas arquivadas. Era provável que houvesse uma pasta para representá-la, ou pelo menos a versão dela que a papelada conseguia retratar. Senhoras e senhores do júri, temos aqui uma criança cheia de privilégios, uma criança com imaginação fértil, uma criança que nunca aprendeu a se submeter à autoridade da vida real, uma criança que veio a se tornar uma mulher que ainda não aprendeu, e que nunca vai aprender, no que valia a pena apostar.

— Isso de novo — dissera Helen naquela noite, seus olhos escuros pousados em Aldo.

"Isso de novo", como se Rinaldo Damiani não passasse de uma excentricidade familiar. Apenas a última prova no arquivo do que Regan era.

Tentei transar com ele e ele recusou, mãe. Ele é diferente, ele não me quer.

É claro que ele não te quer, Charlotte. Veja só como você se comporta, é patético.

Não, pensou Regan, interrompendo sua própria conversa imaginada. Não, você está errada, não é isso que Helen diria. Sobre Marc, pode até ser. Helen achava Marc superior de alguma forma, um arquivo impressionante, e reconhecia seu valor mesmo que não gostasse do conteúdo. Mas não, os defeitos de Regan eram um ponto no qual as duas sempre concordavam em segredo, então o mais importante ali era sobre o que discordavam. "Ele não vale nada, não tem futuro, é uma má influência para você" — como se Regan ainda fosse uma criança influenciável, com uma personalidade ainda em construção, ainda vulnerável a mudanças.

Então, não, Regan diria à mãe, tentei transar com ele e ele recusou, e Helen diria: Que bom, melhor para você, não estrague as coisas com Marc, você está ficando cada vez mais velha, e logo os homens vão procurar alguém que não é você. Alguém que talvez seja você, mas mais nova, porque a ferocidade não envelhece bem.

O tempo, pensou Regan de repente, *você-e-eu* ainda em algum ponto no pulsar de seus batimentos. O tempo assombrara Helen da mesma forma que enfeitiçara Aldo. O tempo havia zombado dos dois, de maneiras diferentes.

Entre as espirais e os balbucios de seus pensamentos, Regan se virou e avistou uma pintura na parede. Era um raro item decorativo que John Regan escolhera por conta própria, tendo o comprado de um amigo. Ele tinha sido atraído pela austeridade da obra, dissera. Regan tinha seis ou sete anos na época, quando ouviu o pai enaltecer o quadro como fazia com Madeline, com orgulho, convicção e firmeza. Sua voz dissera: Esta pintura é bonita, é uma pintura excelente, e, em resposta, Regan pensara: Então eu vou ser como essa pintura.

E naquele momento, como uma adulta formada em história da arte, Regan podia ver que o quadro não tinha nada de muito impressionante. Era de um artista que estava até que bem famoso (o que tinha sido o atrativo no começo), e que provavelmente embolsava uma bela quantia por cada encomenda. Aquela ali, uma de suas primeiras obras, só teria valorizado ainda mais; John Regan, um mestre dos investimentos, entendia de finanças bem o bastante para estimar o valor da peça.

Regan deu um passo em direção a ela, observando as pinceladas. Não eram elementares, não exatamente, mas também não eram lá tão emotivas. Não havia uma paixão frenética, uma necessidade compulsiva. Não era um quadro criado para satisfazer o coração, e sim para fazer as compras da semana. Ocorreu a ela que era a isso que o pai se referia quando falou de austeridade. Regan, com seu olho de historiadora da arte, entendeu ao ver a pintura que a intenção do pai tinha sido dizer *severa, distante, sem emoção*. Desprovida de significado, aos olhos dela.

Austero. Aldo dissera uma vez que era uma palavra fria, e a lembrança fez acender um arrepio nela.

A imagem retratada era uma paisagem arquitetônica, cheia de linhas grossas e uma verticalidade desalmada. Isso era beleza? Claro que era, ela sabia disso. Ela devia tomar os remédios. Linhas assim seriam fáceis de recriar. Replicação, redundância, reincidência. A pintura toda não tinha nada de especial, tome seus remédios, Regan (Você está feliz com o espaço que ocupei na sua vida?), não tinha nada de particularmente impressionante. Por que o pai dela havia amado tanto aquele quadro? Como havia confundido algo tão trivial com brilhantismo? Tome seus remédios, tome logo, você já fez isso milhares de vezes, não significa nada e nada vai doer se você não quiser. Isso não era nada. Essa pintura não era nada. A aprovação dele não era nada. Tome os remédios. Ele deixaria a genialidade passar despercebida mesmo se ela lhe desse um tapa na cara, mesmo se o golpeasse com malícia e se libertasse da moldura restritiva para se arremessar da janela, mesmo se passasse a noite toda acordada no quarto de visitas. Você está tomando seus remédios, Charlotte? É claro, mãe, é claro que estou, porra, e se não estivesse eu mentiria, porque você já roubou minha capacidade de falar a verdade. Porque você precisava que eu fosse uma mentira, igual a você. É claro que quer que tudo pareça arrumado, quer tudo no seu devido lugar, você é uma falsificação, uma mentira. Seu nome não é Helen. Esse quadro não é belo. Você nunca entendeu a beleza e, pior ainda, nunca entenderá.

Regan se virou e saiu do cômodo, os movimentos determinados, seus passos parecendo menos um beijo e mais uma sequência de trovoadas conforme seguia adiante. Ela vasculhou as gavetas do quarto em uma busca furiosa até encontrar as tintas acrílicas, as telas, cada resquício que ainda sobrava de seu antigo eu. Depois se apressou para pegar tudo, adivinhando os valores das cores e enfiando tudo embaixo do braço. Em seguida correu de volta ao escritório do pai e se posicionou diante da pintura até que o rosto de Aldo finalmente se dissipasse de sua mente.

Deus do céu, era provável que o quadro nem representasse a Europa mesmo; que fosse apenas uma pintura de uma pintura. Ou até mesmo a pintura de uma pesquisa no Google, feita com o único intuito de ir parar na casa de algum ricaço branco, em um cômodo onde ninguém nunca entrava. O artista provavelmente testara as amostras de tinta nas margens de um boleto de aluguel atrasado.

Que bom, determinou Regan. Melhor assim. Era melhor que a obra estivesse vazia no começo, melhor que continuasse oca e vaga. Quanto menos houvesse, melhor. Assim seria mais fácil curar os males dela.

Regan olhou para a tela, pegou o pincel e, por meio segundo, prendeu a respiração.

Em seguida, pela primeira vez em três anos, quatro meses e quinze dias, Charlotte Regan começou a pintar.

— Pode me fazer um favor? — pediu ela, e Aldo levantou a cabeça, surpreso ao mais uma vez encontrar Regan em sua porta.

Dessa vez, no entanto, o sol começava a se esgueirar pela janela, e ele a via com clareza.

Podia ver com clareza, também, que ela não tinha dormido.

— Posso — respondeu ele —, claro.

— Pode dirigir? — pediu ela, passando o pulso na testa. O cabelo estava preso em um rabo de cavalo desajeitado, alguns fios rebeldes escapando das têmporas. — Tipo, você sabe dirigir, né?

— Sei — respondeu ele.

É claro que sabia, ele era da Califórnia, onde todo mundo dirigia, mas ela parecia distraída, então não a culpou por ter deixado essa informação passar.

— Podemos ir embora agora?
— Não quer se despedir?
Ela balançou a cabeça.
— Quero voltar — anunciou Regan.
— Ok.

Os dois foram até a garagem sem dizer mais uma palavra. Aldo entrou no carro. Regan também. Pelo retrovisor, ele avistou a ponta de um objeto grande e branco saindo de uma caixa colocada no banco de trás. Ele não disse nada, e ela também não. Regan se encolheu no banco do passageiro, a cabeça apoiada na janela, e fechou os olhos. Aldo deu partida, embicou o carro na entrada e pegou a rua enquanto a vozinha do GPS lhe dava as instruções. O som da seta era como um pêndulo que balançava, o silêncio enfático e bem marcado. Ele se virou, ela respirou. Ele pensou nos carros na estrada, nas filas, e no momento exato ao qual voltaria, se pudesse.

Ela abriu a porta do quarto. Ele ficou de pé, a pegou nos braços, não diga nada, Regan, e a beijou, mas ela o empurrou, você é um porco, homem nenhum presta, acabou.

Ela abriu a porta do quarto. Ele esperou, ela se deitou na cama com ele, Aldo, Regan, eles se beijaram, ele enfiou a mão por baixo da maciez estupenda do short que combinava com o resto do pijama dela e encontrou a maciez estupenda de sua pele, depois abriu as pernas dela, e Regan suspirou, eu quero isso, você quer isso mesmo? Sim, eu quero, eu quero muito, ela já tinha ido embora pela manhã, pode me levar de volta?, de volta ao apartamento dela, ao namorado dela, à vida dela. Foi bom enquanto durou, Aldo, mas agora acabou.

Ela abriu a porta do quarto, ele se apressou em dizer: Agora não, hoje não, mas com certeza um dia se você me quiser, e ela riu na cara dele, Por que eu escolheria você e não ele, e não isso tudo, e não qualquer outra coisa?, ainda assim ela transou com ele com uma alegria vingativa, com um deleite rancoroso, e enfiou as unhas no pescoço dele quando gozou, seu gosto como o de um coquetel amargo e herbáceo, Você é um idiota, Aldo, acabou.

Ela abriu a porta do quarto, deu tudo errado, ele morreu dormindo, acabou.

Ela abriu a porta do quarto, deu tudo certo, ele morreu nos braços dela, acabou.

Ela abriu a porta do quarto,

Ela abriu a porta do quarto,

Ela abriu a porta do quarto,

— Aldo — chamou Regan, e ele despertou do devaneio e se virou para ela, que ainda estava de olhos fechados.

— Sim?

— Obrigada por dirigir.

Isso, ele percebeu com um sentimento de derrota, era o carro de fuga. Não tinha mais volta.

— De nada.

— Desculpa por ter… — Ela parou, abriu os olhos por um momento, se aninhou ainda mais em posição fetal, e depois tornou a fechá-los. — Desculpa.

— Não precisa pedir desculpas — disse ele, e então, torcendo para que ela não pedisse uma explicação, acrescentou: — Desculpa também.

Ela não disse nada.

— Por acaso eu… — começou ele, e se perdeu no que ia dizer. — Nós…?

— Acho melhor a gente não se ver de novo por um tempo — confirmou ela.

O peito dele se dilacerou, se partiu ao meio e se fechou de volta com um baque.

Ele soltou o ar.

— Por um tempo?

— É, por um tempo.

Regan abriu a porta do quarto, e já estava tudo acabado antes mesmo de ela entrar. Aldo já repassara tudo na mente vezes o bastante àquela altura. Aquele momento nunca teria mudado nada.

Ele estudou suas descobertas internamente, e algo descuidado e desesperado as rejeitou.

— Está me pedindo para ir embora ou está me pedindo para esperar? — perguntou.

Ela abriu os olhos e encarou a estrada, um olhar sem vida no rosto.

— Não sei.

Ela não fechou os olhos. Ele não respondeu.

Nenhum dos dois falou mais nada.

A sensação não foi como ela imaginara. Essa vez, ao contrário das outras no passado, foi mais como um curto-circuito, a eletricidade percorrendo seus ossos, entrando em combustão. Você e eu juntos, você-e-eu-juntos, você e eu. Era um pensamento que a acordava de um sono pesado, como uma inspiração ou uma pontada no estômago. Era uma ideia que não podia ser apagada, não podia ser extinguida, exceto pelo movimento de seu pincel. Ela estava pintando para silenciar os pensamentos, a forma como rabiscavam em sua mente, saltando e disparando como insetos, pousando em dimensões diferentes.

Tem algo errado, pensou ela, tem algo certo. Alguma coisa está definitivamente errada, mas o que está certo é muito mais, de alguma forma; mais próximo da verdade. Errado como a verdade é quando está certa.

— Você tem tomado seus remédios?

— Não — respondeu Regan, e a psiquiatra olhou para ela, assustada.

— Charlotte.

— Estou brincando — declarou ela, acalmando-a com um sorriso, mas a doutora só franziu o cenho.

— Charlotte, se tiver algo que queira discutir...

— Estou bem.

A psiquiatra semicerrou os olhos, cética. Em seguida, com um ar diplomático, comentou:

— Você não me contou como foi o fim de semana com a sua família.

— Não foi bom — respondeu Regan. — Meus pais não gostaram do amigo que eu levei.

— Um amigo?

— Sim, um amigo. — *Você e eu, você e eu, você e eu, Aldo, Aldo, Rinaldo, estou mais viciada na ideia do seu nome na minha língua do que em qualquer outra droga. A ideia de ter você é mais perigosa do que qualquer coquetel; a sugestão de pertencer a você é infinitamente destrutiva.* — Ele é um matemático teórico, um daqueles caras meio avoados. Minha mãe o achou grosseiro.

— E seu pai?

— Ele geralmente concorda com a minha mãe.

— E sua irmã?

Eu gosto dele, murmurara Madeline no ouvido de Regan, dando um apertinho em seu braço ao passar, sem dizer mais nada.

— Não sei.

— Isso te incomoda? Que eles não gostem dele, no caso.

Regan olhou para o lado, impassível.

Você não faz a mínima ideia de como fico entediada aqui, pensou.

Em seguida, disse:

— Voltei a pintar.

E então observou a mulher enrijecer diante de perguntas não feitas e, com relutância, se esforçar para dar continuidade ao assunto:

— Ah, é?

— É — confirmou Regan, sem se aprofundar.

— E... isso está indo bem, então?

É um incêndio. Eu costumava queimar até virar cinzas, agora só queimo.

— Está.

A psiquiatra voltou sua atenção para o relógio ao lado.

— E então — continuou, limpando a garganta —, como estão as coisas com Marcus?

— Ele quer saber por que não durmo mais com ele na cama.

A mulher piscou, pega de surpresa pela segunda vez na sessão. Que mundano, pensou Regan, com desdém. Como suas preocupações são pequenas. Como é minúsculo o escopo do seu entendimento.

— E por que não está dormindo?

— Porque estou pintando.

É óbvio, você não vê, não consegue ouvir? O nome dele está escrito na minha pele, ele deixou uma cicatriz em mim, eu mudei todo o meu formato para me encaixar na enormidade dos pensamentos dele, e agora as únicas palavras que sei são "linhas" e "cor".

— Você... — A psiquiatra pareceu tensa. — Você tem dormido?

Regan lançou um olhar indiferente para a janela.

— O frio está vindo mais cedo este ano — comentou, observando as ruas cinzentas, o céu cinzento. Sensações acinzentadas, o golpe do inverno.

— É comum ter sintomas de depressão à medida que os dias ficam mais curtos.

Esses sintomas são, claro: morosidade, distração, perda de interesse em coisas que costumavam trazer felicidade, sensação de fracasso, de inutilidade.

— Eu sei — respondeu Regan. — Não é assim.

Você sequer está me ouvindo?

— Ah, não é? — perguntou a mulher.

O cinza do céu lá fora estava quase azul. Ela podia ver as nuances de luz outra vez. Podia ver de perto outra vez.

— Como é, então? — insistiu a doutora, e Regan olhou para ela, a palavra certa a encontrando no momento exato em que sua língua deslizou entre os dentes.

— Incandescência — respondeu.

A expressão no rosto da psiquiatra parecia dividida entre perplexidade e preocupação.

— Charlotte, se algo tiver mudado, temos que discutir isso.

— Sim, eu sei, e eu falei que algo mudou mesmo — confirmou Regan, ficando de pé. — Voltei a pintar.

— Sim, e isso é maravilhoso, mas, Charlotte...

— Só isso — cortou Regan. — Foi a única coisa que mudou.

— Sim, mas se estiver sentindo alguma... perturbação, ou se não estiver respondendo aos medicamentos...

— Vejo você daqui a duas semanas — despediu-se Regan e saiu do consultório, pegando um par de luvas na bolsa e aventurando-se novamente no ar gelado.

Estava ficando frio demais para que a moto continuasse sendo um meio razoável de chegar aos lugares. Aldo estremeceu um pouco enquanto se dirigia ao seu lugar de sempre, perto da árvore, e o celular começou a tocar antes que o alcançasse.

— Está adiantado — disse ele, e seu pai riu.

— Dois minutos. Como você está, Rinaldo?

— Com frio.

— Esses invernos daí... — sussurrou Masso. — Você deveria voltar para casa.

— Ainda é outono, tecnicamente, e eu vou, quando o semestre acabar. Depois das provas finais.

— Vai perder o Dia de Ação de Graças de novo.

— Eu sei, mas não tenho escolha. Preciso corrigir provas. E trabalhar na minha tese.

— Aquela coisa que eu não entendo?

— Isso, aquela coisa que você não entende.

— Entendo muito pouco.

— Legal da sua parte admitir isso. A maioria das pessoas no meu departamento não admite.

— Diga para arranjarem um novo hobby.

— Fui aconselhado a não aconselhar os outros.

— Talvez seja melhor assim. Ninguém gosta de receber conselhos.

— Não mesmo — concordou Aldo, tremendo de frio.

Um breve silêncio.

— Ela deu as caras? A moça, a artista.

Aldo negou com a cabeça.

— Não acho que vai acontecer.

— Ah. — Um pigarro. — Melhor assim. Se concentrar no trabalho e voltar aqui para casa.

— É, eu sei.

— Sempre vem um cliente aqui que tem uma filha que estuda em Stanford, sabe? É uma boa universidade.

— Sim, pai, já ouvi falar de Stanford. Também não é tão próxima de você.

— Melhor Palo Alto do que Chicago. Talvez a Caltech?

— Depois de terminar a tese, talvez eu dê uma olhada para ver se a Caltech precisa de mim.

— Claro que precisam de você, Rinaldo.

— Sim, claro, com certeza.

O celular apitou no ouvido dele, indicando outra chamada. Ele ignorou.

— Mas então, onde estamos hoje?

— Nos Países Bálticos — respondeu Aldo. — Não, em Londres na Revolução Industrial. Londres na época do Dickens.

O apito parou, e o pai dele riu.

— Você só está com frio.

— Estamos na labuta na... como se chama mesmo? Onde processam as linguiças, a sala de refrigeração.

— Tudo é refrigerado, Rinaldo. É carne.

— Pronto, é isso, estamos lá.

— Eu preferia outro lugar.

— Vai por mim, eu também.

O apito recomeçou, e Aldo deu um suspiro.

— O que foi? — perguntou Masso.

— Tem outra pessoa ligando, espera aí...

Ele olhou para a tela, os dentes batendo enquanto puxava a jaqueta sobre o peito, e ficou surpreso.

— Pai? Já te ligo.

— Tudo bem, podemos conversar amanhã.

— Está bem, obrigado...

O polegar tremia ao encerrar a ligação com o pai.

— Alô?

— Oi — disse Regan.

Ela parecia ofegante, quase frenética.

— Está tudo bem? — perguntou ele, e ela deu uma risada apreensiva.

— Preciso de uma coisa — declarou. — É... um favor estranho. Mas, tecnicamente, você me pediu um primeiro.

— Ok — respondeu ele, desconfiado. — Tem certeza de que está bem?

— Sim. Eu só... — Ela estava vibrando de novo. Ele conseguia sentir pelo telefone. — Achei.

— O quê?

— A chave.

Ele piscou, confuso.

— Aldo? — chamou Regan.

— Sim, estou aqui.

— Preciso de um favor.

— Sim, claro, o quê?

— Preciso te ver — falou ela, e então pigarreou. — Preciso, hm... desenhar você — explicou, e o impulso de ficar assustado esvaiu-se dele, substituído por uma nota firme de curiosidade.

— Eu?

— Sim. Está livre hoje?

Ele ponderou, observando sua respiração se condensar no ar gelado.

— Sim — respondeu depois de um momento.

— Ah, que bom.

Ele fez uma pausa, e depois perguntou:

— Quer que eu vá aí?

— Não, não, eu vou. Seu apartamento fica virado para o norte, não é? A iluminação vai estar boa lá.

Que detalhe para guardar, pensou ele. Na única vez em que Regan estivera lá, Aldo tinha se dedicado a analisá-la, enquanto ela, ao que parecia, havia passado o tempo todo ocupada em decorar a direção para a qual as janelas se abriam.

— Sim. Está bem. — O ar começava a doer nos pulmões de Aldo, fazendo-os se comprimirem dentro das costelas. — Talvez lá pelo meio-dia, meio-dia e meia?

— Meio-dia e meia, acho. Preciso terminar o que estou fazendo aqui.

— Precisa que eu... faça alguma coisa ou...

— Não. — Ela riu. — Não, Aldo, não precisa fazer nada.

— Ah. Ok.

Ele soltou o ar.

— Talvez só fumar alguma coisa — sugeriu ela, com sarcasmo. — Sabe, se precisar.

Ele balançou a cabeça.

— Não preciso.

— Certo, então tudo bem. Vejo você ao meio-dia e meia.

— Tem certeza de que está bem?

— Sim, por que não estaria?

— Você parece... — começou ele, mas parou. — Bem — decidiu.

Ele queria dizer "luminosa", talvez até "ofuscante", mas não fazia sentido, e ela tornou a rir.

— Você parece bem também. Até daqui a pouco.

— Até. Tchau, Regan.

— Tchau, Aldo.

Ele olhou para o celular, entorpecido, vendo o nome de Regan desaparecer da tela.

Talvez ele tivesse conseguido, no fim das contas, pensou. Talvez alguma versão dele tivesse voltado no tempo, mudado o passado, dado um jeito de consertar tudo, destravado a porta que ela nunca chegou a abrir, e isso, de alguma forma, a trouxera de volta. Talvez ele tivesse achado uma solução, em algum lugar, e seu eu presente nunca nem viria a descobrir.

Ou talvez não tivesse acontecido ainda. Ainda não.

Ele tremeu no frio, apertando a jaqueta junto ao corpo, e pegou o capacete.

Bastava de pensar por ora.

Regan avaliou o depósito que alugara, àquela altura ocupado por quinze telas de tamanhos variados. Uma delas, a pintura do escritório de seu pai, jazia sozinha no canto, observando as outras que ela própria tinha gerado, todas réplicas de originais de outras pessoas. Esse, ela lembrou com um suspiro, era o problema. Pelo menos tinha *sido* o problema até a tarde anterior, quando ela estava brincando com a chave do depósito, pensando em nada além de seu formato.

Antigamente, vivia sonhando assim, com imagens feitas apenas de linhas e padrões e texturas. A arte era uma linguagem formada ao mesmo tempo por um vocabulário irrestrito e uma sintaxe limitada; conceitos infinitos para expressar e oportunidades incontáveis de expressá-los, mas só um número finito de maneiras de fazer isso. Cor, linha, formato, espaço, textura e brilho — seis elementos no total, o que foi uma revelação nova para ela, até que percebeu o motivo, passando os dedos pela borda da chave.

Abelhas.

Ela olhou para suas falsificações, suas imitações élficas.

— Vou criar algo hoje — anunciou Regan para as telas. — Fazer algo novo.

Elas a encararam, sem oferecer o menor encorajamento.

Por que ele?, perguntou a imitação do escritório do pai.

— Porque sim — foi a resposta.

Porque sei que ele vai aceitar ser meu modelo. Porque sei que não vai zombar de mim, não vai me sufocar, não vai matar essa coisinha frágil que descobri, esse singelo respiro que dei. Porque vai saber o que significa, porque ele me pediu, porque ele pediu. Porque ele é o que não posso deixar de ver. Porque não sei se consigo acertar seu formato sem estar olhando, sem provas, mas também porque preciso saber, porque já tentei. Porque ou é assim que tudo vai mudar, ou é como vai acabar.

Ela já tinha ligado para o museu para pedir o dia de folga. Eles não se opuseram. Desejaram melhoras, embora ela não tivesse dito que estava mal. E não estava mesmo.

Já tinha ligado para Marc, também, logo depois do museu.

— Achei fofo você achar um passatempo, linda — dissera ele na noite anterior, beijando o topo da cabeça de Regan, ela puxando o bloco para mais perto, sutilmente usando o braço para esconder os desenhos. Será que Marc reconheceria a mão, o formato da palma, o ângulo dos dedos? Será que os vira refletidos nos olhos dela como ela os vira na própria mente? Provavelmente não, mas Regan não estava pronta para deixar Marc conhecer os contornos de seus pensamentos, para que visse a geografia deles.

Afinal, a arte era isso, não era? A exposição descarada do interior de sua cabeça.

— Tenho terapia hoje. — dissera ela. — Talvez eu dê um pulinho no shopping depois.

— Você não acabou de ter uma sessão com sua psiquiatra?

— Sim. É que estou com a cabeça cheia.

Ainda não sabia ao certo por que tinha se dado ao trabalho de ligar para Marc. Ela já fazia o que queria na maior parte do tempo. Ou melhor, o tempo inteiro. Ela supôs que era porque queria que ele pensasse: Que estranho. Talvez quisesse que ele dissesse: Está tudo bem? Podia ser que quisesse que ele sentisse que algo estava dando errado, sistematicamente; dar voz aos instintos relevantes que talvez sugerissem que aquela conversa era diferente das outras que já haviam tido.

Ela o desafiou a perguntar: Você está mentindo?

Mas o que ele disse foi:

— Que bom que você está se cuidando.

E em seguida disse que a amava, que estava indo para uma reunião com um cliente em potencial, e prometeu que a veria à noite, depois desligou, e a tela do celular ficou preta na mão dela.

Regan observou a pintura do escritório do pai, relembrando os mecanismos de sua concepção. Tinha passado a noite em claro trabalhando nela, depois vários dias para aperfeiçoá-la quando chegava em casa, e por fim a encarou por horas após a conclusão. As pinceladas eram precisamente as do artista original, não as dela. Era um roubo em cada aspecto possível de sua criação. Ela não deixara nada de si naquela reprodução, meramente clonando a inanição vazia que existia ali antes, e em seguida tinha repetido aquilo outra dúzia de vezes, provando a si mesma que, no mínimo, ainda conseguia ver, ainda conseguia pensar, ainda conseguia interpretar.

Mas não bastava, e ela sabia disso. Arte, zumbiu uma voz em seu ouvido, era criação. Era dissecar um pedaço de si e deixar exposto para consumo, aberto à especulação. À possibilidade de uma interpretação equivocada e à inevitabilidade de julgamento. Para abandonar o medo, a recompensa tinha que ser a possibilidade de ruína, e este era o sacrifício inerente. Isso, sua mente sussurrou, era arte, e ela passou o dedo pela borda da chave do depósito, as pontas arranhando sua pele feito dentes. Você e eu, você-e-eu, você e eu, meu coração vai queimar um buraco no meu peito até que eu saiba, e não acabei ainda, não posso ter acabado ainda, isso não pode ser o fim.

E foi aí que ela pegou o celular, selecionou o contato salvo como *Para quando tiver achado* e ligou para Rinaldo Damiani.

Regan apareceu na porta dele com um bloco de desenho e alguns lápis, vestida com um suéter cinza largo e uma calça jeans. Usava os brincos de lágrimas, percebeu Aldo, mas tinha deixado de lado outros acessórios. Parecia determinada, quase desafiadora, quando abriu a boca e disse, ainda inquieta:

— Vou ser bem direta. Só estou aqui para desenhar você, mais nada.

— Certo — respondeu Aldo, e fez sinal para ela entrar.

O apartamento era iluminado por um trilho de luz, uma consequência dos gostos do dono. Ao entrar, Regan se moveu pelo espaço, acendendo algumas luzes e apagando outras.

— Você tem algo para…

Ela gesticulou, e ele assentiu, entregando-lhe a escadinha dobrável que estava enfiada em um canto da cozinha. Regan subiu até o último degrau e começou a ajeitar as lâmpadas.

— Cuidado com…

— Elas não estão quentes ainda — garantiu ela, e então apontou para perto da janela. — Espera ali — pediu, e depois: — Eu já vou lá arrumar você.

Ele obedeceu, se colocando ao lado da janela como solicitado, e Regan franziu a testa para o nada enquanto organizava o espaço vazio dentro de sua cabeça.

— Ok — disse, e então franziu a testa de novo, dessa vez para ele. — E sua roupa é essa mesmo?

Eram a camiseta e a calça jeans preta de sempre.

— Factualmente, sim, essa roupa é minha mesmo. Conceitualmente, não, não preciso usá-la para o desenho. Posso me trocar.

A expressão dela passou de pensativa a hesitante.

— Posso...? — perguntou, apontando para o armário.

— A artista é você — declarou Aldo, e fez sinal para que ela fosse em frente.

Regan se virou e começou a vasculhar o armário, que era esparso, para dizer o mínimo. Ele a observou, observou seu olhar de incerteza, e pigarreou.

— Como você tem passado? — arriscou perguntar.

— Bem — respondeu ela, e então fez uma pausa, mordendo a língua para evitar dizer algo, e se virou para olhá-lo. — Ainda estou com Marc.

— Certo — disse ele.

— Nenhuma novidade, para ser sincera.

Ele emitiu um som baixo sem querer, algo como uma risada disfarçada de tosse, e ela se virou na mesma hora para encará-lo.

— O que foi? — perguntou.

— É evidente que tem alguma coisa nova — atestou ele, e acrescentou: — Ou, sei lá. Tudo.

— Alguma coisa ou tudo?

— Me diz você.

— Nada mudou.

— Alguma coisa mudou — rebateu ele, e Regan voltou a se concentrar no armário, direcionando sua atenção ao espaço entre os cabides.

— Voltei a pintar — declarou, analisando as camisetas dele.

— E quis me desenhar?

Ele fez questão de colocar a ênfase em *desenhar*, não em *me*.

— Sim. Eu até poderia te pintar, mas aí seria mais coisa para carregar para cima e para baixo. Talvez em uma outra ocasião.

Então tinha sido uma decisão impulsiva. Ou compulsiva.

— O que vai desenhar?

— Não sei. Você, acho. Imaginei que não ia se importar.

— Não me importo.

— Então pronto. Outras pessoas se importariam.

— Justo. — Ele fez uma pausa. — Vai fazer algum tipo de estudo anatômico ou...?

Ela congelou, depois girou o corpo para ele.

— Isso — respondeu Regan, tão devagar que Aldo não soube se o cérebro e a boca dela estavam em acordo. — Isso — confirmou, com mais veemência dessa vez, e então, levantando o queixo: — Isso. Nesse caso, você provavelmente vai ter que se despir.

Ele pareceu surpreso.

— Ah.

— Só a camiseta — garantiu ela, e então fez uma careta. — Na verdade, não. Vai ter que tirar tudo.

— Tirar tudo... — repetiu ele lentamente, e ela assentiu.

— Não estou no clima para desenhar tecidos — explicou Regan, afastando-se do armário impetuosamente. — Roupas são uma ilusão, e, além do mais, não gosto das suas. Quero mostrar o caimento real das sombras.

— E quer que eu seja o modelo?

— Claro. Quem mais toparia?

— Como sabe que eu vou topar? Não aceitei ainda.

— Ué, eu sei — respondeu ela com firmeza, e ele considerou essa resposta por um instante.

— O que vai fazer com os desenhos?

— Expor no Louvre. — Ela disse isso com uma solenidade perfeita.

— Os parâmetros deles são bem altos — argumentou Aldo.

— Acredito eu. Espero eu.

— Bem, talvez você esteja me subestimando, não? Além disso, você mesmo disse que queria a chave da arte — informou ela, fechando a porta do armário de Aldo e indo até ele. Enfim tinha se decidido; aquilo ia mesmo acontecer. — Isso é o mais próximo que você vai chegar de consegui-la — continuou, desafiando-o a contestá-la. — Não é?

— Escolhi a chave da arte porque tinha quase certeza de que você não a daria para mim — declarou ele, o que era verdade.

Aldo era capaz de devotar seus pensamentos a quantos problemas impossíveis fossem necessários. No fim das contas, ele também tinha a tendência a ir atrás de coisas indisponíveis.

— Bem, você estava errado.

Depois, lançou um olhar que dizia: "Vai, pode tirar."

E foi o que ele fez, puxando a camiseta pela cabeça, mas depois parou e perguntou:

— Onde quer que eu fique?

Os olhos dela varreram o espaço de novo.

— Na cama, acho.

Estava tão organizada quanto uma cama poderia estar. Regan puxou o cobertor, ajeitou os lençóis e apoiou os dois travesseiros na parede.

— Aqui, pode se sentar.

Ele tirou a calça jeans e a cueca boxer e as dobrou com cuidado, colocando-as no chão antes de fazer o que Regan tinha pedido. O fato de estar nu pareceu muito menos relevante do que o fato de que ela o estaria analisando, fazendo teorias sobre ele à sua própria maneira, com ou sem roupas. De repente, Aldo se sentiu bastante consciente de como era ser uma equação.

Então se acomodou na cama, se recostando nos travesseiros, mas ela logo o deteve, colocando a mão em seu peito e reajustando os travesseiros logo atrás. Os dedos de Regan em sua pele eram diligentes e impassíveis, indo para os ombros, se inclina para cá, levanta um pouco o queixo, não, melhor abaixar, tá, agora levanta o joelho assim, isso, vira ele desse jeitinho, pronto, perfeito. Ela parou, voltou a observá-lo, e então pegou o cotovelo dele e o apoiou no joelho. Assim? Isso, assim, toda a comunicação foi silenciosa, ele a encarando enquanto ela ajustava cada parte de seu corpo. Regan olhou para a janela, para as luzes e em seguida para ele de novo. Era melhor ele virar o rosto? Aldo virou o queixo, apontou-o para a mesma direção do braço estendido, e ela corrigiu o movimento, puxando-o de volta, e segurou o queixo dele com firmeza.

— Vira para cá — instruiu Regan, e inclinou o queixo de Aldo um pouco para baixo, direcionando o olhar dele para ela. — Vou fazer alguns estudos das suas mãos — explicou, balançando os dedos dele para que ficassem leves e soltos — e das suas pernas, mas depois quero fazer do pescoço também. E do rosto.

— Vai fazer um retrato? — perguntou ele.

— Só um estudo mesmo. — E, fácil assim, ele se tornara um objeto, um acessório no quarto, como uma mesa ou um abajur. Regan o encarava como talvez encarasse um círculo de condensação deixado pelo vapor. — Vai ficar confortável nessa posição por um tempinho?

— Vou, está tudo bem.

— Ótimo. — Ela colocou um dedo sob o queixo dele, mantendo seu rosto parado. — Não abaixa.

— É para eu olhar para você?

— Pode olhar para onde quiser, só não abaixa o queixo. Mantenha os dedos relaxados, e não se esqueça de respirar.

— Como eu me esqueceria de respirar?

— Sei lá, é só o que a gente costuma dizer para as pessoas.

— A gente?

— Eu estudei, Aldo. Em uma sala de aula. Com outros artistas.

— Ah — disse ele —, então você *é* uma artista.

Ela o repreendeu com o olhar.

— Calado — disparou, e deu um passo para trás, pegando um dos banquinhos da bancada da cozinha. — Vou sentar aqui e te desenhar, ok?

— Ok.

— Pode falar, se quiser. Só estou fazendo o esboço.

— Falar sobre o quê?

— O que quiser — respondeu Regan, escolhendo um lápis. Depois olhou para baixo, tracejando no ar primeiro, antes que ele ouvisse o som baixo do rabisco do grafite no papel. — Sobre o tempo, se quiser.

Tempo.

Houve um tempo.

Dar tempo ao tempo.

O tempo é agora.

No meio-tempo.

O tempo era uma função de mentiras, um truque de luz, uma tradução equivocada.

— Existe um grupo de cerca de oitocentas pessoas, um povo indígena no Brasil — começou Aldo. — Se chama Pirahã.

Isso pareceu divertir Regan.

— Ok. Me conta deles.

— Bem, as pessoas desse povo só se preocupam com o que testemunharam em primeira mão. Memória viva, acho que se pode dizer. Eles não se preparam para o futuro e não armazenam comida. Só comem o que tiverem. — Aldo fez uma pausa, ouvindo os rabiscos do lápis dela, e continuou: — Eles não têm religião, o que faz sentido, se pensar bem, porque o que é a religião senão a vaga promessa de uma recompensa que ninguém nunca viu?

Regan levantou o olhar.

— O que essa comunidade tem a ver com o tempo?

— Bem, espera-se que o tempo tenha uma forma completamente diferente quando se vive apenas no presente imediato — explicou ele.

— Uma forma completamente diferente — repetiu ela, voltando sua atenção ao desenho. — Não hexagonal?

— Isso é a direção do tempo — lembrou-lhe ele —, não a forma.

— Então qual é a forma?

— Bem, não sei. Só consigo entender o tempo com base na minha experiência.

— E como ela é?

— Um pouco diferente da dos Pirahãs — respondeu Aldo, secamente. — No sentido de que *eu* espero acordar de manhã. Eu preciso de luz, calefação, disso tudo, então pago a conta de luz todo mês. Esse tipo de coisa. — Ela fitava a curvatura do joelho dele, a cabeça inclinada para analisar o ângulo. — Não sou capaz de entender a aparência do tempo porque estou confinado à minha própria experiência, mas a versão do tempo em que estou, qualquer que seja ela, só pode ser diferente da versão ocupada pelos Pirahãs.

— Você fala como se estivesse preso — observou Regan. — Ou como se eles estivessem.

— E não estou? Não estamos todos? Não podemos acelerar o tempo nem fazer com que passe mais devagar. Não podemos navegá-lo.

— Ainda não — disse ela, com o esboço de um sorriso.

— Bem, só sabemos que o tempo não pode existir dentro das denominações babilônicas de sessenta. Não na realidade. Um segundo só é um segundo *na nossa* percepção. Tentamos estabelecer parâmetros, torná-los úteis, mas não sabemos as regras. E talvez a gente nunca descubra.

— E como você se sente em relação a isso? — Regan ria sozinha, entregue a uma piada interna.

— Preso — declarou Aldo, e ela levantou o olhar.

— É mesmo?

— Sim, de tempos em tempos.

— Como se estivesse em uma prisão corporal?

— Você está de gracinha — falou ele, observando os lábios dela se curvarem para cima em confirmação —, mas sim, de certa forma é isso mesmo. As pessoas costumam te perguntar quais são seus planos para o futuro?

— Sempre. O tempo todo.

— Certo — disse ele. — É isso que eu quero dizer.

— Não abaixa o queixo — pediu ela.

— Ok.

Ela voltou a atenção para o papel e continuou a desenhar.

— Não me importo de estar presa — murmurou, acariciando a folha com o lápis. — Às vezes eu gosto. É mais fácil assim. Nada em que pensar.

Ele batucou os dedos no joelho. Regan ergueu o olhar em advertência, telegrafando uma expressão que dizia "Pare com isso".

Ele atendeu ao pedido.

— No fundo você não quer que as coisas sejam mais fáceis, não é? — perguntou Aldo.

— Não, não mesmo. Mas queria que não fosse assim.

— Por quê?

— Bem, se o tempo fosse mesmo uma armadilha e eu estivesse em algum percurso predeterminado, isso seria um alívio para mim — explicou ela. — A ideia de que eu possa ter opções ou outros espaços-tempos para ocupar me deixa atordoada.

— E você não gosta de se sentir atordoada?

Um piscar de olhos.

— Por que acha isso?

— Não sei. Você só parece estar buscando algo que possa te atordoar.

— Pareço estar buscando algo?

— Acho — começou ele devagar — que, se não estivesse, não estaria aqui.

Ela levantou o olhar de novo, parando o movimento do lápis dessa vez.

Aldo sentiu uma frustração imensa por saber que nunca conseguiria provar que o tempo não parou quando o olhar dela encontrou o seu. Embora, lembrou a si mesmo, se gravasse o momento na memória, talvez pudesse voltar à lembrança com um outro formato, com um melhor entendimento.

Depois de alguns instantes, Regan pigarreou.

— Vou desenhar sua boca — anunciou —, então talvez seja melhor não conversarmos por um tempo.

— Está bem — disse Aldo, e quando Regan voltou a atenção para o papel, ele cogitou voltar a viver naquele único segundo de tempo quando os dois haviam coexistido em perfeita sincronia.

O segundo dedo do pé de Aldo era maior do que o dedão, e os pés em si eram estreitos, com arcos elevados e quase livres de calos. Se usasse saltos altos, teria bolhas a rodo, e Regan ficou aliviada ao pensar que ele provavelmente nunca chegaria a conhecer aquela dor. As panturrilhas eram estreitas e finas, como os quadríceps. Tinham uma boa proporção, embora algo tivesse acontecido com o joelho. Havia uma cicatriz ali, talvez de uma cirurgia, ou talvez de um tombo que, sem o beijo de uma mãe para afastar a dor, tinha deixado uma marca permanente de desatenção.

As linhas extraordinárias dele eram, pela cronologia do olhar: a que seguia pela lateral da coxa, a curva do ombro ao redor do bíceps, a protuberância da clavícula, a borda de seu maxilar. Seu gradiente de cores era mais saturado na perna, esmaecendo perto dos quadris, e retornando a um tom mais quente nos braços, no pescoço, no rosto. O espaço mais distinto era aquele invisível entre os olhos e os pensamentos, separados pelo que parecia a Regan ser uma distância de quilômetros, éons, anos-luz.

Os dedos da mão dele, que ela já conhecia melhor do que qualquer outra parte além da boca e dos olhos, começaram a se mexer depois de apenas alguns minutos de silêncio. Seu cérebro tinha ido para outro lugar, e os dedos se deixavam levar pelo embalo de seus pensamentos, quase dançando. Aldo desenhava pequenas formas no ar, letrinhas minúsculas, recontando com fervor as teorias ao espaço em branco. O quarto pareceu cheio e talvez até abarrotado com tudo que ele injetara ali, embora seu queixo permanecesse alinhado com perfeição ao ângulo em que ela o posicionara. Não havia uma covinha notável ali; a completude dele era suave e ininterrupta, com exceção da barba por fazer, da qual nunca se livrava por completo, e da sombra natural abaixo dos ossos das bochechas. Sua respiração era estável, rítmica, a pulsação visível pelo pescoço. Regan contou as batidas do coração dele, tamborilando de leve e dizendo a si mesma que aquele era um passo importante para uma representação precisa. *Homem descansando*, pensou em nomear o desenho, exceto que ele não parecia nem um pouco descansado.

Os dedos se mexiam; ele estava obcecado por outra ideia de novo. Algo pegava fogo em sua cabeça e dava para ver em seus membros irrequietos. O cenho estava franzido; ele puxara o joelho para mais perto. Regan via as linhas no torso, no ponto onde o abdômen tinha sido comprimido. A trilha do torso até os quadris estava mais evidente, e tudo parecia errado. Ele era ele mesmo de novo, exatamente como ela sempre soube que não seria capaz de capturar.

— Fique quieto — pediu, e os pensamentos dele o trouxeram de volta de onde quer que tivesse ido, sua atenção retornando à dela. — Você está se mexendo muito.

— Ah. — Ele se moveu, tentando se ajeitar. — Assim?

— Não, Aldo, não... — Ela suspirou, largou o bloco e foi até ele, então reajustou a pose. — Perna aqui, mãos aqui. Relaxa os dedos — instruiu, dando uma balançada neles, e Aldo a observou com divertimento. — Não, *relaxa*, assim... aqui, deixa eu...

Ela deslizou os dedos por entre os de Aldo, enrolando e desenrolando a mão na dele, e em seguida deixou seus próprios dedos caírem com delicadeza sobre o joelho dele, em uma sugestão silenciosa para que ele imitasse o gesto. Ela esperou, a mão pousada calorosamente sobre a de Aldo. Pouco a pouco, dedo a dedo, ele relaxou.

Regan ainda sentia a rigidez no torso dele; Aldo não estava respirando. Dissera-lhe para respirar, e é claro que ele não dera ouvidos.

— Respire — instruiu outra vez, e os dedos dele tensionaram de novo. — Aldo... — falou, exasperada, e com um cutucão sentou-se ao lado dele, consertando a pose no processo.

Joelho assim, isso, obrigada. Braço assim. *Curve* a mão, isso, desse jeitinho, deixa ela cair.

Regan se virou, e o olhar de Aldo se ergueu do ponto do pescoço dela em que estava fixo segundos antes.

Ela não conseguiu conter a vontade de desvendar os pensamentos de Aldo. Queria entrelaçá-los nos dedos, enfiar suas mãos neles, enrolá-los ao redor de seus membros até que Aldo a tivesse guardado na teia invisível de sua loucura cuidadosamente organizada.

— Tempo ou abelhas? — perguntou ela.

— Só os grupos quânticos de sempre dessa vez — respondeu ele, gentilmente. Ela sentiu as palavras como se ele as tivesse colocado em sua mão. — Não penso em abelhas tanto quanto você acha.

— Como é — murmurou ela — pensar tanto que seu corpo todo muda?

— Razoavelmente normal até então. — Ele fez uma pausa. — Quando não estou me mexendo, eu me sinto meio... estagnado.

— Ter pensamentos acelerados faz com que o resto do seu corpo anseie por rapidez?

— É, algo do tipo.

Ela passou os dedos pelos nós da mão dele, flexionando-os e relaxando-os.

Você e eu, pensou ela ritmicamente, você-e-eu.

— Posso falar a verdade? — perguntou Regan, sem olhar para ele.

Aldo se inclinou para a frente, sua bochecha encostando no ombro dela, e assentiu.

— Não tenho tomado meus remédios. Não estou dormindo direito. — Ela soltou o ar, trêmula. — Eu... eu tenho problemas. Tipo, problemas diagnosticados. Que eu deveria estar tratando de alguma forma. — Depois, com pesar, acrescentou: — Acho que eu deveria ter te contado antes.

Aldo ergueu a cabeça. Regan sentiu o olhar dele, mesmo que se recusasse a encontrá-lo.

— Você sente que está com problemas? — perguntou Aldo.

— Não. — Ela se virou para encará-lo, fazendo careta, e ele relaxou a postura, abandonando o esforço da pose. — Sinto um pouco como se... Sei lá. Como antes, ou talvez ainda me sinta daquele jeito, mas não da mesma forma. O telhado foi remendado, mas as calhas ainda estão rachadas.

— E como era antes?

— Água por toda parte. Não chegava a ser uma inundação, só uma goteira incessante em algum lugar impossível de localizar. Sempre uns três graus mais frio do que eu preferiria.

— Ah. E o que mudou?

— Voltei a pintar. — Agora posso pintar, de novo. — Não quero parar. Não quero nem arrumar as calhas, só inundar essa maldita casa inteira. — Ela pigarreou. — Não, estou mentindo. Não quero um alagamento, mas também não quero a casa. — Uma pausa. — Quero atear fogo nela e ir embora enquanto ela arde em chamas.

— Ok — falou Aldo —, faça isso, então.

— Não posso.

— Por que não?

— Porque tecnicamente isso é um estado maníaco. Ou hipomaníaco.

— Bem, não sou médico.

A boca de Aldo estava curvada para cima, e se Regan olhasse para baixo, veria a si mesma — veria como se inclinara para os braços dele —, mas ela não fez isso. Não conseguia desviar o olhar do rosto dele, que não dizia: Qual é o seu problema? Na verdade, dizia: Oi. Olá. Prazer em te conhecer.

— Você não perguntou se estou mentindo — disse ela.

Ele deu de ombros.

— Porque já sei que não está.

— O negócio do desenho não é balela, viu? Eu vou mesmo te desenhar.

— Eu sei.

— Estou falando sério.

— Eu sei, acredito em você.

— Mas você disse que pareço diferente.

— Sim, e parece mesmo. Sua voz está diferente.

Ela fez uma careta.

— São os pensamentos correndo soltos, provavelmente.

— Tome seus remédios, então. Se é o que quer.

Ela abriu os dedos no peito dele, possuindo-o.

— Não quero — confessou. — Não posso voltar, nunca mais.

Não dá para desfazer as queimaduras, pensou ela, com pavor, e em resposta Aldo acariciou sua mão, traçando os formatos de seus dedos com a mão fria.

O nariz dela deslizou para baixo do queixo dele, com gratidão, enquanto seus lábios resvalavam o engolir da garganta dele.

— Voltar ao quê?

A pergunta tinha o mesmo cheiro dele. Os dedos de Aldo brincavam com a coluna de Regan, passando por cima das vértebras como o movimento das fórmulas dele. O que fariam, pensou, quando fossem colocadas em prática para resolver *ela*?

Regan estremeceu, a respiração acelerada, e o toque dele em suas costas descansou onde a caxemira encontrava a pele, esperançoso.

— Você não pode me consertar — sussurrou ela, traçando o pescoço dele com a boca.

Você entende, sabe o que tem nas mãos, sabe a facilidade com que pode quebrar?

— Não vejo nada a ser consertado.

Ela fincou as unhas no peito dele, uma pequena violência para combater a própria fragilidade, para subverter as ameaças da própria insegurança, e ele a envolveu nos braços em menos de um instante, antes mesmo de ela conseguir recusar, antes até que a ideia pudesse lhe ocorrer. Ela se enrolou em Aldo com vestígios de complacência, e alisou o cabelo dele, os lábios em suas cicatrizes, a mão dele em volta de sua nuca. Você e eu, bateu o coração dela, Você e eu, respondeu o dele, Sim, sim, sim, e ela sentiu a pulsação deslizar pelos membros. Você e eu juntos, Sim, eu sei, eu também sinto. Chegue mais perto e repita para mim aos sussurros; Venha e me diga mais uma vez.

A boca de Aldo estava quente contra a garganta dela, o hálito suave ao lado do maxilar, e um suspiro escapou dos lábios de Regan sem permissão, transformando-se em uma voracidade tão poderosa que ela se perguntou como fora capaz de não saciá-la antes. Essa não era a resposta, pensou ela, desesperada, e enquanto o pulso dela dizia: Você e eu, a mente a relembrava: Este momento sempre terá gosto de imundície, cheiro de poeira, até que você limpe seu paladar.

Ela se esquivou com um movimento rápido, pondo-se de pé e pegando o bloco, os lápis, jogando-os na bolsa e indo em direção à porta. Ele se empertigou na cama, mas não se moveu, não a seguiu, não disse nada. As mãos de Regan tremiam conforme passava pela porta, cruzava o corredor, *você você você* no ritmo dos pés.

Já tinha apertado o botão do elevador antes de se virar de repente, depressa, tentando voltar atrás.

Ele abriu a porta na primeira batida, já de cueca.

— Sim?

— Aldo, eu…

Regan olhou para ele, indefesa.

— Quer ver? — perguntou, enfim, sem conseguir oferecer algo melhor, e agarrou o bloco de desenho com as mãos trêmulas enquanto Aldo a encarava em silêncio.

Ele deixou um momento se estender entre os dois.

— Está pronta para me mostrar?

Está pronta?, perguntaram os olhos verdes dele, porque, se eu abrir a porta para você, não vou mais te deixar ir embora.

Ela soltou o ar, compreendendo.

— Não — respondeu. — Não. Ainda não.

— Ok.

Ela deu um passo para trás.

— Ok — concordou, e se foi.

Quando voltasse, como inevitavelmente faria, Aldo abriria a porta e ela abriria os braços, e pelo resto da noite não haveria mais perguntas. Haveria algumas horas entre essas ocorrências; talvez um dia ou um pouco mais.

Primeiro haveria Madeline, na casa dos pais para passar o feriado, dizendo: O que está fazendo com a pintura do nosso pai?, e entre as duas haveria o costumeiro: Não conta para a mamãe.

Meu Deus, Char, estão idênticas.

É, eu sei.

Você que pintou?

Não conta para a mamãe.

Charlotte, o que você está fazendo? Está com algum problema?

Não, não estou, só não conta para a mamãe, está bem?

Não vou contar, mas Char… Espera aí. Charlotte, esses brincos são meus?

Sim, quer de volta?

Não, ficam melhores em você.

Eu sei, e então um abraço de despedida, um beijo no topo da cabeça de Carissa.

E aí, depois de Madeline?

O negociante, é óbvio, que perguntaria: É verdadeiro?

É claro que é verdadeiro. Viu a assinatura? Pode autenticar como quiser.

Isso vale... Nossa, para ser sincero, isso aqui vale uma bolada boa, viu?

Boa o bastante para você querer?

Ah, com certeza, deixa só eu fazer uma ligação antes.

E depois?

Uma mala, a mala que Regan sempre soube que um dia iria arrumar, só que dessa vez, quando parasse para guardar as coisas importantes lá dentro, ela descobriria que nada ali importava de verdade. Em vez disso, jogaria quase tudo em sacos de lixo, inúmeros balões de plástico inflados para conter todos os seus materiais imateriais, e isso seria outra conversa. Duas conversas, na verdade.

A primeira seria curta: Regan, estou entrando em uma reunião, o que foi?

Nada de importante, só queria avisar que não estarei em casa quando você chegar, obrigada pelo espaço que você ocupou na minha vida, mas agora acabou, não se encaixa mais.

A segunda: Posso ajudar?

Sim, quanto vale isso tudo?

Bem, não sei ao certo, é um guarda-roupa inteiro.

É, eu sei. Quando consegue me passar o orçamento?

Talvez... talvez amanhã? O dia seguinte?

Tudo bem, leve o tempo que precisar, aqui está meu número.

Qual sua localização? Se não pudermos aceitar algumas coisas...

Não sei ainda. Se não puder aceitar, é só doar.

Tem certeza? É muita coisa, e a maior parte parece ser cara.

Absoluta.

E então, quando ela tivesse se livrado de tudo, acharia alguma coisa, qualquer lugar. Vinte e oito metros quadrados? Tá, tudo bem, ela não precisava de espaço. O que tinha para guardar, afinal? Contanto que a iluminação fosse boa, serviria.

Precisamos verificar o limite do cartão de crédito antes, é claro. Você entende.

Posso pagar um ano de aluguel adiantado.

Um... um ano?

Isso. Aceita cheque?

Bem... claro, sim, tudo bem.

(Não é o melhor bairro do mundo, mas também não é o pior.)

Ela não jogaria o celular no rio ou no lago. Isso seria fugir, e não era o que ela estava fazendo.

Não estava fugindo. Muito menos às pressas. Ela estava voltando, e só pareceria apressada quando batesse na porta de Aldo e ele a abrisse, e a conversa se seguiria assim:

Está pronta?

E ela diria: Estou, sim.

Venha, Rinaldo, vamos começar de novo.

PARTE QUATRO

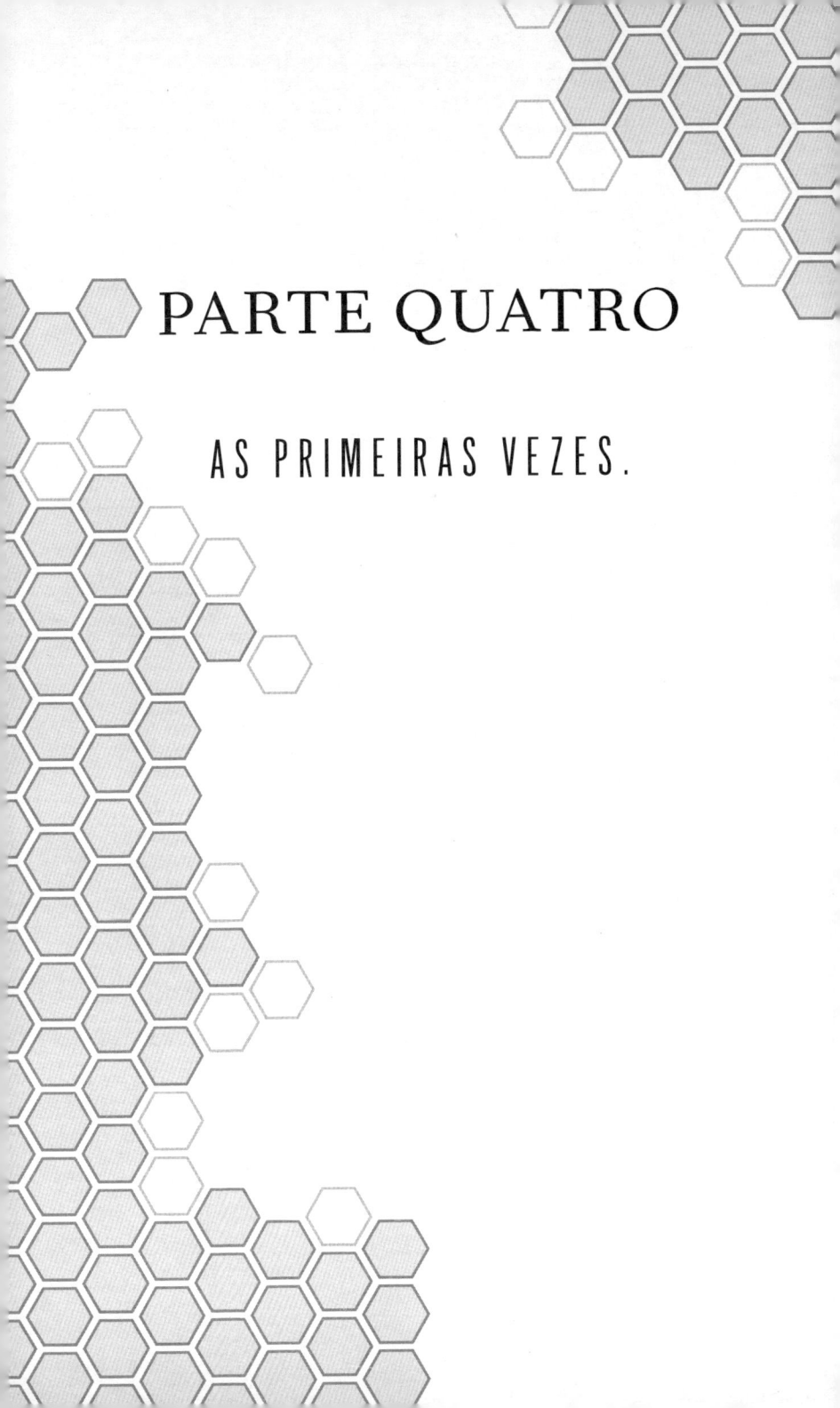

AS PRIMEIRAS VEZES.

A primeira vez com ela é apressada, chega a ser vergonhosa, mais rápida do que ele gostaria. A primeira noite é ela na porta dele, dizendo palavras que ele mal consegue ouvir devido ao esforço de assimilar a realidade, de fazer a própria cabeça parar de dizer: Isso é um sonho? Já não sonhamos isso?, e de lembrar a si mesmo de que não, isso era real, era real porque às suas costas a água está prestes a ferver, e primeiro virá o sal e depois o macarrão, o forno vai apitar e o jantar vai acontecer em seguida. Seu cérebro não está pensando: Ah, aqui está ela, eu sabia. Na verdade, seu cérebro está se mostrando um grande inútil. O que ele está pensando é: Que hora é essa?, mas não quer dizer seis em ponto, ou o início da noite, nem mesmo a hora do jantar, só: Onde estamos *no cosmos*, porque eu vivi isso tantas vezes em minhas fantasias que agora o momento se ramificou em seis formas diferentes da realidade, e agora, me diga, em qual delas estamos?

Na primeira vez, ele não fez nenhuma pergunta que pudesse ser vista como tal; nada jornalístico do tipo quando, como, onde, o quê e, mais importante ainda, por quê? No sentido de por que ele?, por que alguém?, mas, acima de tudo, *por que ele?* Mas ele não pergunta nada substancial, apenas dá passagem para que ela entre. O olhar dela recai sobre a água fervendo e o macarrão e o frango no forno; reconhece que adentrou um lugar que até então não tinha traçado planos de contê-la e de repente precisava se expandir. Ela abre a boca para pedir desculpas, e ele, sem pensar — pensando apenas que não quer que ela se desculpe, que na verdade um "desculpa" só deveria sair dos lábios dela em casos extremos, como desaparecer da vida dele para sempre —, pega a mão dela e a segura com urgência. Ela olha para baixo e fecha a boca, e talvez seu coração passe a bater mais rápido. Ou talvez a respiração acelere, talvez pare de vez. Ele não consegue ouvir os sons das fisicalidades dela por cima do barulho de seus próprios batimentos, que retumbam em seus ouvidos. Ele é um matemático, um cientista, e é preciso em sua espera, então é ela quem graciosamente o toca, vai em direção a ele, em nome dele. Ele a coloca sobre a bancada da cozinha, e ambos ainda estão vestidos quando ele a preenche, bem ali ao lado do macarrão que em breve será cozido. A testa dele pressiona a dela enquanto os quadris dela são içados da bancada que pode ou não ser de mármore, ele nunca foi um especialista nessas coisas, mas sabe que ela é macia e suave ao toque, como veludo. Agora sabe como ela é ao tato e nunca pode deixar de saber. A água ferve e ele goza. Sem saber se ela gozou também, ele pergunta, e ela ri. Depois ela puxa a boca dele para si e fala para a língua, para os dentes, para a respiração ofegante dele: Estou com fome, o que tem para jantar?

A segunda vez é mais lenta, até preguiçosa. Dessa vez ambos estão alimentados, o vinho cai na camisa dele, porque os dois estão inebriados um pelo outro, instáveis. Ele não sente o gosto do macarrão, só a observa comer, enquanto ela exclama, de boca cheia: Você que fez isso? Sim, fui eu, Masso diz que Barilla é inaceitável, Pois então, ótimo, melhor pra mim. A camisa dela está desabotoada, ele consegue ver o sutiã e a vermelhidão nos seios onde seus lábios e talvez a barba rala do queixo arranharam rudemente a pele dela. Ele pensa, desesperado: Eu deveria fazer a barba. Ela o pega olhando e ri, se inclina para a frente, aponta para o vinho na camisa dele e diz: Você está um caos. Ele pensa nas pernas dela envolvendo seus quadris. Sim, ele está um caos. Coloca para lavar antes que manche, diz ela, e embora ele estivesse mais do que disposto a sacrificar uma camiseta para tê-la como prova de que tudo isso aconteceu mesmo, ele diz: Está bem, está bem, e tira a camiseta e a coloca na máquina de lavar (tinha uma no apartamento, a maior de todas as bênçãos), mas lá está ela o encarando, ainda no corredor. Ele estava dentro dela, ela gostava da comida dele, ela foi até lá por ele. A realidade o assola como uma onda, estarrecedora, e o entorpece antes de inflamá-lo; antes de ele se iluminar com a ideia, ressuscitado. Ela vai até ele e se inclina sobre a máquina de lavar, inspecionando o trabalho feito, e depois fecha a tampa. Ele chega por trás enquanto ela finge analisar os botões, coloca a mão em seu quadril, e ela estremece.

Dessa vez, vai ser tudo por ela.

Ele espalma as mãos dela sobre a máquina enquanto o aparelho vibra. De onde ele está, com os lábios na curva de seu pescoço, a coisa toda balança com a espera. Dessa vez, o gosto dela se mescla ao vinho em sua boca. Dessa vez, ele tira as roupas dela com calma, puxando as pétalas com gentileza, esperando até que os nós dos dedos dela estejam brancos para só então traçar a língua pelos lábios dela, com as mãos envoltas em suas coxas. Ele vai se esquecer do macarrão, vai esquecer a cor da embalagem, mas vai se lembrar do vinho. Vai pensar no vinho toda vez que vir as pernas dela nuas, toda vez que se encontrar atrás dela. Roupa limpa, vinho tinto e ela, desde a primeira vez que ele encontra a pintinha quase apagada atrás do joelho até todas as que vêm depois, fazendo daquele detalhe sua estrela-guia. Dessa vez, ela chega ao clímax com um suspiro ofegante. O som escapa pelos dentes cerrados e ela se inclina para trás para dizer a ele, arquejante: Eu sabia que você seria assim. Eu sabia que sentiria você por toda parte, no meu corpo todo, eu sabia. Ela se move contra ele devagar, sussurrando eu sabia, eu sabia, eu sabia no ouvido dele até suspirar de novo, as mãos dele prendendo seus quadris.

A terceira vez é trêmula, cheia de pequenos calafrios que sobem por sua coluna e depois descem outra vez, despencando em queda livre até a colisão. Eles estão no terraço, está frio, ele tenta levá-la de volta para o apartamento, onde está quente, mas ela diz: Não, não, vamos ficar aqui em cima, me sinto viva assim, como se pudesse morrer assim. Ele não diz a ela que com frequência tem o mesmo pensamento, mas acha que talvez ela possa intuir, pois envolve seu rosto com as mãos. Está vestida com as roupas dele, enrolada com ele em um cobertor quando suas mãos vagam, quando expressam sua insatisfação em estar vazias, quando se enchem dele, que fala com um engasgo: Não sou mais adolescente, e ela ri, Ah, não é?, e sim, ela está certa, ele está duro de novo, cacete. Existem regras sobre isso em algum lugar. Regras de fisicalidade, regras de esforço humano básico, regras sobre não transar na droga do terraço, mas ela é inflexível, e ele ainda está lambendo o gosto dela de seus lábios. Está com um baseado apagado entre os dentes, fingindo que é capaz de recusar. Não é. Ela pode enxergar tanto. E abaixa a cabeça para denunciar o blefe dele, e o baseado escorrega da boca e cai em algum lugar nas rachaduras do concreto abaixo, nas fissuras de sua constituição. Ele desiste, se vira, e os dois estão tremendo de frio e provavelmente de adrenalina, e é disso que ele vai se lembrar, da forma como os músculos dos braços dele e das pernas dela tremem enquanto ele se segura; enquanto ela o consome.

Pois isso só podia ser consumo. Ele está sendo comido vivo de bom grado. Boa noite, ele diz, e ela sorri e responde: Até amanhã, e enrosca as pernas nas dele. Ela o ancora, depois se afasta e orbita em torno dele. Ele se move, ela se move. Dormindo, ela é diferente. O cabelo é macio e suave, e ele não o toca por medo de acordá-la, mas é o que quer fazer. Dormindo, ela parece flutuar, como se estivessem debaixo d'água, ambos prendendo a respiração. Ela acorda por volta das quatro e parece desorientada — Como chegamos aqui, aqui embaixo neste oceano? —, e então o encontra e se tranquiliza em voz alta com um "Ah, que bom". Na quarta vez ele a toca, e é por causa daquele "Ah, que bom". O que ela estava pensando ao dizer aquilo? Por acaso era o que ele esperava — "Ah, que bom, ainda é você, eu não sonhei" — ou outra coisa? "Ah, que bom, você não foi embora." "Ah, que bom, ainda sinto o mesmo que sentia ontem à noite." "Ah, que bom, hoje é domingo, acordei e não morri dormindo", o que é? Ele pergunta em silêncio enquanto a fode, implorando por uma resposta com os lábios pressionados nos dela. Nem começou a pensar sobre o beijo dela, sobre a sensação de beijá-la, que normalmente é o primeiro passo, mas que com ela é algum ponto muito além da intimidade. Ter alguém em sua língua significa algo mais para ela, ele percebe isso. Foi preciso mais permissão para beijar seus lábios, para compartilhar sua respiração, do que para deslizar para dentro de sua xoxota, para ocupar sua boceta.

— Ah, que bom — disse ela quando acordou e o viu, e é justamente o que ele pensa enquanto a beija.

Ah, que bom. É você.

Há uma breve pausa quando ela vai à igreja com ele. Dessa vez eles entram de mãos dadas, e ela não solta. Deveriam ter tomado um banho, provavelmente, mas ele gosta do fato de tê-la por todo o corpo. Isso o faz se sentir mais santificado, coberto de algo tão incontestável que não deixa dúvida. Ele carrega o cheiro dela ao redor dos ombros, onde as pernas dela estiveram. Ninguém sabe das distâncias que ele percorreu, o homem que se tornou desde que a tocou. Ele pensa em todas as suas outras versões fazendo amor com todas as outras versões dela e decide tirá-las de suas realidades alternativas, de seus espaços e tempos alternativos, e colocá-las bem naquela aqui. Ele espera que ela não tenha desenvolvido a capacidade de ler sua mente, que não esteja se vendo inclinada no banco ou equilibrada de maneira majestosa sobre o altar, com a cabeça dele enfiada entre suas pernas, extasiada. Ele está se sentindo particularmente inclinado à adoração nesse domingo. Nesse domingo em especial, ele voluntariamente cai de joelhos.

A quinta vez é nova e estranha, uma ausência de familiaridade nua e crua. Ela lhe mostra o flat que alugou. É difícil chegar lá de transporte público, mas ele prefere andar, de qualquer jeito. Ela mostra suas pinturas, os desenhos que fez dele. Tudo é impossível, puta merda, ela é impossível. Pegar uma página em branco e transformá-la em algo belo, como era possível? Ela era mágica, é claro que podia ler a mente dele, sabia exatamente o que ele estava fazendo com ela por uma hora na casa do Senhor. Ela sorri. Você está muito quieta, diz ele, Estou, é? Ela dá de ombros. É melhor a gente tomar um banho. O corpo dela é escorregadio sob os dedos dele, difícil de segurar, mas ele a segura com firmeza mesmo assim.

Eles se separam por um tempo, ele precisa trabalhar, embora a verdade seja que não quer sufocá-la. O que quer fazer é pegar a bicicleta e ir a algum lugar onde possa gritar ao ar livre, onde possa respirar um ar que não esteja impregnado com ela só para provar que isso ainda pode significar alguma coisa, só para garantir. Só para garantir. Ela é elusiva, impulsiva, ela o quis ontem e ele estava todo "Ah, que bom" hoje, mas será que vai estar em algum nível inferior amanhã? Será que ele vai estar "Ah, ok" e com o passar do tempo apenas "Hm"? Ele anota seus pensamentos, ou pelo menos tenta. O que lhe escapa são formas organizadas, se encaixando perfeitamente. Ordem, é disso que ele precisa. Seu apartamento está uma bagunça, cheio de louça suja, e a camiseta manchada ainda está dentro da máquina de lavar, e ela está por toda parte. Ela está em todos os seus espaços e em todos os seus pensamentos. Ele contempla fórmulas e graus de racionalidade, e todos se transformam nela. Ele pensa no tempo, que acabou de começar, ou que pelo menos agora está diferente. Ele pensa: Os babilônios estavam errados; o tempo é composto por ela.

Na sexta vez, ele nota respingos de tinta nos braços dela, um pouco nas bochechas também. E ri. O que estava pintando? E ela responde, bastante séria: Você, sempre você, não consigo evitar. E só você nesses últimos dias. Meu Deus, pensa ele, tem algo de errado com a gente, não estamos bem, ninguém nunca se sentiu assim sem levar à destruição. Impérios já chegaram à ruína desse mesmo jeito, pensa ele, mas isso só faz com que ele a deseje mais, que olhe para as próprias mãos e pense: Meu Deus, que desperdício de tempo fazer qualquer outra coisa que não seja tê-la em meus braços. Que desperdício, e então em voz alta ele completa: PutaquepariuJesusCristo, o que foi que você fez comigo? E ela diz: Me beija.

Ele a beija, e pensa: Vá em frente, me arruíne. Me destrua, por favor.

Ela corresponde o beijo e atende seu pedido.

Na primeira vez em que eles discutem, ela tem certeza de que o ama. É a primeira vez que se dá conta disso, porque, embora seus pensamentos tenham revelado o fato há dias e em algum lugar ali dentro exista um fogo que arde por ele, um fogo impossível de extinguir, ela não acredita de fato que o amor seja mais do que mera ciência. Hormônios, evolução, amor, fusão nuclear, teoria quântica, tudo não passa de teoria. É tudo apenas uma sensação que tentaram explicar, já que os humanos são insignificantes, idiotas. Já que as pessoas querem ser românticas em todas as esferas, querem dar nomes a estrelas, querem contar histórias. O amor é uma história, e nada mais, até ela brigar com ele pela primeira vez.

Na primeira briga, ela sabe que o ama porque ninguém antes a considerara digna de uma discussão. Com os outros, com Marc, era sempre Regan, por favor, né, seja razoável, Regan, não estou a fim de papo agora, estou exausto. Regan, você está implicando comigo porque está entediada, é isso? E do lado dela era sempre Está bem, está bem, me desculpa. Talvez não a parte das desculpas, porque ela raramente se arrependia de algo, mas a desistência estava sempre ali. O sentimento de resignação estava fatalmente atrelado à Briga. Antes de Aldo, o amor era concessão. O amor era um murcho Sim, querido e a sensação de Não brigue, Pise em ovos, Você não é bem-vinda aqui e pode muito bem ser dispensada. Ela pensava que o amor significava ser Razoável, uma palavra apropriada para um esforço apropriado, para a labuta evasiva do Amor e dos Relacionamentos, e isso a fazia pensar, de tempos em tempos, em sua história de amor mais passageira. Naquela vez em Istambul, quando atravessava a rua, um trem bloqueando seu caminho, e dentro do vagão do meio um rapaz, belíssimo. Os olhos dele encontraram os dela de alguma forma (olhares sempre encontravam o dela), e ele acenou, Entra, entra. Ela balançou a cabeça, Não, não seja louco, e ele fez beicinho e murmurou: Por favor. E por um segundo, por um momento, por uma respiração, ela cogitou. Cogitou entrar no trem só para dizer a ele: Isso é o destino? Mas não entrou, e ele desapareceu para sempre. Ela não se lembra mais do rosto dele, mas não esqueceu a sensação remanescente: Sou a garota que fica para trás enquanto os outros vão embora?

Às vezes ela odeia não ter tido a loucura necessária para embarcar naquele trem, e a comichão de voltar atrás e fazer diferente, de tentar alguma outra maneira, passou a acompanhá-la aonde quer que fosse, infeccionando e se transformando em uma impulsividade que não vai desaparecer. Ela pensa: Odeio não ter entrado naquele trem, odeio tê-lo visto partir e desaparecer, e a princípio pensa que ama Rinaldo Damiani da mesma forma que amou o rapaz no trem. Como se vê-lo partir fosse assombrá-la pelo resto da vida.

Mas então eles brigam, e ela pensa: Talvez dessa vez seja diferente. Não é uma discussão muito grande, mas o importante é que eles discutem, que ela acontece. O surpreendente é que não é assim que ela sabe que ele a ama. Isso não tem a ver com ele. Pois ela já sabe que o cérebro dele é algo estranho para ela, algo que contém pequenos espaços de misticismo que ela nunca entenderá, por mais que tente sondá-los com seus tentáculos gananciosos. Então, quando ele diz _____, ela responde _____, em grande parte só para desafiá-lo. Mais tarde ela vai se esquecer do motivo da discussão, e vai restar apenas a lembrança de que aconteceu, e, mais importante ainda, de que quando ela disse ???, ele respondeu !!! e não voltou atrás. Não disse: Regan, você quer mesmo fazer isso agora? Regan, estou cansado, hoje não. Regan, vai dormir, está tarde e você só quer brigar por brigar. Ele não faz nada disso. Na realidade, ele !! quando ela ??, e quando ela !!, ele ??, e ela deveria estar irritada, sabe muito bem disso. Deveria estar irritada ou cansada, da mesma forma que as pessoas sempre estão irritadas ou cansadas ao lidar com ela, mas não é assim que se sente. Em vez disso, pensa: Eu o amo, e por um momento não importa se ele também a ama. Basta ter descoberto que o interior do seu peito é mais do que um mero armazém.

Ela sabe muito bem que não deve confundir desculpas com afeto. As pessoas sempre pedem desculpas, então quando ele rasteja até ela no colchão, ela sabe que deve esperar, suspirar e dizer: Tudo bem, mas em vez disso ele a surpreende e diz: Eu amo seu cérebro. Ela não sabe com o que lidar primeiro, com o uso da palavra "amo" ou com o fato de a situação não ter se desenrolado como ela esperava, ou a ideia de que alguém pode sentir carinho pelo cérebro dela quando ela própria não se esforçou quase nada para moldá-lo. Seu corpo, isso sim é fácil de amar, e sua personalidade, seja qual for a versão, é criada artesanalmente para cada momento. Ela sempre estudou as outras pessoas, ao contrário do que a mãe pensa. A mãe acredita que ela se rebela só por se rebelar, só para provocar, mas o que ela faz, pensa Regan, é só uma outra forma de estudo. Ela entende o que os outros querem dela e sabe quando deve ou não ceder. E não é essa a questão? Não é assim que se dá o sucesso de uma rebelião, saber o que as pessoas querem só para privá-las com veemência do que desejam tão desesperadamente?

Regan sempre foi boa nisso, em fazer as pessoas a amarem ou odiarem, a depender de seu humor, mas nunca pensou em seus pensamentos. E aí ele diz: Eu amo seu cérebro, e ela fica tão perplexa que quer retomar a briga. Quer atirar coisas nele, cheia de raiva — Deus é um mito! O tempo é uma armadilha! A virgindade é uma construção social! O amor é uma prisão! —, só para fazê-lo repetir, fazê-lo provar que era verdade. Ah, você ama meu cérebro? Ama quando ele faz isso ou aquilo? Ama quando ele significa que estou desmaiada no chão, botando na língua um remédio ou o pau de um desconhecido? Será que consegue amar meu cérebro mesmo quando ele é pequeno? Quando é cruel? Quando é violento?

Será que consegue amá-lo mesmo quando ele não me ama?

Ela pensa tão alto que quer silenciar os pensamentos com sexo, o que quase sempre funciona. Ah, ela gosta de transar com Aldo, anseia por isso, e a ideia basta para fazer seu corpo inteiro cantar. O jeito como ele se encaixa nela, dentro dela, ela quer tudo em excesso — quer, como sempre, ser sufocada, afogada, quer que seja tão vasto e devorador a ponto de seu corpo ser engolido por inteiro —, mas já se sentiu assim a respeito de sexo no passado, em relação a muitos homens e garotos que vieram antes. Já tinha se perdido muitas vezes, de muitas maneiras, então quer repetir a dose, e acha que vai ser uma sensação familiar. Mas com ele nada é familiar, e o sexo menos ainda. Não é *nada* — ela dorme com a mão no pau dele só para confortar seu subconsciente com o formato dele —, mas isso, Eu amo seu cérebro, é muito mais. Ela já sabe que está apaixonada por ele e tem a suspeita de que ele também esteja apaixonado por ela, de um jeito que a leva a acreditar que é verdade. Ela o puxa para si, pronta para recompensá-lo com os lugares em que pode se dobrar, mas ele ri, acalmando as mãos apressadas dela. Podemos fazer umas pausas de vez em quando, sabia?, diz ele. Ela debocha disso mentalmente — Ah, o cérebro dela, é isso que ele quer? Está bem, então pode ficar, fica com ele todinho pra você. Ela puxa a cabeça dele para perto, morde sua boca e fala: Vou te contar meus segredos.

Ele lambe os lábios dela e responde: Então me conta.

Ela começa com as coisas pequenas, mas moderadamente pecaminosas, não tão convencida de que ele está pronto para ouvir as coisas maiores, ou pior: as suaves. Conta que flertou com um professor para fazê-lo mudar sua nota. Conta sobre o vizinho, o primeiro garoto a pegar no peito dela e dizer: Legal. Conta sobre a aula de química em que ela quase reprovou, se não fosse pelo garoto da carteira ao lado, que fez todo o trabalho de laboratório porque ela lançou um olhar açucarado, mandou umas mensagens safadas, ok, é preciso admitir, tem fotos dos peitos dela em algum lugar por aí na conta da nuvem de alguém, provavelmente, que seja. Aldo escuta tudo com um sorriso, um sorriso que diz: Uhummm.

Antes que possa se dar conta, ela começa a confessar outras coisas: Na verdade não sou tão boa em nada em particular. Não sou muito inteligente. As pessoas não percebem logo de cara, mas com o tempo se dão conta. Às vezes penso: Não, espera, estou mentindo, e o tempo todo penso: Estão todos certos sobre mim. Sou o fator comum, não? Então isso deve significar que todo mundo está certo.

Ele não diz nada de primeira, apenas acaricia a bochecha dela como sempre faz quando está pensando em sabe-se lá o quê (ela não espera entender, nem o tempo nem nada disso, e nem quer; na verdade, não vê problema em mistérios), mas então ele pergunta: Por que fez aquilo?

Ele quer dizer: Por que você, uma pessoa com bastante dinheiro e talento e um futuro promissor garantido, decidiu colocar tudo a perder por um crime?

A psiquiatra dela, a doutora, diz que é porque ela queria que desse errado. Porque estava se autossabotando.

Certo, é uma teoria, mas ele não perguntou a opinião da psiquiatra dela.

Ué, e quem disse que ela mesma sabia? Se soubesse que acabaria sendo pega, não teria simplesmente mudado de ideia em vez de seguir com o plano?

Ele acha a pergunta excelente.

Bem, ela fica feliz por isso.

Ele quer dizer que ela deveria responder à pergunta, ou pelo menos tentar.

E ela acha que ele está tomando as rédeas dos seus segredos.

E está mesmo, mas ele não se importa.

Ela quer que ele a beije. (E coloca as mãos dele entre suas coxas.)

Ele não vai deixar que ela fuja do assunto.

Está bem, então, que se dane, talvez ela só vá embora, tem o próprio apartamento e não precisa dormir aqui, e, além do mais, talvez ele esteja se metendo onde não deve.

Talvez esteja mesmo, mas foi ela que começou, e pode ir embora quando quiser, contanto que volte.

Tá, mas só porque ele falou a última parte. Ela está cansada de pessoas dizendo que ela pode ir embora, odeia isso.

Ele não quer que ela vá embora, mas tem um capítulo inteiro no livro de regras sobre deixar as pessoas tomarem as próprias decisões. "Se for pra ser" e coisa e tal.

Ela acha uma babaquice, por que as pessoas não podem simplesmente se apegar a algo?

Ele concorda.

Ok, então tá, ela não sabe muito bem por quê, mas acha que parte disso tem a ver com assumir o controle de um navio prestes a afundar e levá-lo a outro lugar, qualquer lugar. Até a ideia de uma batida era melhor do que só flutuar sem rumo.

Por que o navio dela estava afundando?

Ela só estava sendo desnecessariamente metafórica, era um hábito que tinha.

Ele aceita, e pergunta de novo: Por que o navio dela estava afundando?

O navio dela? Está sempre afundando, ela odeia, ou está afundando ou explodindo. Seja como for, nunca parece estar indo a lugar algum.

Ele não acha que isso seja verdade.

Bem, ele não a conhece tão bem assim, não é? Só teve uma quantidade x de conversas com ela e transou com ela um total de y vezes.

Não, não, ele quer deixar bem claro: não é assim que a matemática funciona.

Ah, não! Ele não ia começar com isso agora, ia?

Ele tem um grande apreço pela exatidão, e se senta para traçar um gráfico para ela: x é o tempo que você conhece uma pessoa, y é a profundidade. Talvez ele só a conheça por x, mas olhe só todo esse crescimento exponencial em y. Veja como a curva é íngreme, ela entende o que isso quer dizer?

Sim, ela entende, ainda que relute. E o que ele queria mostrar com isso?

Nada, ele só queria mostrar a ela.

Ela acha que ele é muito, muito estranho.

Ele sabe. E por ela tudo bem?

Se por ela tudo bem? Porra, ele não faz ideia do quanto.

Ele a lembra de que não conversaram sobre como ela está, sobre os remédios e tal.

Ela não quer mais tomá-los. Não gosta de como fica, de como eles a fazem se sentir perdida. Talvez esse seja o grande segredo, que embora odeie os próprios sentimentos, ainda prefira tê-los a não sentir nada. Talvez a enormidade da coisa toda seja que ela odeia os altos e baixos e sabe que são Ruins, que Não Devem Acontecer, mas não é ela mesma sem eles. E sente falta de si. Não sabe ao certo quem é, mas *quer* saber, quer *descobrir*, e não tem como fazer isso com a medicação. Ela entende que talvez isso seja difícil para ele.

Difícil para ele? Ora, ele não tem nada a ver com a situação.

É claro que tem, ele tem que ter, porque está assinando um contrato para compartilhar o espaço do cérebro dela, o espaço de seus pensamentos. Quer goste ou não, a briga que acabaram de ter? Vai acontecer de novo, e ele vai enjoar dela e *ela* vai enjoar de si mesma, mas vai preferir enjoar dela por inteiro do que só de meia ela, como os remédios a fazem sentir.

É claro que ele tinha assinado um contrato.

O quê?

É claro que ele tinha assinado um contrato, é isso que ele quer. Por que mais alguém deveria ter acesso aos altos e baixos dela? Ele quer tudo, de uma maneira egoísta, possessiva. Quer tê-los, ele mesmo não tem altos e baixos, e tem se sentido... estagnado.

Estagnado? Ele não está estagnado, é um gênio.

Está tentando resolver o mesmo problema há anos, ele é a definição de estagnação.

Essa é a definição de loucura, na qual ele definitivamente se enquadra. (Essa parte ela fala com carinho.)

Está bem, certo, então ele é louco mesmo, ela está feliz agora?

Muitíssimo. (Está mesmo.)

A questão é que ele não precisa que ela seja nada, não precisa que se medique. Ele prefere que ela seja sincera, se quiser, mas se pretende mentir, então ele quer saber.

Isso não faz o menor sentido.

Claro que faz, ele não quer ser a pessoa *de quem* ela se esconde, ele quer ser a pessoa *com quem* ela se esconde. São duas coisas distintas, será que ela não percebe? Será que faz a mínima ideia de como ele acha difícil coexistir com outras pessoas? E aí tem ela, esse mistério, esse enigma, será que ela tem noção do quanto ele ama a imprevisibilidade dela, todas as suas reviravoltas e distorções? Ela acha que tem algum problema com o próprio cérebro? Ok, que seja, ele ama problemas.

Ele não para de dizer a palavra "amor". Será que notou?

Bem, ele não tinha parado para pensar nisso, mas o que mais deveria dizer, então?

Ele diga nada, só está... comentando. Eles nunca tinham falado sobre amor, só sexo.

Ele só amou pessoas com quem nunca transou e transou com pessoas que nunca amou, por coincidência. Para ele, sexo nunca era uma ideia premeditada, e sim uma reflexão tardia.

Era estranho imaginar que ele tinha reflexões normais, precoces e tardias. Era reflexão à beça. Além de tudo, sexo tem a ver com esquecer, sentir.

Ele não gosta de esquecer nem de sentir.

Então ele não gosta de transar com ela?

Não, não foi isso que quis dizer, ele ama transar com ela.

Lá está o "ama" outra vez. Está fazendo de novo.

Está bem, ele *gosta* de transar com ela, melhor assim?

Não, não é. Ele *gosta*?

Viu? Por isso ele falou que ama.

Ele não é muito bom com palavras.

Não, não é, e sabe disso, as pessoas não gostam dele justamente por suas palavras, e ele nunca consegue explicar nada. Ela já o viu dando aula, não viu? Sabe disso.

Por que ele simplesmente não melhora?

Ela deveria estudar artes.

Ok, agora é ele que está se esquivando do assunto.

Não, ele está pensando. Ela deveria ser artista e, se quisesse estudar artes, deveria.

Ele não sabe nada sobre arte, é suspeito para falar.

Falar do quê?

Dela, ué.

Não, ele diria se achasse que ela não era boa. Ou, pelo menos, não diria que ela é boa se não achasse que é.

Bem, ele continua errado. Talvez pareça agradável para o olhar leigo dele, mas ela não pode simplesmente *virar* artista, não é assim que funciona.

Certo, por isso ele falou de estudar artes, se ela quiser.

Ela precisa de algo primeiro. Uma ideia.

Um problema impossível? (Ele está só provocando, mas ela está séria.)

É, isso mesmo. Algo a que valha a pena dedicar todos os seus pensamentos.

E ela não pode deixar para encontrar isso no meio do caminho?

Sim, na teoria, mas ela quer encontrar antes de decidir investir na ideia.

E como é que ela vai encontrar? Não vai ser assim, só para deixar claro. (Ele está balançando a cabeça enquanto ela desce pelo seu torso.)

Ela não sabe como. Meu Deus, ele não pode só fazer como os caras normais, aceitar um boquete e agradecer?

Ele agradece. Mas também está falando sério, quer que ela encontre o que busca, tem algo que ele possa fazer para ajudar?

Ele pode ajudar ficando quieto.

A essa altura, ela já deveria saber que os segredos do universo não estão no pau dele.

Ele já procurou?

Não exatamente, mas conhece bem a região.

Não foi isso que ela quis dizer.

Ele realmente não tem ideia do que ela quis dizer.

(Silêncio.)

Eles deveriam brigar mais vezes.

Ela estava pensando a mesma coisa. Por que dizia isso, só pelos boquetes? Isso ele pode ganhar mesmo sem a briga, está tudo incluso no pacote.

Não, não é pelos boquetes, ele acha que pode senti-los (o *eles* que consiste no ele-e-ela) mudando suas formas um pouco. E já faz tanto tempo que ele tem esta-forma-aqui que uma expansão bem que viria a calhar.

Que coisa estranha de se dizer, mas isso não a surpreende.

Ela não entende o que ele quer dizer? Ele aposta que ela entende, sim.

Tá, que seja, talvez entenda mesmo. Mas agora ela se sente diferente em tempo integral, então vai saber se é ele mesmo, ou outra coisa, ou tudo?

Ela conseguiria amá-lo se não tivesse largado os remédios?

Não, não conseguiria, e ela também não se permitiria, ou o medicamento não teria permitido. Além do mais, ele falou de novo.

O quê, amar? Provavelmente porque ele não mente tão bem quanto ela.

Ela sabe disso.

Isso significa que ela sente o mesmo?

Ué, não tinha acabado de fazer um boquete nele? (Ela não iria admitir.)

Sabe muito bem que isso não é amor.

É surpreendente que ele sequer acredite em amor.

Ele não acredita, mas é o mais próximo que chega de dar um nome à coisa. É como o tempo, que só existe dentro do entendimento deles do que o tempo é, ainda que seja bem provável que seja outra coisa completamente diferente. Mas ainda chamam de tempo, porque foi essa a nomenclatura escolhida.

Isso foi… incrivelmente teórico da parte dele.

Bem, ele *é* um matemático teórico, sabe.

Tá, mas digamos que não exista um nome estabelecido para isso, o que é que ele sente?

Ela está fazendo umas perguntas bem difíceis.

Que bom, ela não gosta de facilidade.

Ele sabe. E gosta disso.

Ah, então *disso* ele gosta.

Ele quer abraçá-la, mas não pode.

Ele a está abraçando agora, viu só? (De fato, mas sem muita firmeza.)

Não assim, não fisicamente.

Ele quer abraçá-la… mentalmente?

Algo do gênero. Isso mesmo. Se é que isso faz sentido para ela. (Não faz.)

Talvez eles devessem conversar sobre isso outra hora. Têm tempo de sobra para mais conversas, diz ele, e é aí que ela sabe — minha nossa, como ela *sabe* — que o ama de um jeito tão profundo e apaixonado e devastador que, quando acabar dizendo, as palavras vão inevitavelmente parecer vazias e pequenas.

Na primeira vez em que eles discutem, ela tem certeza de que o ama.

Mas não diz isso a ele, não de todo, não ainda.

— Vem pra casa comigo — pediu ele.

Ela fez questão de olhar ao redor, se esticando languidamente para esfregar os nós dos dedos no peito dele.

— Achei que eu já estivesse em casa com você — respondeu ela, e Aldo balançou a cabeça.

— Casa-casa.

— Casa-*casa*?

— Casa-casa.

Ela refletiu sobre a ideia. Talvez ele devesse ter feito o mesmo, só que estava ficando cada vez mais difícil fazer as coisas sem ela, mesmo dentro de sua cabeça. Ela e os pensamentos dele estavam atrelados, a ponto de até mesmo a matemática, que sempre fora agradável por ser uma atividade solitária, trazer uma profunda solidão. Havia vezes em que ele a imaginava ali na sala de aula, analisando-o de um lugar ao fundo: "Aldo, seja paciente, explique isso, você não explicou." Ele a via em suas reuniões com o orientador, sentada ao seu lado: "Aldo, tem certeza?", com o cenho franzido, pensativa. "Mas você já parou para pensar nisso, nisso ou naquilo?", coisas que ela dizia de tempos em tempos, como uma lombada em sua narrativa interna. Regan estava sempre interrompendo, detendo-o para falar de um jeito ou de outro que

"Isso não faz sentido". Ela sempre precisava olhar para as coisas de cada ângulo possível, virando-as de ponta-cabeça, espiando pelo buraco das fechaduras para encontrar a verdade.

A Verdade. Ela parecia encontrá-la só de vasculhar com um fascínio obsceno, uma devastação que beirava a perversidade, qualquer que fosse o assunto. Por que esse tipo de macarrão? Por que essa temperatura? O que acontece se colocar o x aqui, ah, assim não dá certo, né? Por que não? Até o sexo era uma questão de experimentação, Tente fazer desse jeito, Aldo, fale comigo assim, não, não assim. Regan estava sempre pensando, mas ela chamava de intuição, e fosse o que fosse, era veloz e difícil de acompanhar. Ele se sentia perdido o tempo todo, mas também sentia que estava mudando. De repente percebia novos caminhos em seu pensamento, previamente não percorridos por autopreservação (coisas rejeitadas por razões de: essa não é uma pergunta prática, isso é impossível, tal coisa nunca daria certo) e agora se espalhando sob seus pés. Ele podia sentir Regan entrelaçando os dedos nos dele e o puxando. E *assim*, você já pensou nisso *desta maneira*, Aldo? Aldo, faz amor comigo e responda a todas as minhas perguntas, me acalme com respostas!, com atenção!, com seu toque. Aldo, me fode até minha mente parar; se lance comigo, nós dois eufóricos, da porra de um precipício.

O semestre acabou, finalmente. Ele tinha passado pela etapa seguinte de defesa parcial da tese, corrigido todas as provas que aplicou, lidado com os murmúrios de "Valeu, hein, Damiani" de alunos que passaram raspando, submetido sua avaliação de fim de semestre ao reitor. Tudo estava como antes, como tinha estado em todos os semestres anteriores, exceto por diferenças pequenas e sutis. O capacete extra que ele mantinha preso à mochila, só para o caso de precisar. O hábito de dar uma olhada no celular com mais frequência, esperando o nome dela pipocar na tela. A chave extra no molho, recém-cortada e polida, para quando ela estava acordada às três da manhã e sua voz rouca sussurrava "Aldo, você precisa ver esse tom de azul *agora*, quero que o veja comigo; quero olhar para a sua cara enquanto você o vê pela primeira vez".

Ele nunca tinha sido de esconder segredos do pai, e Regan não era exceção. O que ela é, sua namorada? Sim, ou pelo menos ele achava que sim, embora parecesse uma palavra boba para descrevê-la. Bem, o que ela é, então? Ela... Não sei. Como assim não sabe, como pode não saber? Não, eu sei, só não acho que a palavra certa existe. Hmm, então me diga, onde estamos na história, Rinaldo? Perdidos, pai, perdidos, eu não entendo mais o que é o tempo, como ele funciona, o que ele faz, desisto. Ah, respondeu Masso, ok, agora entendi o que ela é. O que isso quer dizer, pai, o que ela é? Ela é... você sabe, sua provocação, sua perturbação. São palavras grandes, pai. Sim, Rinaldo, palavras grandes para um conceito grande, boa sorte, eu te amo, nos vemos em breve.

— Casa — repetiu Regan. Ele estava brincando com o cabelo dela, enrolando-o no dedo, girando as mechas sedosas em uma espiral. — Tem certeza de que quer me levar? Sei o quanto seu pai significa para você.

— Sim.

Exato. Justamente por isso.

— Ele pode não gostar de mim.

— E daí? Seus pais não gostam de mim.

— Mas é diferente. Eles odeiam todo mundo. E, além do mais, não importa o que eles pensam.

— Não acredito que isso seja verdade.

— Pois pode acreditar.

Ela riu com desdém e rolou na cama para ficar de frente para ele. Tinha olhos grandes, vulneráveis. Tinha parado de usar maquiagem perto dele, e era uma coisa linda e destrutiva poder ver seus olhos tão claramente. Ela parecia mais jovem, cinco anos ou vidas inteiras, pelo menos. A mera visão fez algo grunhir dentro dele, algo primitivo que o fez querer matar tigres por ela, bater em outros homens com porretes. Marc ligara pelo menos duas vezes.

Ela não escondeu, até riu e ofereceu o celular para Aldo, mas ele não pegou. Já não confiava mais em si mesmo.

— Eu nem sempre causo uma boa primeira impressão, Aldo. Muito menos com figuras paternas.

— Por que figuras paternas?

— Sei lá, eu só sei flertar. Homens mais velhos me deixam desconfortável.

Homens, pensou ele. Homens no geral te deixam desconfortável.

— Meu pai vai gostar de você. Ele gosta, sabe? De esquisitice.

— Ah, então agora eu sou esquisita?

— Você passa todo o seu tempo livre comigo, não passa?

— Justo. — Ela deslizou a ponta da unha pelo peito dele, formando um círculo. — Você disse a ele que sou artista?

— Disse.

— Mas eu não sou.

Ele beijou o topo da cabeça dela.

— Ok. Então não é.

— Para de ser arrogante — grunhiu ela, mas tratou de passar um dos braços pelo pescoço dele, puxando seus lábios para os dela. — Eu odeio isso — sussurrou, enquanto passava a língua pelas pontas dos dentes dele.

Ela tinha gosto de sal, como molho à matriciana, que sempre lhe pareceu salgado.

— Venha para casa comigo — repetiu ele, e Regan suspirou, enrolando os dedos no cabelo dele.

— E se o seu pai me odiar?

— Não vai. Ele não odeia ninguém.

— Mas ele pode *me* odiar. — A voz dela estava amarga, com gosto de anis. — Muitas pessoas me odeiam.

— Não importa — murmurou ele, levantando o queixo dela.

Ela envolveu o pescoço de Aldo com a mão, experimentando. Seu polegar resvalou no pomo de adão, um teste. Aldo se perguntou no que ela estava pensando. Sempre se perguntava sobre os pensamentos dela, mesmo a respeito dos raros assuntos em que ela parecia não pensar. O que Regan achava de grupos quânticos? Resposta: Regan não pensava em grupos quânticos, e ainda assim a mente dele não conseguia fugir da vontade de saber a resposta. Regan pegou os cálculos dele e o cutucou, apontando coisas. O que acontece de verdade em uma superposição, Aldo? Quando partículas estão em dois ou mais estados ao mesmo tempo, Aldo, o que isso significa, o que isso significa para a gente, o que significa para o tempo? Um dia vamos conhecer *A Verdade*? E ele pensava, insatisfeito: Não, Regan, não vamos, não consigo, eu sempre soube que nunca vou saber, e ela expressava a decepção com uma mordida, colocando ainda mais pressão nos dedos. Me dê a verdade, Aldo, ou saia da minha frente, suma.

O beijo progrediu, como em geral acontecia. Ele gostava da forma como ela mudava de direção, como escolhia o ritmo ou colocava as mãos nas dele e dizia: Você escolhe, Me diz você, Pode me colocar onde quiser, É só me mover como preferir e veremos, veremos aonde isso vai. Ele pensava demais, o tempo todo, mesmo durante o sexo, mas ela parecia gostar disso. Sempre levava as mãos ao cabelo dele, ao pescoço ou então as fincava em seu crânio, como se quisesse abri-lo e tomar posse do que quer que houvesse ali dentro. Ele gostava disso. Gostava de como o toque dela era ganancioso, de como era tão insistente a ponto de ser egoísta. Gostava até de quando ela era mesquinha, quando não era generosa. Gostava mais ainda quando dizia, torcendo os dedos: Você já é meu.

— Pelo jeito — respondeu ela, com um suspiro —, eu deveria fazer tudo que você me pede, não é?

— Eu peço demais?

— Ah, só tudo — respondeu ela, meio sorrindo, e virou a cabeça. — Vou te decepcionar? — perguntou, e a voz soou como um sussurro, a juventude de seu rosto pregando peças nele de novo, atraindo-o para uma segurança falível. Era por isso que era tolice, todos aqueles seus instintos primitivos. Ela era a caçadora, não ele.

— Não.

Ela ponderou a resposta por um momento, acariciando a maçã do rosto dele com o polegar.

— Tudo bem — disse ela por fim, e o beijou. — Então eu vou.

Coisas que Rinaldo Damiani sabe:

Física quântica, ou algo assim. Regan não entende muito bem, mas seja o que for, Aldo sabe. E sem dúvida também sabe cálculo, álgebra, a maioria das coisas que vêm depois de cálculo e álgebra, todas as coisas que vêm depois. Também tem certo conhecimento sobre física, mas não liga muito para isso; o fato de as coisas funcionarem lhe parece menos importante do que a ideia de que ele poderia *convencê-las* a funcionar se pensasse com afinco. E também sabe dos arranhões, das cicatrizes no corpo dela, sabe a frequência e a quantidade que ela come, sabe que ela não gosta de queijo de cabra, a menos que combinado com algo doce. Ele sabe lutar boxe, já mostrou a ela como fazer, e já soube ficar parado e dizer: Pode me bater aqui, não vai doer, eu bloqueio se precisar. E sabe como se defender, e aqui novamente está a ironia: ele odeia a física, mas entende a fisicalidade. Sabe o ângulo certo para segurar os quadris dela. Sabe a profundidade com que pode preenchê-la, quanto pode ser forte antes de começar a doer. Sabe que essa expressão dela significa "agora não, estou pensando", e que essa outra significa "sim, agora, mas só um segundo", e sabe a que significa "nem se dê ao trabalho de falar, só tira a roupa, não sei por que você ainda insiste em se vestir". Sabe que os relacionamentos dela são complicados. Sabe quais ligações ela atende e quais ignora. Sabe, ao contrário da psiquiatra, que ela não está tomando os remédios. E sabe que ela ouve a voz da mãe na cabeça e às vezes acaba perdendo a própria voz; sabe que ela a encontra de novo quando ele envolve o rosto dela nas mãos e pergunta: Você está aí? Ele sabe tanto; sabe quase tudo. Da mesma forma, ela sabe que ele é um gênio.

Coisas que Rinaldo Damiani não sabe:

"Charlotte, você está aí? Liguei duas semanas atrás e você ainda não retornou, liguei para o Marc e ele disse que você se mudou. O que está acontecendo?" "Charlotte, estou ligando para ver como está. Você não veio na última consulta. Por favor, me ligue para reagendarmos." "Char, a mamãe está surtando, liga para ela. Fala para o Aldo que eu disse oi. Carissa está perguntando se você vai vir para o Natal. Espero que venha, ou a mamãe vai ter um treco. Estou falando sério." "Oi, está mensagem é para Charlotte Regan, do escritório da dra. ..., por favor nos retorne quando puder." "Nossa, Regan, isso é tão a sua cara. Se já tiver caído na real, sabe onde me encontrar." "Regan! Vou estar por aqui até o Natal, quer sair para almoçar? Eu sei, eu sei, sou péssima em manter contato, mas a gente podia sair para beber alguma coisa, sei lá." "Nossa, nem acredito que você retornou minha ligação, que milagre. Desculpa, eu estava de plantão, mas olha, não quero ter que contar para a mamãe. Será que você não pode, sei lá, só não falar nada? Fico feliz que esteja bem com Aldo e viva, mas Char, sinceramente, você não pode achar que esse é mesmo o melhor jeito de lidar com a situação." "Charlotte, é claro que podemos achar alguém para te substituir enquanto estiver afastada. As festas de fim de ano são um período complicado. Bem, nos vemos quando você retornar, então! Quanto às aulas, vou entrar em contato com alguém do Instituto, certamente é possível dar um jeito de te incluir em uma turma." "Oi, esta mensagem é para Regan. O livro sobre desenho anatômico que você encomendou já chegou. Você tem cinco dias para vir buscá-lo." "Regan, linda, acabei encontrando uma colega sua da irmandade... Sophie? Samantha? Enfim, ela disse que ligou para te falar que está aqui na cidade e você nem deu notícia. Estou um pouco preocupado com você, não vou mentir. Desculpa pela mensagem aquele dia, estava tão chapado que perdi a noção, mas olha, ainda me importo com você. Só me diz que você está bem." "CHARLOTTE, POR QUE PAGAMOS SUA CONTA DE CELULAR SE VOCÊ NUNCA ATENDE?"

— Ei — chamou Aldo, dando uma cutucada nela. — Tudo bem?

— Só estava pensando em comprar um celular novo — disse Regan. — Ou talvez só me livrar desse aqui, viver fora do radar.

— Não é muito prático, suponho — falou Aldo, dando de ombros. Depois olhou para ela uma segunda vez, talvez uma terceira também. Ela guardou o celular no bolso, abriu um sorriso e virou-se para ele, que balançou a cabeça. — Você está mentindo.

— Eu nem falei nada!

— É, e é mentira.

Ele deu uma olhadinha para trás, depois a puxou para si, colocando o braço ao redor de seu pescoço; quase uma chave de braço, mas era Aldo. A versão dele de proximidade era restritiva, e ela gostava disso. Gostava de quando ele colocava a mão em sua nuca e a direcionava. Isso fazia com que ela se sentisse estável, segura. Regan se inclinou, levou os lábios ao queixo dele e mordeu de leve.

— *Ai...*

— Você me chamou de mentirosa — justificou ela. — Agora tem que pagar.

— Ok, você não está mentindo. Mas com certeza está pensando.

Em resposta (como vingança), ela enfiou a mão no cós do jeans dele, e Aldo a repreendeu com o olhar.

— Estamos no aeroporto.

Ela puxou o zíper, só para fazer graça, e ele arfou rispidamente.

— Está bem, não me conte, então — falou ele, e ela ergueu o queixo, prendendo seu olhar no dele.

— Eu não falei para os meus pais que não ia passar o Natal com eles — confessou Regan.

Aldo arqueou uma sobrancelha.

— Não falei nada, na verdade — acrescentou ela.

Ele a puxou para a frente, a fila tinha andado.

— Só porque não quer que eles saibam sobre mim?

— Não, eu não quero é que eles saibam sobre *mim*.

— Ok. — Ele plantou um beijo rápido na testa dela. — Bem, a decisão é sua.

Haha, até parece que ela ia deixar a conversa acabar assim.

— Então você não concorda?

— Não finjo entender sua relação com seus pais.

— Por que não? Você entende todo o resto.

— Um dia — respondeu ele, resignado —, você vai descobrir que meu entendimento de matemática não se traduz em uma total compreensão do comportamento humano, e então vai se dar conta de que, na verdade, eu sou um idiota.

— Ah, mas disso eu já sabia — garantiu ela, e a boca dele se curvou num sorrisinho. — Sim, você é completamente inútil, mas vai, fala a verdade. Você não concorda.

— Não tenho base nenhuma para concordar ou discordar. Eu só... Sei lá. Estou aqui pelo tempo que você me quiser.

Ela olhou para cima, pega de surpresa.

— Você não acha que eu levo a gente a sério?

— Não foi o que eu disse.

— Meio que foi, sim.

— Bem, eu não quis "meio que" dizer nada, só o que eu falei: estou aqui pelo tempo que você me quiser.

— Mas isso dá a entender que você não acha que vai durar muito tempo.

— Dá?

— É claro que dá, senão você não falaria.

Ele não disse nada.

Regan insistiu.

— Você acha que eu não conto para os meus pais que estamos juntos porque não levo você a sério?

— Eu não disse isso.

A fila andou.

— Não é isso — continuou ela, baixinho. — Eu só... Eu gosto da gente assim, gosto de como estamos agora. Não quero eles no meio disso, ao redor. Nem mesmo perto.

— Você não quer que eles estraguem tudo, então.

— Não, eu só...

— Está tudo bem. É o que estou tentando dizer: não estou esperando nada.

— Ué, por que não? — O comentário a deixou agitada, inquieta. — E se eu quiser que você espere?

— E quer?

— Você está perguntando se eu quero que você tenha esperanças ou se *eu* quero ter?

— As duas coisas, acho. O que você estiver a fim de responder.

— Bem... — Ela pigarreou. — Quero que você tenha.

— Então como vai ser? Devo ter... grandes esperanças?

— Não banque o engraçadinho — rosnou ela à menção de Dickens, encarando-o. A boca dele estava curvada, o que significava que estava rindo. — Só não quero que pense que não estou levando isso a sério, Aldo. Eu estou.

— Tudo bem.

— Tipo, sério mesmo.

— Mesmo se não estivesse, Regan, tudo bem.

— Por quê? — perguntou ela, na defensiva de novo. — Acha que posso simplesmente chegar e sumir da sua vida e não faria diferença?

Ele ficou calado por um segundo.

— O que você quer que eu diga?

Ele só estava perguntando mesmo. Não era como Marc, que tinha mandado um "Tá acordada?" uma noite dessas, fazendo com que ela se sentisse suja de novo, como se tivesse tido uma recaída. Aldo não era Marc. E também não era como os amigos dela, que teriam feito a mesma pergunta, mas num tom sarcástico. Aldo não era como ninguém que Regan já tivesse conhecido, pois não esperava que ela fosse de uma determinada maneira. Não era como as pessoas de quem ela o vinha escondendo, não pelo bem dele, mas pelo dela, por temer que ele entendesse quem Regan era de verdade, quem vinha sendo havia anos, quem sempre tinha sido. Com medo, sempre com medo, de que isso ainda fosse uma versão fragmentada do fingimento, de que só estivesse criando uma versão nova para Aldo, quando ela queria acreditar que estava sendo ela mesma. Com medo de que tivesse se tornado a Regan de Aldo, o que significava que a Regan de Aldo poderia esmaecer na obscuridade; medo de que sua honestidade com ele não passasse de mais uma versão de uma mentira.

— Quero que espere... Não, quero que você *exija* — corrigiu ela. — Quero que exija coisas de mim, que me peça para fazer isso dar certo, que me obrigue, se for preciso. Quero que aposte em mim, Aldo. Quero que invista nisso, quero seu futuro. — Essa última parte escapuliu. — Eu quero seu futuro, Aldo. Quero seu futuro para mim.

Ele olhou para ela, sua expressão em algum lugar entre a surpresa e a compreensão. Um lugar que parecia divertimento, mas na verdade era satisfação.

— Ok — respondeu ele.

Então acariciou o cabelo dela uma vez, com delicadeza, e Regan pensou:

Rinaldo Damiani sabe como me amar, e eu nem pensei em colocar isso na lista.

Quando viajava sozinho, Aldo nunca se incomodava com o tédio, com a saída sofrível do aeroporto de Los Angeles e com toda a demora, a monotonia, o trânsito. Mas, com Regan ao seu lado, ele não parava de pedir desculpas, fazendo de tudo para tranquilizá-la — aposto que nossa bagagem vai chegar daqui a pouco, foi mal, a fila do táxi está enorme, você está bem, com fome? Meu pai vai fazer comida para a gente, aposto que ele não vai nem piscar antes de te empanturrar de comida, aqui, experimenta isso —, mas por sorte ela estava de bom humor, sorrindo, tranquilizando-o. Eu não me importo de esperar, Aldo, está tudo bem, não vejo a hora de conhecer o lugar onde você cresceu. O olhar dela vagou para o lado de fora da janela, passando pelas ruas desconhecidas, e ela ficou em silêncio, o que era atípico, mas seus dedos deslizaram pelo banco de trás até encontrarem os dele, dando um apertãozinho.

— Você...?

— Estou feliz, Aldo, está tudo ótimo, não se preocupe comigo. Não pense tanto. — E deu um beijo em sua têmpora antes de se virar para olhar pela janela de novo.

A viagem de carro pareceu ainda mais demorada; a distância, mais longa; o trânsito, mais barulhento. Todos buzinavam, o que perturbou os ouvidos de Aldo. Ele checava a expressão de Regan com frequência, aliviado por encontrar um sorriso plácido e pensativo em seu rosto enquanto ela contemplava ideias, os olhos ainda fixos na janela, mas depois ele conferia outra vez só para garantir que nenhuma alteração passaria batida. Só para garantir que ele daria um jeito assim que qualquer pensamento desagradável cruzasse a mente dela, o que não aconteceu, mas, só para o caso de acontecer, ele não desviou o olhar. E ela deve ter sentido, pois se virou para beijá-lo duas vezes, depois empurrou seu rosto.

— Com o que está tão preocupado?

— Com você — respondeu ele.

— Mas não precisa.

E ele não tinha mesmo motivo para isso. Foram para a antiga casa dele assim que chegaram, e ele temia que fosse apertada e minúscula comparada à dela, mas Regan exclamou ao ver o ambiente intimista: Que aconchegante, Aldo, eu amei, amei aqui. Você cresceu mesmo aqui, só você e seu pai? Sim, Masso e eu, e minha *nonna* também passava bastante tempo aqui. Que fofo, Aldo, muito fofo, eu amei, outro beijo na bochecha dele, um na boca, um puxãozinho no cós da calça. Agora? Sim, agora, sussurrou ela contra a boca dele, já me comportei tão bem, quatro horas inteiras dentro de um avião e não rocei em você nem uma vez. Ela o puxou para a cama, a cama onde ele passara os anos de ensino médio, Você transou com alguém aqui? Sim, eu não era o filho perfeito e nem sempre me escondia atrás da arquibancada. O sol se esgueirava para dentro do quarto, ofuscando a visão dele enquanto ela arrancava a blusa e se contorcia para tirar o sutiã. Em seguida, Regan subiu no colo dele, espalmou seus ombros e sussurrou em seu ouvido:

— Vou substituir essas lembranças, Aldo. Vou tomá-las para mim.

Foi rápido, apressado, como ceder à tentação de coçar uma ferida. Ele prometera ao pai que os dois iriam ao restaurante para almoçar, então correram para se vestir de novo, ele arrumando o cabelo dela e ela ajeitando a gola dele e retocando o batom. Tem certeza de que Masso vai gostar de mim? Masso vai te amar, vem cá.

O pai dele, como prometido, ficou extasiado ao vê-los, correndo para lá e para cá e falando alto: Lembra do meu filho? Eu te falei sobre o meu filho Rinaldo, o matemático? Ah, um gênio, na verdade, corrigiu Regan com uma risada, e Masso irradiou satisfação. Estou feliz que ele tenha uma namorada inteligente, finalmente alguém que consegue acompanhar as ideias dele. Como sabe que sou inteligente? Ah, eu sei, dá para perceber, você tem toda a pinta.

— Aldo, eu tenho *toda a pinta* de ser inteligente — repetiu Regan, satisfeita, enquanto Aldo segurava sua mão.

Sim, eu sei, fui eu que vi primeiro.

— Pai — disse Aldo, aos suspiros —, você vai mimar ela, não vai?

— Regan, você gosta de cogumelos? Trufas?

— Sim, eu como de tudo, qualquer...

— Não, pai, ela está mentindo, pega leve com ela...

— Quieto, Rinaldo, os adultos estão conversando.

Durante quase uma hora, Aldo ficou em silêncio, aliviado, tão entusiasmado e satisfeito que mal conseguia dizer uma palavra. Regan, em contrapartida, estava faladeira e exuberante, mexendo o garfo no ar ao conversar, contando isso e isso e aquilo para Masso.

— Ele é o pior modelo do mundo, sério, não para quieto um segundo...

— Mesma coisa de quando era criança, sempre se mexendo, é impossível pedir para ele ficar quieto.

— Pois é! Mas olha só para ele. — Ela abriu um sorriso radiante de provocação. — Não consigo evitar, preciso colocá-lo no papel, só para garantir que ele é mesmo real.

Eles se separaram quando Masso foi se preparar para o turno do jantar, depois de prometer que levaria para casa mais dos queijos de que Regan gostara e explicar a ela onde encontrar vinhos bons. Não deixe Aldo escolher, ele tem um paladar doce demais, e também faça ele cozinhar ou te levar para sair, não ouse levantar um dedo. Aldo, que protestou que era óbvio que não a colocaria para trabalhar, foi ignorado com alegria.

Do lado de fora, Regan vibrava, radiante.

— Está tão quente aqui, o inverno mal chegou.

— Vamos andando, então.

— É perto?

— Não, uns três quilômetros, mas é uma caminhada agradável.

— Ah, é pertinho, sim.

Ela segurou a mão dele enquanto andavam. Aldo passou o polegar nos nós dos dedos dela, apontando para aquilo e aquilo e aquilo. Ela gostava das árvores, disse, e do quanto o sol era quente. Até as sombras eram diferentes. Como seu pai é gentil. Como o pessoal do restaurante é legal, eles te amam mesmo.

— Trabalhei no restaurante por muito tempo — contou Aldo. — Eles me conhecem.

— Tanto tempo assim?

— Eu vinha direto para o restaurante depois da escola e fazia a lição na cozinha, e no ensino médio comecei a trabalhar como ajudante de garçom. Quando tranquei a faculdade por um tempo, virei garçom, depois bartender.

— Então é tipo uma casa para você.

— É, por aí.

— Estou feliz por ter vindo com você.

— Eu também.

O pai dele chegou tarde, como de costume, mas Regan não estava cansada, e insistiu que ficassem acordados. Ah, me mostre fotos, vídeos, quero ver tudo. Não precisou pedir duas vezes. Masso pegou os álbuns e mostrou para Regan: Olha, aqui é a primeira bicicleta que Rinaldo teve, aqui foi a primeira gincana de matemática, ele sempre foi bom nisso, eu não tinha ideia. Achei que todas as crianças fossem assim, que tolice a minha, nunca nem ajudei, eu não sabia. Masso pareceu triste com essa lembrança, e Regan chegou mais perto e envolveu os ombros dele com um dos braços. Você criou um bom rapaz, Masso, sussurrou, e Aldo se sentiu pesado, com vontade de chorar, mas Masso se virou e sorriu. Obrigado, Regan, foi por acidente, ele já nasceu assim.

Naquela noite, ela tocou Aldo como nunca havia tocado antes, com carícias lentas, doces e meigas. Continuou, persistente, sem apressar o próprio tempo. Eles tinham tanto tempo ali, e ela parecia sentir isso; parecia decidida a fazê-lo sentir também. A cama era tão pequena, o quarto em si era pequeno, mas as necessidades dos dois também eram: só precisavam um do outro. Ele abriu a janela, e juntos se puseram a admirar a lua.

— Como foi? — perguntou Regan. — Não ter sua mãe?

— Normal, acho. Não penso muito nisso.

— Você quer encontrá-la?

— Pior que não. Ela deixou meu pai infeliz, e minha avó não gostava dela. Talvez eu tenha cogitado uma ou duas vezes, sei lá, mas depois pensei... se ela quisesse me encontrar, poderia ter feito isso. Ela sabia meu nome e sabia o nome do meu pai. A gente não se mudou nem nada.

— Ah — respondeu Regan, baixinho.

Ele se remexeu, desvencilhando o braço para pegar uma foto dos pais na gaveta.

— Tenho isso aqui — falou, e entregou para Regan, que se empertigou, segurando o retrato como se fosse algo frágil que pudesse quebrar em suas mãos. — Não é como se eu não soubesse nada sobre ela.

A mãe dele era linda e amável, com a pele marrom-escura e o cabelo exatamente como o de Aldo ficaria se deixasse crescer. Ele gostava de vê-la daquela forma, permanentemente jovem e apaixonada por seu pai. Isso, explicou Aldo, era a única versão da mãe de que ele precisava.

Regan devolveu a foto para ele, que a guardou na gaveta.

— Quero te dizer uma coisa — começou Regan —, mas vai ser uma bobagem.

— Eu falo bobagem o tempo todo.

— Não, você fala coisas interessantes, elas só são estranhas. Mas isso é tão... é tão ridículo. Eu nem deveria me incomodar.

— Não, fala.

Quero que diga tudo, qualquer coisa. Quero ter seus pensamentos, engarrafá-los, guardá-los em segurança na gaveta.

— Ok. — Ela encostou a cabeça no ombro dele, depois se endireitou. — Não, espera, eu deveria olhar para você, acho. — O brilho do luar formava uma auréola ao redor da cabeça de Regan, que estava usando a camiseta dele. Ela se acomodou entre as pernas de Aldo e o olhou com uma cara séria. — Aldo — disse, e parou.

— Regan?

— Não, esquece, é bobeira.

Ele riu, erguendo o braço para deslizar o polegar pela bochecha dela, fazendo-a se inclinar sob seu toque, solene.

— Regan — disse ele depois de um momento —, eu te amo.

Ela fechou os olhos, soltando o ar com força.

— Por que não soa bobo quando você fala? — murmurou, balançando a cabeça com um arquejo irritado, e depois voltou para os braços dele e se aninhou em seu peito.

— Provavelmente porque eu vivo falando bobagem. Você está acostumada.

Ele sentiu os lábios dela formando um sorrisinho.

— Você está agindo assim porque não tenho mãe? — perguntou Aldo, fingindo seriedade.

— Exatamente. Estou me sentindo muito amorosa, como se precisasse te criar.

— Já sou um homem-feito, Regan, não preciso que ninguém cuide de mim.

— Ah, não?

Aldo percebeu que ela estava falando sério.

— Por que fez aquilo? — perguntou Regan, se afastando um pouco para fitá-lo. — De tentar se machucar.

— Eu não estava tentando.

— Ah, não?

Isso também era sério.

Ele suspirou.

— Não sei. Talvez.

— Por quê?

— Eu só... — Ele pensou nas palavras de Masso. — Nasci assim, acho. Não foi nada que aconteceu, eu não estava triste ou perturbado com alguma coisa. Eu só...

Então Aldo ficou quieto por um momento, considerando a delicadeza do que poderia dizer e preferindo a segurança do silêncio, mas Regan deu uma batidinha no peito dele.

— Me fala.

Ele arqueou uma sobrancelha.

— É bobeira — disse com sarcasmo, e Regan arquejou.

— Tá, eu ia dizer que te amo — declarou Regan, bruscamente.
— Agora termina de falar.

Algo inflou no peito dele até quebrar suas costelas. Ele se sentiu preencher as fraturas, flutuar, e já que tinha sido uma oferta, decidiu aceitá-la.

— Às vezes sinto que só estou esperando por algo que nunca vai acontecer. Como se eu só estivesse existindo dia após dia, mas que nada jamais vai ter importância. Eu acordo de manhã porque preciso, porque tenho que fazer alguma coisa, senão sou só um zero à esquerda, ou porque, se eu não atender ao telefone, meu pai vai ficar sozinho. Mas é um esforço constante, é trabalhoso. Todo dia eu preciso dizer a mim mesmo para sair da cama. Levante-se, faça isso, se mexa assim, converse com as pessoas, seja normal, tente socializar, seja legal, tenha paciência. Por dentro só sinto, sei lá, um vazio. Como se eu não passasse de um algoritmo que alguém determinou.

Regan ficou em silêncio.

— Exceto — admitiu Aldo — quando tenho esses... vícios. Obsessões, é como meu pai chama.

Ela pigarreou baixinho.

— Como o tempo?

— Isso, como o tempo. Ou... — Ele parou. — Ou como você.

Por um momento, ela não falou nada, e imediatamente, mesmo antes do silêncio dela, Aldo quis retirar o que tinha dito.

— Não quis dizer que você é uma obsessão, desculpa, pareceu meio louco. O que eu quis...

— Não, eu entendo — interrompeu ela. — Entendo de verdade. Acho que talvez isso não seja muito saudável, mas foda-se, sabe. Quem é que decide o que é ou não saudável? — Ela parecia confiante, com uma frieza rebelde. — A gente não entende nem o tempo, como é que vamos entender a saúde, que é um conceito que inventamos? Eu sinto o mesmo em relação a você. Sinto *mais*, muito mais. É como se você tivesse despertado algo em mim que não quer se calar. Alguma coisa que se recusa a se acalmar, e por que deveria? Não é tipo "Ah, você me faz feliz", não é nada clichê assim. Você faz com que eu me sinta viva, e tem um motivo para isso. Com você é como se, para variar, eu não fosse uma perda de tempo.

Regan fez uma pausa, um pouco sem fôlego, e olhou para ele.

— Se isso não for saudável, ou se for obsessivo, dane-se — continuou. — Você não vai me machucar, vai? Não estamos machucando ninguém, nós só... estamos apaixonados. Dane-se, estamos apaixonados, e por que deveríamos ter que explicar isso?

Ela parecia inquieta, quase irritada.

— Você me deixa ser eu mesma, e eu gosto de você quando você é você mesmo. Por que isso é ruim?

— Não é.

— Exato, então não peça desculpas.

O discurso eufórico dela terminou tão rápido quanto começou. Em seguida, Regan se deitou de volta no peito de Aldo, aninhou-se ali, e falou, em tom sereno:

— A propósito, eu disse que te amo. Você ouviu?

Ela era mais perigosa assim, quando estava sendo inocente.

— Sim — respondeu ele, afagando seu cabelo —, ouvi.

— Essa era a bobeira que eu não queria falar.

— É, eu imaginei.

— Merda, a gente tá ferrado, não tá?

É, sim, provavelmente.

— Quem liga?

— Exatamente. — Ela soou quase arrogante. — Além do mais, se der merda, você pode voltar no tempo e consertar, não pode? Promete para mim, Aldo. Se a gente estragar tudo e der merda, não tem problema, porque você vai voltar no tempo e garantir que a gente nunca se conheça. Ok?

Ele assentiu.

— Ok — respondeu, e enfim ela pareceu satisfeita.

— Ok — repetiu Regan, e ele apoiou a bochecha na testa dela, ouvindo o som de sua respiração, que se acalmava até ficar estável.

Quando acordaram, Masso já tinha saído para o trabalho, tendo deixado um bilhete avisando que os veria na festa anual do restaurante à noite. Enquanto Aldo preparava uma strata, Regan ficou sentada na bancada da cozinha, observando-o com seus olhos escuros, e quando o almoço já estava no forno, ele levantou a roupa dela e eles transaram em silêncio, os dedos dela enroscados nos cachos dele. Regan beijou seu pescoço enquanto ele lavava a louça, dizendo: Você precisa cortar o cabelo de novo. Depois roçou a língua no lóbulo da orelha dele, e Aldo arfou, dizendo: Para, sou um mero mortal, você precisa me dar um tempo para eu me recuperar.

— Tá bom, tá bom. O que vamos fazer hoje?

Ele não sabia. Não tinha o costume de pensar na logística, no que fazer no dia, até conhecê-la.

— Nada, acho.

Regan sorriu, lambendo a Nutella do dedo e o passando nos lábios dele.

— Perfeito — respondeu ela, e ele acreditou.

PARTE CINCO

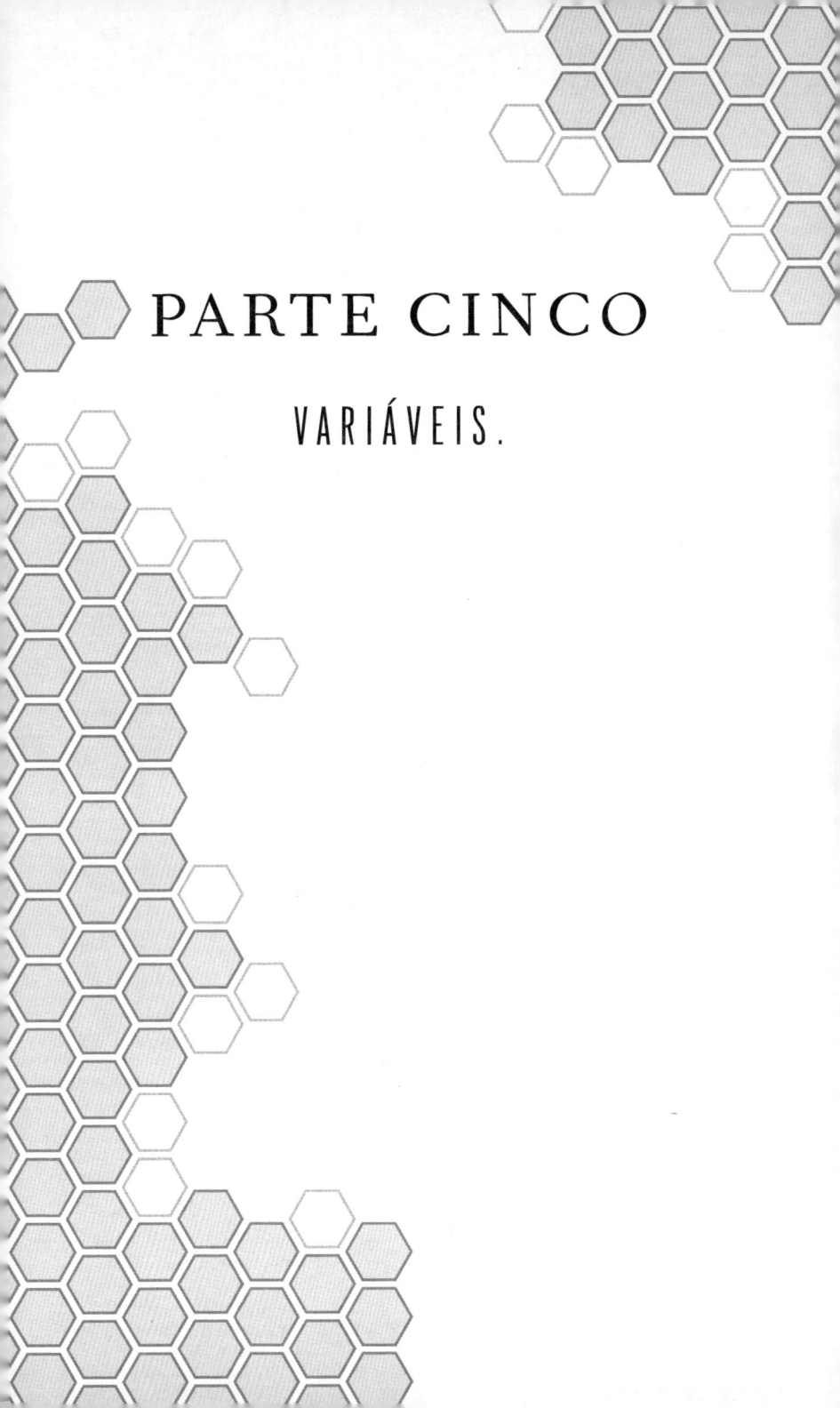

VARIÁVEIS.

Todos os anos, o pai de Aldo, Masso, dava uma festa para os funcionários do restaurante, convidando todos, mais seus respectivos cônjuges e filhos para uma noite agradável enquanto ele cozinhava e as pessoas jogavam conversa fora, como se todos ali fossem parte da família. Ele cumprimentava um por um e passava um bom tempo conversando com cada convidado; abria os vinhos bons, fazia um brinde longo sobre terem um ano próspero e incentivava todos a beber o quanto quisessem, até mesmo levar alguma coisa para casa, se assim desejassem. Masso, que tinha sido pai e mãe para Aldo, era amigável, caloroso, receptivo. O completo oposto do filho, de todas as formas concebíveis, e ainda assim era óbvio para Regan de onde Aldo tinha herdado o coração, o olhar atento, a natureza bondosa.

Observar Masso era, para Regan, como se apaixonar por Aldo outra vez, parte por parte. Eram as mesmas mãos de Aldo, os gestos, o jeito como se detinha por um instante e olhava para o nada quando tentava encontrar as palavras certas. As pausas de Masso eram mais curtas, sua voz mais gentil — era mais acostumado a conversar, e sua paciência para os outros parecia inabalável, enquanto a de Aldo tendia a ser dispersa, hesitante, apressada —, e ainda assim, em meio a todo o clima de afeto, Regan podia ver os elementos familiares que pertenciam ao homem que estava ao seu lado, tímido com os elogios do pai. Ali, dessa forma, ela poderia se apaixonar por ele mais uma vez; de novo e de novo e de novo.

Masso só chamava Aldo pelo nome completo, Rinaldo, e se referia a ele como um homem, não um menino. Como se sempre tivessem sido apenas dois amigos avançando aos trancos e barrancos, um com seu amor pela comida e o outro com seu amor pela matemática.

— Meu filho — dizia Masso — sempre pensou demais, sempre foi muito inteligente, e isso às vezes dificulta a vida dele. Ninguém nunca conseguiu entendê-lo. Então, imaginem a minha surpresa quando ele trouxe uma moça para casa (é, eu sei, uma *moça*, e muito bonita por sinal, quem diria?) e ela veio aqui comemorar com a gente, não é maravilhoso?

Regan, inebriada pelo vinho, pela atenção e pela emoção de estar de mãos dadas com Aldo, falava depressa, e as palavras escorriam de seus lábios e vertiam na fluidez de uma conversa descontraída, ou nem tanto, apenas pensamentos estourando e borbulhando dentro de sua cabeça. Aldo falava pouco, apenas para apresentá-la a uma ou outra pessoa e respondendo a suas perguntas:

— Sim, estou gostando da faculdade.

— A gente se conheceu no museu.

— Sim, gosto do meu trabalho.

— Ela é artista. Insiste que não é, mas ela é ótima, você deveria ver os projetos dela.

Quando Aldo falava de Regan, sua voz costumava mudar, seu rosto se iluminava. "Você deveria ver os projetos dela", dizia ele, da mesma forma que alguém poderia dizer: Venha aqui fora, venha ver as estrelas.

Em determinado momento, Regan, prestes a explodir de desejo, conduziu Aldo até o corredor dos fundos do restaurante, puxando-o pela gravata ("A *gravata*! Imagina só", insistira Masso ao fazer o brinde, sorrindo todo orgulhoso), e o levou para o banheiro, que tinha cheiro de manjericão e lembrava a cidade de Sorrento, dando a sensação de estarem pertinho do mar.

— O que você está fazendo?

A resposta dela foi puxá-lo mais para perto, sentindo seu sorriso contra os lábios.

— Aqui? — perguntou Aldo.

Regan, sempre vestida da maneira apropriada para qualquer ocasião, sem falar nada enfiou a mão dele por baixo de seu vestido, sentindo-o estremecer.

— Ah — disse ele, deslumbrado, e a beijou com firmeza, recebendo aquele olhar sonolento de consentimento.

Era um olhar que significava que ele não diria não (o que significava que ele não queria dizer não e, portanto, não diria), e ela pensou com seus botões: Esse sentimento, esse frio na barriga e essa leveza nos meus ossos e esse estalo nas minhas veias, isso deve ser felicidade. Deve ser assim que é ser feliz.

Quantas maneiras havia para sentir o sexo, para sofrer com ele, para descrevê-lo? Lembrou-se da anotação em seu celular, cheia de pequenos vislumbres de erotismo, e riu. Como tinha sido triste, aquela Regan. Como tinha sido patética, pensando que poderia simplesmente olhar para uma galeria de intimidade e tomá-la por excitação. Engraçado como o desejo se misturava com a proximidade em sua mente; como ela confundira fisicalidade pura com a sensação de ser inteira. Era um pensamento sem dúvidas risível, agora que tinha chegado até aqui.

Regan não se sentia inteira com Aldo dentro dela. Na verdade, sentia-se fragmentada; como se, nas mãos dele, ela se tornasse um número infinito de pedaços, uma infinidade completa por si só. Como se ela e a eternidade e a onipotência fossem a mesma coisa, ou como se a onisciência pudesse ser equiparada ao som do suspiro ofegante dele em seu ouvido. Regan queria que ele a deixasse um caos, que a derrotasse, que a transformasse em algo menor, mais básico. Algo menos inclinado ao pensamento racional, que a reduzisse a meras sensações.

Lembrou-se da última vez que esteve sentada assim na pia da cozinha. Tinha pensado: Será que um dia vou sentir algo de novo, e agora olhe só para ela — estava sentindo tudo. Isso era crescimento? Claro que era, e agora ela jamais poderia ser restringida. Tinha crescido para além de suas restrições, e sim, ainda habitava o próprio corpo, e temporariamente Aldo também o ocupava, mas eles eram muito mais do que isso. Isso era vastidão... e era ele? Era ela? Os dois? Talvez fosse tudo, talvez cada uma das partes, talvez ele e ela fossem um pequeno fragmento de tudo quando se tocavam assim, conectados a pequenas partículas no ar, a coisas que a ciência ainda não havia nomeado ou encontrado.

Ali ela era colossal, a enormidade do que Regan fora agora firmemente incontrolável, fervilhando por estar nos braços dele; Me beija de novo, por favor, não para, ai meu deus, não para. Ele não pararia, nunca faria isso, mas ainda assim, por favor não para, vamos encolher até ficarmos do tamanho de humanos quando terminarmos, mas por enquanto fique comigo desse jeito; veja a magnitude de ser, veja a existência pelos meus olhos; não pisque ou pode perder. Eu sou pequena, Aldo, diante da felicidade deste lugar, ela me superou. Fez com que eu me sentisse minúscula, ínfima; preciso que você me ajude a lembrar como é ser vasta.

Depois de um tempo, ele fechou o zíper da calça, ela ajeitou o cabelo, limpou o batom da bochecha dele, ele beijou a sua nuca e se afastou, e disse: Até daqui a pouco.

Ela o observou partindo, e então voltou sua atenção à vaidade, ao reflexo acima da pia do banheiro. Olhou para si mesma no espelho e pensou: Meus olhos são grandes demais, todo mundo vai saber que eu já vi de tudo, vão saber que vi o próprio universo. Vão olhar para mim e pensar: Coitadinha, ela sabe demais e não pode voltar atrás.

— Não posso voltar — sussurrou para si mesma, remodelando um cacho com o dedo.

Tudo bem, seus olhos arregalados disseram, certo, tudo bem.

Então se prepare para seguir em frente.

— Rinaldo — chamou Masso, esboçando um sorriso enquanto Aldo vagava até ele. — Onde você estava?

Pai, você não iria acreditar. Estive em todos os lugares e em todas as coisas, dentro dela, fora do corpo, finalmente entendendo o que é existir fora da minha própria cabeça.

— No banheiro — respondeu Aldo enquanto ajeitava a gravata, e o sorriso de Masso vacilou por um instante, seus dedos apertando a taça como se qualquer bom humor que o tivesse tomado segundos antes de repente tivesse se esvaído, escorregando de seus ombros como um manto.

— Rinaldo.

Masso se virou, olhou pela janela, e Aldo viu o prateado no cabelo do pai. Tommaso Damiani já beirava os sessenta àquela altura, e estava envelhecendo bem, como um bom vinho. Era uma piada que Aldo escrevia em cada cartão de aniversário, mas não deixava de ser verdade. Masso era bem preservado, finamente destilado. Masso Damiani era uma safra rara que Aldo sempre admirara, e foi por esse motivo que sentiu um aperto no peito quando o pai perguntou:

— Tem certeza?

— Certeza do quê?

— Não sei... de tudo?

Aldo, que tinha construído uma carreira em cima de questionamentos internos com apenas uma promessa mínima de certeza, meneou a cabeça.

— Não sei do que está falando, pai.

— Desculpa, eu sei, eu... — Masso passou a mão na bochecha. — Eu também não sei.

— Então tente — sugeriu Aldo. — Você é melhor com palavras do que eu.

Os lábios de Masso se curvaram em um sorriso, e ele balançou a cabeça.

— Eu me preocupo com você, Rinaldo.

— Você sempre se preocupa comigo. E eu sempre digo que não precisa.

— É, mas agora estou... preocupado de um jeito diferente.

Aldo enfiou a mão no bolso da calça. Ele entendia o conceito de mudança, de variáveis. Havia uma distinção óbvia e inegável entre o antes e o agora.

— Achei que gostasse dela — falou baixinho, e Masso assentiu.

— Eu gosto. Gosto muito, ela é incrível.

— Mas...?

— Ela... — começou Masso, e parou, se virando para encarar o filho. — Ela é rápida demais para você.

Estava evidente que transar no banheiro não havia sido uma boa ideia, o que ele deveria ter adivinhado.

— Pai, não estamos nos anos 1950...

— Não, eu não quis... não falei nesse sentido. — Masso fez uma careta. — A mente dela, a natureza dela, o que ela é. Ela... Não sei. — Ele deu de ombros. — Ela está indo mais rápido do que você.

— Mas você disse que eu finalmente tinha encontrado alguém que consegue acompanhar minhas ideias.

— Sim, eu sei, e de muitas maneiras ela é mesmo essa pessoa, mas também está indo rápido demais para você. Estou preocupado. — Masso suspirou com relutância, com reticência, como se não quisesse ter que ser o portador daquela mensagem, mas ei, olhe ao redor, não havia mais ninguém. — Eu me preocupo que você tente acompanhar o ritmo dela e acabe se esgotando até entrar em colapso, Rinaldo.

— Não entendi.

O coração de Aldo parecia bater rápido demais, sua boca estava seca demais.

— Rinaldo, nós dois sabemos que você não é como as outras pessoas — continuou Masso, baixinho. — Não falamos disso sempre, mas sabemos, não sabemos? Que você é, não sei, mais frágil — falou, estremecendo de leve, e Aldo de repente sentiu o corpo enrijecer, como se seus ossos fossem quebrar caso ele se mexesse. — Você precisa de estabilidade. Precisa de alguém previsível, com quem possa contar. Regan é impulsiva.

Sim, pai, eu sei. Se ela fosse menos impulsiva, não estaria comigo, e eu nunca teria conhecido o que ela é, ou a sensação de abraçá-la. Eu nunca teria descoberto como era ter importância; pela primeira e única vez na vida.

— Talvez eu precise de alguém impulsivo — argumentou Aldo.

Masso balançou a cabeça.

— Não assim.

— Você não tem como saber isso.

— Não, talvez não, talvez você tenha razão. — A voz de Mason ficou pesarosa. — Só sei que já amei uma mulher como ela, que via o mundo do mesmo jeito que ela vê: como uma chama impossível de segurar entre os dedos. Só sei que mulheres assim não têm medo de se queimar, e elas te arrastam junto, e eu sei que ela vai sair rindo da situação, e você, não. Só sei que não sei o que vou fazer, Rinaldo, se alguém te machucar...

— Pai, isso... Você não pode estar falando sério.

Masso sempre falava sério.

— Ela está disposta a assumir um compromisso, Rinaldo? — insistiu. — Ela quer uma vida, uma família, estabilidade?

— Não sei, pai. Não tem como saber.

— É, mas alguém tem que saber por você, alguém tem que te perguntar. — Ele pegou o braço de Aldo e o conduziu para um canto mais calmo. — Onde estamos na história, Rinaldo?

— Eu... — Ele se sentiu zonzo por um instante. — Pai, achei que...

— Estamos no *agora*, Aldo. — A veemência do pai era atípica. — Olhe ao redor, se oriente. Você é um homem adulto, ela é uma mulher adulta, você precisa se proteger, porque ela não vai fazer isso por você. Ela é inteligente, bonita e talentosa? É. Intuitiva e boa pessoa, maravilhosa? Também. Sua mãe também era, Rinaldo, e Regan é irrequieta como ela. Dá para ver no jeito com que ela se move, na maneira como olha para você, é tudo muito familiar.

Na mesma hora, o cérebro de Aldo começou a racionalizar, a categorizar, a organizar as coisas em caixas de "semelhanças" e "diferenças".

— Regan não é minha mãe.

— É claro que não, não tem como duas pessoas serem iguais. Mas eu lembro como era sentir tudo de uma só vez, e preciso te alertar — continuou Masso, com urgência. — Eu nunca consegui juntar meus cacos. E agora, não sei. Não sei se consigo ver você seguir pelo mesmo caminho.

De algum canto do restaurante, alguém gritou o nome de Masso, uma explosão de risadas ricocheteando de onde o grupo estava. Aldo espiou por cima do ombro, tendo um vislumbre da silhueta de Regan, que emergira do banheiro, sorridente, enquanto alguém segurava sua mão e a admirava, provavelmente dizendo: Como você é bonita, e Regan provavelmente respondendo: Ah, que isso, bobagem sua, como se não tivesse ouvido aquelas mesmas palavras a cada dia, cada hora, cada minuto de sua vida.

Ela ergueu o olhar, o avistou e sorriu. Depois apontou para ele e abriu a boca como que para dizer: Ah, lá está ele.

Ah, lá está ela, pensou Aldo.

Masso pigarreou, acompanhando o olhar do filho.

— Rinaldo, me escute…

— Você está errado a respeito dela — interrompeu Aldo, se virando para o pai. — Quer dizer, está certo sobre ela ser impulsiva — continuou, mas essa era uma conclusão simples, fácil demais, não a soma de todas as partes dela. — Mas Regan não é igual à minha mãe.

O que dizia, em tom agradável, era: Não se preocupe, pai, eu entendi o que você está falando, mas é diferente.

O que pensava, com uma certeza ferrenha, era: Passei a vida lidando com problemas que devastaram minhas habilidades, pai, e nenhum deles me destruiu até agora. Se ainda estou aqui, certamente é por um motivo.

Se ainda estou aqui, pai, então, por favor, deixe que tenha sido por um motivo.

— Eu gosto dela, Rinaldo, mesmo, eu só...

— Você se preocupa, eu sei — interrompeu Aldo, e acenou para Regan ao longe. — Mas não precisa.

Ela se juntou aos dois. Aldo colocou o braço ao redor de seu quadril e deu um beijo no rosto de Regan, que sorriu.

— Do que vocês estão falando? — perguntou ela.

Se isso era entrar em colapso, pensou Aldo, então prefiro a ruína a qualquer uma das minhas partes intactas.

— De você — respondeu ele, e Regan sorriu novamente, apoiando a cabeça no ombro dele como quem diz: Tudo bem.

Tudo bem, então vamos lá.

Regan, sempre receosa de ser inconveniente, retornou a Chicago uma semana antes de Aldo. Ela voltaria à prática da normalidade, dedicada a lavar as roupas, ir ao mercado, resolver as inúmeras pendências. Marcaria seu exame ginecológico anual. Voltaria ao Instituto de Arte e retomaria as visitas guiadas. Quem sabe até retornaria as ligações de Marc, a contragosto. Podia até ligar de volta para a mãe também, com indiferença. Faria quaisquer tarefas necessárias para voltar a se aproximar das atividades cotidianas, com responsabilidade.

No fim das contas, só fez uma dessas coisas. As ligações ficariam sem retorno e o Papanicolau teria que esperar. Sem Aldo, Regan sentiu inquietação, aflição, algo que beirava a imprudência ou talvez fosse muito além. Ela teve uma sensação vibrante de vazio, como o zumbido de um letreiro fluorescente. Fechado, aberto, temos vagas, não temos vagas. Sentiu-se como uma porta vaivém, coisas indo e vindo, e ela era meramente a operadora, dizendo: Aguarde, por favor. Sentou-se no chão do apartamento com sua meia dúzia de pertences e pensou: Eu deveria pegar um avião, não lembro como é ficar sem ele, talvez se eu pedir com carinho ele ceda.

Parte dela se animou com a ideia de uma *emergência*. Sim, uma emergência, pensou ela, isso certamente o faria voltar para casa. Cogitou pegar pneumonia, seria fácil. Bastaria sair de casa e enfrentar a neve por alguns minutos até ficar azul de frio. Então se imaginou sendo encontrada, inconsciente, uma ligação sendo feita para o contato de emergência. Coitadinha, Aldo com o pai recebendo a ligação, o celular caindo de suas mãos enquanto ele gritava para Masso: Preciso ir, preciso ir agora, ela precisa de mim e eu preciso dela!

Regan não queria *morrer*, é claro, nada *tão* emergencial assim. Só queria algo convincente o bastante; algo que faria Aldo pensar em como o tempo era precioso, como cada momento deveria ser passado ao lado dela, os dois juntos. Cedo ou tarde, sua capacidade de ter pensamentos racionais acabaria voltando e ela perceberia que se jogar no meio do trânsito e ser atropelada por um carro ("MASSO, PRECISO IR, ELA ESTÁ EM UMA CAMA DE HOSPITAL E, SE EU PERDÊ-LA AGORA, O QUE VOU FAZER, QUEM VOU SER?") seria uma experiência desagradável e provavelmente não valeria a pena. Não, talvez valesse, sim, mas transar com a perna quebrada não deveria ser lá grandes coisas. Só espera, disse a si mesma, só espera.

De todas as coisas que ela disse que faria, voltar ao Instituto de Arte era a única que parecia possível, em grande parte porque ela pensou que poderia entrar no arsenal e ver Aldo ali, projetando um holograma de si mesmo no chão vazio. Senhor, você não pode se sentar aqui, diria ela em sua mente, e ele se viraria para ela e perguntaria: Não posso? E ela responderia: Senhor, por favor, isto é um museu, e ele a pegaria nos braços e sem hesitação a comeria de pé, prendendo-a contra a parede. A foda seria lenta a ponto de ser um tormento, e ele não tiraria os olhos dela. Ele diria: Vim para ver a arte, para me maravilhar com alguma coisa, e você está aqui, então é isso que vou fazer.

A realidade, para o desprazer de Regan, deixava pouco espaço para a fantasia. Muitos de seus colegas voluntários, assim como os turistas, entraram de férias, o que a deixava encarregada de grupos maiores, de mais visitas guiadas, sendo forçada a tagarelar sem parar sobre esse quadro ou aquele outro. Era monótono, como sempre; era uma tarefa que Regan tinha escolhido justamente para invocar a monotonia. Em outra época, isso tinha sido reconfortante para ela, embora agora estivesse infectada pela esperança bizarra e infundada de que olharia para a multidão e veria Aldo ali no meio, com a testa franzida, confuso. Regan começou a conduzir as visitas guiadas como se ele de fato *estivesse* ali, respondendo a perguntas que ela achava que ele gostaria de fazer. O que essa pintura mostra, como a gente deveria se sentir em relação a ela, o que faz disso uma obra de arte, por que tem esse tamanho, por que a pessoa escolheu pintar com esse tom de iluminação, por que essa moldura? Ela conseguia se sentir jogando informações técnicas no colo do público, que em sua maioria se mostrava desinteressado. Aquelas pessoas queriam petiscos, fatias, fatos que cabiam em um cartão-postal para enviar aos amigos e familiares, como: Você sabia que esse artista passou *meses* pintando fardos de feno? Karen, sabia que esse aqui era viciado em *drogas*? Sério, Jennifer, arte é coisa de gente maluca.

Enquanto isso, Regan só conseguia pensar em Aldo, nas coisas que apenas ele veria e de que apenas ele sentiria falta, as muitas coisas que ela ansiava para lhe mostrar. Não, não, Monet não pintou o mundano só para representar o mundano, Aldo, foi para mostrar a *transitoriedade da luz*, não vê? Ele pintou o deslumbramento, pintou… Porra, Aldo, ele pintou O TEMPO! Ela queria gritar, ligar para ele naquele mesmo instante: Monet também é obcecado pelo tempo, só que ele pensa nele em termos de luz, em termos de cor. Olha só esse tanto de feno, Aldo! Quem é que faria isso??! Quem é que faria isso a menos que, como você, estivesse tentando capturar a passagem do tempo, dedicando a vida à tal tarefa?

Ela se sentia diferente por causa de Aldo, imensamente diferente, e, portanto, ficava frustrada por seus reflexos permanecerem os mesmos. Ficava enfurecida por ainda reparar em quem era atraente em uma multidão, ou quem tinha um pau que valesse a pena levar em consideração por um momento. Era terrível, mas de vez em quando ela se pegava pensando que o homem que a encarava de forma não tão discreta no corredor de vinhos talvez fosse um jeito aceitável de passar o tempo, de acalmar as reverberações em sua cabeça. Tinha os mesmos devaneios de puxar um desconhecido para algum lugar escuro e isolado, só que nesse cenário ela sussurrava para ele: É bom você fazer isso valer a pena, não me decepcione, você não tem ideia do que isso me custou.

Mas então, em suas fantasias pós-Aldo, era ela quem demonstrava dureza, quem bancava a ingênua. Era ela quem dizia aos homens: É bom você me fazer sentir assim ou assado, senão isso foi uma perda de tempo. Então Aldo entraria, apontaria o dedo para ela com nojo e diria: Eu sabia, eu sabia que você era assim, como ousa, Regan? E depois ela correria atrás dele, se agarraria a ele, implorando por perdão. E ele a empurraria sem dó nem piedade, e até mesmo com isso ela se deleitaria, por mais perverso que fosse. Ele a empurraria e fugiria, e ela, como uma drogada quase em abstinência, só sentiria mais e mais vontade de consumi-lo.

Depois de uma semana, suas fantasias, grotescas como eram, começaram a girar em torno da partida dele. Regan, como pôde fazer isso? Aldo, por favor, por favor, eu sinto muito. Regan, você me enoja. Aldo, você não pode estar falando sério. Regan, você é tóxica, chega a me dar ânsia de vômito. Aldo, Aldo, se você me deixar, o que vai acontecer comigo?

Ela queria chorar, precisava se entregar a um sofrimento compulsivo. Meu Deus, pensou, você tem mesmo um problema, e então deixava toda a sua loucura de lado antes de ligar para Aldo. Quando falava com ele, tentava fazer com que todas as suas palavras soassem lindas, sensuais, como se estivesse pintando para ele com a voz. Não contou as depravações de sua imaginação, nem a repulsa que sentia por elas, ou por si mesma.

— Estou com saudades — declarou, como se fosse uma coisa sexy.

Ela moldou a própria voz à imagem de si mesma deitada sobre lençóis de cetim, com as pernas abertas, convidativa. Transformou sua saudade em algo muito menos feio do que realmente era. (Ela estava sozinha, carente e desolada. Não era nada bonito.)

— Eu também. Daqui a pouco estou aí.

A saudade dele era calorosa, como um golden retriever. *Daqui a pouco estou aí.* Quando ele disse isso, Regan enfim conseguiu relaxar e se endireitar, conseguiu tirar a camisola de cetim imaginária que vestira verbalmente e voltar para as leggings, o suéter de caxemira e as meias enormes, porque, nossa, fazia muito frio em Chicago no inverno.

Ela encerrava sua projeção astral com um retorno relutante à corporalidade, e então dizia:

— Aldo, me manda uma foto do seu pau ou algo do tipo.

E ele ria.

— Regan, estou começando a me sentir um pouco usado — respondia ele, e ela sorria e sofria, e depois o imaginava dilacerando seu coração com uma tesoura cega.

Ela saiu na véspera do Ano-Novo, em grande parte por conta do tédio, e acabou encontrando Marc. O problema de compartilhar a mesma parte da cidade com alguém por tanto tempo era que mais nenhum lugar pertencia exclusivamente a você. Primeiro vocês os compartilhavam e, depois que terminavam, se esqueciam de dividi-los na partilha de bens. Você sabia das mesmas coisas que ele, e ele sabia das mesmas coisas que você, então claro que ele está no mesmo bar de sempre, por que você sequer achou que seria diferente?

Ele a avistou e se aproximou como um raio, em linha reta, como se estivesse cheirando uma carreira de cocaína.

— Percebi que está sozinha.

— É, mas não é bem assim.

— Você está mesmo trepando com aquele cara da matemática?

— Não estou *trepando* com ele, Marc, eu *estou* com ele.

— E cadê ele, então?

— Em Los Angeles, com o pai.

— Ele te deixou sozinha no réveillon?

— Tem coisa mais importante do que transar no primeiro dia do ano.

— Discordo.

— Bom, então vai se foder.

— Sozinho? Não quer vir junto?

— Ah, pelo amor de Deus.

— Fala a verdade, Regan: eu posso te dar muito mais do que ele.

— Você acha que sua pica é de mel, Marcus? Porque não é. É só um pinto.

Se Aldo estivesse aqui, pensou Regan, ele diria algo sobre como sexo era uma fórmula simples. Não era nem matemática complexa, aquela doideira toda com funções. Era só penetração somada ao estímulo do clitóris, fácil. Não tinha nada mais fácil que isso. Marc ganhava a vida sendo babá de idiotas ricos, Aldo resolvia os mistérios do universo. Não tinha nem como comparar.

— Achei que você quisesse terminar as coisas de maneira amigável. Você não falou que queria manter a amizade?

— É só o que as pessoas dizem nessas situações, Marc. Nunca fui amigável na vida.

— Olha como você tá toda irritadinha, chega a ser fofo. Já bateu a insegurança pelo seu relacionamento, Regan?

Ótimo. Agora ele estava querendo bancar o terapeuta.

Ela não disse nada.

— Eu avisei, Regan, ele só parece ser uma boa ideia na teoria. Você só gosta da *ideia* dele. Mas com o tempo vai lembrar que nós dois não somos uma ideia, o que temos é real. Uma hora vai se cansar de tentar ser o que o professor quer que você seja.

— Ele não quer que eu seja nada.

— Ah, tá bom. — Marc riu. — Ele te ama do jeitinho que você é, claro. Porque ele não tem a menor ideia *do que* você é.

— E o que eu sou?

— Sei lá, ninguém sabe, mas ele certamente não faz a menor ideia.

Ela sentiu uma raiva que não compreendeu; uma raiva que não soube como direcionar.

— Espera só, Regan, até ele te entender. Você é complicada no início, imprevisível, emocionante, mas com o tempo vira um padrão. Você sente algo, extravasa. Aí a poeira baixa, você não quer mais ficar sozinha, e volta a ser a namorada perfeita. Acha que quer sexo? Você não *quer*, Regan, você *precisa*. Precisa transar para lembrar que alguém te ama, e você não vai acreditar nisso a menos que tenha sexo envolvido. É isso, é exatamente assim que funciona para você, não é? Você precisa ser amada, precisa que alguém acredite que é perfeita, e odeia ser lembrada de que tem defeitos. Eu já te decifrei, então você precisava de outra pessoa. Alguém novo. E quando *ele* te decifrar, você vai precisar encontrar mais outra pessoa. Você ama uma farsa, Regan. Ama pra cacete. Mas a farsa não te ama, você não é boa nela. Seu joguinho é muito menos divertido quando é só a repetição da mesma merda.

Marc disse isso tudo, ou Regan achou que disse. As palavras entraram e saíram pela cabeça dela, e quando o ex foi embora, Regan ainda não havia dito nada. Então saiu do bar, pegou o celular na bolsa e ligou para Aldo.

— Não sou um joguinho.

— Eu sei que você não é um joguinho — disse ele, confuso, e então: — Onde você está?

Ela tinha criado uma emergência, percebeu, sentindo uma vergonha repentina. Pronto, tinha feito exatamente o que dissera, uma encenação como o planejado. Merda, ela era mesmo previsível.

— Estou indo para casa — respondeu. — Estou bem, estou bem. Só queria ouvir sua voz.

Ela ia dar um jeito de contornar a situação. Bom trabalho, Regan. Mais um dia em que ele acredita que você é sã, ou algo perto disso.

— Eu te amo — declarou Aldo.

Marc costumava dizer isso, pensou ela.

— Eu te amo. Volta logo.

— Posso voltar amanhã, se quiser. Meu pai está bem, e, de qualquer forma, ele está ocupado com o restaurante.

— Não, eu... eu tô bem, Aldo, tudo bem.

Aldo, eu choro quando a chuva cai, eu puxo brigas às vezes, e não sei por quê. Olho para o céu e sinto um pavor inexplicável. Tenho receio de que tudo vá acabar; você sente esse medo também? Não, você nunca tem medo, você tem números e pensamentos e sua genialidade para te manter aquecido. Você não precisa de mim, sou eu quem preciso de você, e vai ser sempre assim, desigual. Sempre vou me prender a você, sempre vou ser grata a você, e você sempre será gentil, porque nasceu assim. Vai permitir que eu continue fazendo isso, mas uma hora vou te deixar infeliz, e a decisão de ir embora vai recair sobre mim, porque você é bom demais para me dar o fim que nós dois sabemos que eu mereço.

— Posso voltar praí? — perguntou ela, um pouco tímida, e ele riu.

— É claro que pode. Está com saudades do Masso?

— Sim, estou com saudades do Masso. — Ele parece mais um lar do que minha própria casa, é mais bondoso do que meu próprio pai. — Quero queijo.

— Posso comprar para você.

— Posso pegar um avião agora.

— Sim, mas está tarde. Tem certeza de que você está bem?

Ela ficou em silêncio por um momento.

— Não acho que quero mesmo voltar para Los Angeles — disse, por fim. — Só acho que quero voltar para a semana passada.

— Ah. — Ele parou para pensar. — Ok, então voltamos para a semana passada.

— Juntos?

— Claro. Estamos na semana passada, não estamos?

— Em qual momento?

— Pode escolher.

— Tá bom, tá bom.

Ela estava inquieta, brincando com as contas do vestido. Estava frio lá fora, e ela começou a andar, porque não tinha a menor condição de pegar um táxi em River North na véspera de Ano-Novo.

— Aquele dia na praia — decidiu ela. Pasadena não ficava muito próxima do mar; levou um dia inteiro só para ir e voltar, e a água não estava lá muito quente. Com certeza não quente o bastante para mergulhar, mas ela meio que entrou mesmo assim.

— Estou com os pés no mar, e você está sorrindo para mim como se eu fosse uma tonta.

— Eu não estava sorrindo assim.

— Estava, sim, Rinaldo.

— Não, eu quis dizer... Eu só estava tentando armazenar você ali, prolongar aquela visão na minha memória. Acho que nem percebi que estava sorrindo.

De alguma forma, a ideia de que nem mesmo ele reconhecia a felicidade quando a sentia a tranquilizou. Consolou-se em saber que ele era tão idiota e irremediável quanto ela.

— Quer saber no que eu estava pensando? — perguntou Regan.

— Sim, me conta.

— Eu estava pensando que transar na praia é superestimado.

Ele riu.

— Ah, é?

— Sim, deve entrar areia em todo lugar, e, além do mais, foi a primeira vez que eu não quis transar com você.

— Ai.

— Não, calma... não desse jeito. — Ela apertou o casaco junto ao corpo. — Eu estava pensando na sensação da água batendo nos meus tornozelos, em como ela podia me arrastar de volta. Pensei em como seria fácil desaparecer, ser puxada pelas ondas e me perder para sempre, mas você estava logo ali, e eu pensei... só preciso estender o braço para tocá-lo.

Regan sentiu o silêncio dele. Imaginou-o traçando a sombra de algo desconhecido e incompreensível na pele dela, letras antigas que representavam conceitos antigos.

— Vou tentar pegar um voo amanhã — comunicou Aldo.

Ela soltou o ar rapidamente, como um soluço.

— Não precisa fazer isso.

— Bem, talvez eu nem consiga, mas mesmo assim quero tentar. Estou com saudade. — Tudo que saía da boca de Rinaldo Damiani era um fato, e com o mesmo grau de autoridade factual ele completou: — Fica falando comigo até chegar em casa.

Fica, fica, fica.

Regan colocou os pés na rua, observando as luzes da cidade reluzindo na umidade do asfalto. Naquele dia tinha caído uma neve precoce e aguada que deixara para trás sal e um chão escorregadio. Todos os bares estavam com entradas lamacentas, placas de alerta, respingos de clima e bebidas derramadas sob o clamor de vozes. O brilho nebuloso de vermelho, amarelo e verde a seus pés piscava e cintilava, e os reflexos de faróis ofuscavam temporariamente sua visão.

— Aldo — começou Regan —, o que é éter?

— Antigamente, as pessoas acreditavam que o universo era feito disso — respondeu ele. — Acreditava-se que a luz precisava passar por algo, mas Einstein provou que a luz pode ser partículas, e elas não precisam atravessar nada para serem transmitidas. E antes disso — continuou —, éter era como chamavam o ar no reino dos deuses. Uma substância brilhante e fluida.

— Então, quando as pessoas dizem que estamos sozinhos no éter...?

— Sozinhos em tudo. No tempo e no espaço, na existência, na religião.

— Mas... — disse Regan, e parou. — Mas as abelhas.

Quase conseguia sentir o sorriso dele.

— Sim — respondeu Aldo —, as abelhas.

E ela sentiu o aperto no peito ceder um pouco, o mar que havia subido até seus tornozelos sendo levado com a maré.

Naquela noite, enquanto o ano mudava, Regan pegou um pincel, prendeu o cabelo e olhou para uma tela intocada, observando o vazio como se fosse um objeto por si só. Andou para lá e para cá, empurrou a cama para o lado; reorganizou as coisas ao redor da tela, que estava no centro de tudo.

Ok, disse a si mesma, e agora?

(Espera só, Regan, até ele te entender.)

Ela fechou os olhos.

Não sou um joguinho, pensou, respirando fundo e implorando para que o tempo desacelerasse.

E, com um gesto generoso, a noite atendeu seu pedido.

Hábitos, Aldo sempre pensara, eram a antítese do tempo linear, no sentido de que a existência habitual era viver o tempo em círculos, como correr atrás do próprio rabo, uma vez igual à outra, e essa igual àquela. Antes de Regan, cada um dos dias de Aldo tinha sido exatamente o mesmo, o mais próximo de uma cópia em papel-carbono dos outros que ele era capaz de criar. A segunda-feira era um molde para a terça, que era um molde para a quarta; a quinta-feira seguia o traço das outras e assim por diante, com apenas leves deformações nas bordas — nos pontos em que ele comia algo ligeiramente diferente no café da manhã ou ficava parado no semáforo voltando para casa do trabalho — para reconhecer a passagem do tempo. Ele podia viajar para a frente e para trás meramente existindo dentro do círculo do hábito. Vivia cada dia uma vez após a outra, com apenas a lembrança de se levantar de manhã para provar que sua existência seguia as mesmas regras de movimento que todo o resto. Não sabia que estava vazio até sua vida transbordar, explodir, seu senso de estabilidade relegado ao esforço de acompanhar o ritmo dela. Quando ela se movia, ele se movia; às vezes de um jeito instável, debilitante.

Charlotte Regan, suspeitava Aldo, nunca vivera o mesmo dia duas vezes na vida.

De repente ele entendia por que ela concordara em ter seis conversas com um estranho. Não era porque nutria por ele a mesma curiosidade que ele nutria por ela. Não tinha nada a ver com ele, na verdade. Era por ela mesma, a vida estava avançando em direção a algo pela recompensa de... de quê? Ele não sabia ao certo — mas *algo*. Ao olhar para seu eu de antes, ao viajar no tempo na memória, ele percebia que tinha se apaixonado por ela logo de cara, embora na época tivesse dado outros nomes ao sentimento: curiosidade, interesse, atração. Para ela, no entanto, Aldo havia sido outra quebra de hábito, uma ruptura, que era justamente o tipo de coisa de que ela tirava seu sustento. Regan provava estar viva ao provar que nunca tinha vivido aquele dia antes, que o que ela sentia em um instante nunca tinha sido sentido, nem experimentado, nem desejado, e agora, porque existia, as coisas estavam diferentes; mudadas.

Charlotte Regan, percebeu Aldo, amava a mudança de uma forma que não era saudável. Era uma obsessão, uma paixão. Um caso amoroso que nunca desvanecia, que talvez tivesse sido neutralizado por um tempo com remédios e psicoterapia, mas, no fundo, o monstrinho que era sua alma lutava por mais mudanças, e foi Aldo quem o trouxe de volta à tona. Ele libertou um titã, e a libertou, se apaixonou por ela, e por mais que esperasse que o sentimento fosse ceder até se tornar algo administrável, isso não aconteceu.

— Quer saber o que eu acho? — sussurrou Regan para ele uma noite. Ela não dormia o suficiente. Nem ele, mas fingia que sim. Aldo seguia um cronograma, mesmo que sua mente se recusasse a descansar dentro dos parâmetros que prescrevia. — Acho que você carrega uma tristeza de outra vida — continuou ela. — De séculos atrás. — Em seguida tracejou a boca de Aldo com a ponta do dedo, depois as bochechas, os olhos, treinando para algo que ele nunca entenderia. — Você a carrega por tanto tempo que mal consegue abrir mão dela, não é? Agora ela é sua. Você foi encarregado de cuidar dela. Você é como Atlas — declarou, dando uma risada. — Aldo, seu coitadinho, que baita maldição. Fico me perguntando a ira de qual deus você deve ter provocado.

A boca de Aldo ficou seca, e não só porque Regan tinha enfiado os dedos nela, prendendo um deles na parte de trás dos dentes da frente. Ela fazia esse tipo de coisa, o amava de um jeito invasivo, explorando-o como as profundezas do mar.

— Eu não acredito em reencarnação — limitou-se a dizer Aldo.

— Bem, nem eu, mas é uma hipótese — comentou ela. — Às vezes — acrescentou, com um ar pesaroso de quem estava prestes a confidenciar algo —, às vezes acho que a vida é tão irrelevante que a gente nunca vai descobrir nada. Nunca vamos *testar* nada porque não podemos, é impossível ficar vivo por tempo o bastante para conseguir. — Ela cantarolou para si mesma, algo irreconhecível, provavelmente a natureza melódica de seus pensamentos; ele desejou poder colocar a partitura toda no papel, ver o que os violinos aprontavam enquanto ela estava ocupada canalizando o contrabaixo. — Acho que só nos resta acreditar no que parece certo, não?

— Então eu estou... amaldiçoado? — perguntou ele, e ela riu de novo, depois ficou séria, de repente.

— Você precisa retomar as rédeas da sua vida, Aldo — declarou, com um tom súbito de repreensão. — Você não pode só viver em vidas passadas.

— Não sabia que estava fazendo isso.

— É claro que está. Não percebe que, se você se demorar em seu trajeto um pouco mais que seja, todo o resto muda ligeiramente? Talvez a felicidade seja algo que você vai conquistando aos poucos, ao longo de várias vidas, e chega uma hora que pode tê-la. Talvez toda a matemática que você saiba tenha sido uma sementinha de algo anterior que enfim está dando frutos. Talvez você não tenha nascido assim, mas tenha *se tornado* assim — concluiu ela de maneira triunfante, e então ele entendeu.

Nasci assim, dissera ele uma vez, e agora ela o estava libertando, extinguindo as restrições de uma realidade medíocre. Ela transformara a vida dele em magia como se estivesse lhe fazendo um favor, sem nem pedir permissão, e de repente ele também entendia a intenção dela: Eu não acredito, mas talvez acredite. Não é real, mas talvez seja. Porque talvez ela precisasse fazê-lo renunciar a algo ou talvez não, mas, no fim das contas, o peso sobre os ombros dele não tinha ficado mais leve?

Ele a amava tão intensamente por isso.

E não via problema em amá-la daquela forma, com um instinto selvagem que lhe parecia tão antigo quanto seus pesares, até perceber que não podia mais se lembrar de uma vida sem ela. Era como se a versão antiga dele tivesse sido apagada e não pudesse mais existir. Percebeu que sua relação com o tempo, qualquer que tivesse sido, sofrera uma alteração permanente.

Isso trouxe de volta lembranças de sua avó, sua *nonna*, que morreu devido a um coágulo sanguíneo quando Aldo tinha vinte e poucos anos. Ele e o pai tinham passado a noite toda ali em silêncio, exceto pelas orações que ela requisitara. Espero que ela acorde, disse Masso com a voz rouca, os olhos vermelhos e inchados, e Aldo, um cientista — um *matemático* —, ponderou sobre a melhor forma de explicar a situação ao pai. Veja bem, pai, falou com delicadeza, ela já perdeu muito sangue, há danos irreparáveis, o corpo humano é frágil. Um minuto, ou mesmo um segundo, sem o necessário para que sobreviva já o deixa debilitado, fraco, sem saber como proceder como antes. Sim, ela pode abrir os olhos, começar a respirar por conta própria, milagres às vezes acontecem. Mas o corpo não pode voltar, não pode se reconstruir. Não pode sofrer uma perda e voltar a ser como era antes, não, não é assim que funciona. E se ela voltar, Aldo disse ao pai, ela vai estar diferente. Menos do que era? Não tem como saber (sim, sem dúvidas, mas era de sua *nonna* que ele estava falando, e Masso não ia querer ouvir isso), mas ainda assim ela não será a pessoa de quem você se lembra. Não pode ser, mesmo na ressurreição, o que foi em vida.

E foi isso que Regan fez com Aldo: causou um dano irreparável a seu antigo eu. Regan era Regan, mas também era a perda de uma vida à qual ele nunca poderia retornar. Claro que ele não queria voltar atrás, mas não era essa a questão. Nunca poderia haver uma segunda vez. Ele considerou o que ela dissera — *se tudo der errado, Aldo, volte e nos apague, faça com que a gente nunca tenha acontecido* —, entendendo que, embora isso fosse crueldade, também seria uma gentileza em igual medida. Porque o antigo ele estava morto, e o que existia dele agora também poderia morrer, uma morte dolorosa, se ele fosse capaz de fazer o que ela pedira. O que ele era naquele instante, um homem criança aprendendo a respirar de novo, estaria perdido. Sua vida antes dela, sua vida sem ela, o Parthenon, tudo seriam ruínas antigas. Restariam apenas histórias para lhes fazer jus. Charlotte Regan o matara uma vez e poderia matá-lo de novo com muita facilidade. Poderia matá-lo, e era isso que Masso temia, embora não soubesse. Poderia matá-lo, e agora até Aldo compreendia isso.

Então é isso que significa amar algo que não se pode controlar, pensou ele. Era o terror em sua forma mais pura.

Ele a estudou, já que isso era sua natureza. Para Aldo, amar era estudar a coisa amada; dedicar cada pensamento a seu entendimento. Ele sabia como estudar e fazia isso havia muitos anos; aprender estava mais no âmago de seu ser do que lecionar. Ele a pesquisou, tentando identificar suas leis e constantes, começando com sua forma de encarar relacionamentos.

— Por que você não gosta do marido da sua irmã?

— Sei lá, eles só são tão convencionais juntos.

— Parece uma forma sacana de descrever algo normal.

— Não, normal é uma forma bacana de descrever algo entediante.

— Acho que você é melhor com palavras do que eu.

— Bem, isso faz parte, não é? Carter é tão comum, e Madeline não é. Parece um desperdício.

— O que isso tem a ver comigo e com palavras?

— Ah, é que você é péssimo com elas, mas ótimo com números. Desculpa, acho que eu não expliquei isso.

(Regan explicava muito pouco. Metade do que ela dizia existia nos silêncios que Aldo tentava entender, sem muito sucesso.)

— Então eu não sou comum? — perguntou ele.

— É claro que não.

— E você certamente não é comum.

— Bondade sua.

— Então pessoas comuns só deveriam merecer umas às outras, é isso?

— Não sei — respondeu ela, apática. — Só não gosto dele. Mas Madeline gosta, então por que preciso gostar?

— Não precisa, eu só queria saber o motivo.

Aldo teve receio de que Regan fosse se exasperar, mas, em vez disso, ela pareceu se acalmar.

— Ah — continuou ela, suavizando o cenho franzido dele. — Está tentando me solucionar de novo?

— Por que você acha isso?

— Ah, a essa altura eu já conheço muito bem sua cara de equações.

Ele se sentiu desesperadamente desinformado.

— Cara de equações?

— É um gemidinho que você dá, sabe? — explicou ela, como se fosse um detalhe banal sobre ele, como a cor do cabelo. — Esse som tem uma cara, e essa cara é muito parecida com a sua cara de resolver equações. Como se estivesse frustrado e contido — explicou, mais segura depois de pegar o ritmo —, como se quisesse a satisfação do resultado final, mas não tão rápido, não tão fácil. Se for fácil demais, não vale a pena. Você sabe como vai ser bom resolver, mas ainda não quer, então procrastina. É assim.

Regan também sempre falava sobre sexo com uma tranquilidade incrível e incompreensível. Para Aldo, sexo sempre tinha sido um pouco sujo, um pouco tabu, certamente nada digno de discussão. Mas ela tocava no assunto com facilidade, sem rodeios. Para ela, sexo era parte de sua humanidade. Era parte de como ela vivenciava o mundo.

— Acho que você só conhece uma pessoa de verdade quando transa com ela — comentou Regan uma vez, o que tinha sido uma coisa um tanto perturbadora de se ouvir. — Não preciso conhecer *todo mundo* — tratou de emendar ao ver a expressão no rosto dele, depois riu sozinha. — Nem todo mundo vale a pena conhecer a fundo, só estou falando que você não conhece uma pessoa até transar com ela. Tipo, olha só quantos fetiches alguém pode ter, as coisas que a atraem, quer precise sentir amor ou não. Quer goste da experiência ou não. É tudo tão abrangente para a essência da pessoa. Será que dá mesmo para entender alguém sem saber o que lhe dá prazer? Não, de jeito nenhum, então precisamos aceitar o fato de que não vamos conhecer a maior parte das pessoas em nossas vidas. — E então ela acrescentou, em tom conspiratório: — Mas isso não significa que não posso dar meus palpites.

Ela lhe confessou que seus relacionamentos com homens — que Aldo já entendera, de maneira abstrata, que nunca deram muito certo — eram daquele jeito porque ela vivia pensando em si mesma como um objeto sexual.

— Acho que é assim desde o comecinho — contou ela. — Para os meninos, o sexo faz parte da vida, é um rito de passagem. Garotos veem pornografia aos doze, treze anos! Eles podem encarar o sexo como é: apenas sexo. As meninas, por outro lado, ouvem contos de fadas, o "felizes para sempre", aprendem que o sexo é uma consequência do casamento. Imagine só ver o mundo assim, como se sexo não fosse um direito, e sim um degrau de uma escada. Temos que absorver essa ideia, consegue imaginar isso? Porque é tão sem nexo e simples que, se cedermos muito facilmente aos homens, eles dão no pé. Porque, falando sério, porra, como é que minha vagina é diferente da de qualquer outra mulher? Não, o que me torna diferente está em outro lugar, qualquer outro lugar, mas não consigo aproveitar o sexo sem algum risco sociológico arcaico. E se você para e analisa o assunto, fica ainda pior, porque pensa em como é a vagina, Aldo. Ela pode ter orgasmos *infinitos*. Não precisa de tempo nenhum para se recuperar. Pode gozar e gozar e gozar, e aí o quê, talvez fique um pouco seca? É só lubrificar de novo, fácil assim. Se tem um órgão sexual onipotente é a boceta, mas não, os pênis são os únicos que podem decidir se uma mulher tem valor. Quem deixou isso acontecer? Sério, Aldo, quem? Talvez seja por isso que os homens têm o mundo nas mãos, porque foram espertos o bastante para convencer as mulheres de que a virgindade é preciosa, de que o sexo deveria ser um segredo, de que ser *penetrada* era sacrossanto. É babaca, é ainda mais idiota do que cruel, e essa é a pior parte. A ideia de que eu deveria ter menos vontade de transar do que você, por que ela existe?

As relações dela com mulheres não eram muito melhores. Na verdade, Regan contara a ele logo de cara que não tinha muitas amigas, e aos poucos Aldo descobriu que ela estava certa, ou que pelo menos tinha falado a verdade. Essa, é claro, era a parte interessante. Regan não tinha muito tempo ou energia para o tipo de amor que demandava transparência, e com isso Aldo percebeu que a melhor coisa que ele poderia ter feito para conquistar Regan era identificar logo de cara sua verdade primária: que ela atingia o máximo de conforto quando estava no ápice da falsidade. Regan não gostava de honestidade. Ela odiava, sentia repulsa, sobretudo de suas próprias verdades. Quanto a verdades alheias, meramente as coletava como objetos brilhantes, guardando-as ou carregando-as por aí, sem saber onde colocá-las.

As verdades de Aldo, por outro lado, ela acumulava. O que ele pensava disso, por que amava aquela coisa, por que gostava mais do sexo desse jeito, por que ele a escolhera? Havia uma familiaridade — física, mental, processual — na compulsão dela por saber, mas esse traço de sua personalidade também era uma trégua significativa no entendimento de Aldo sobre ela. Por que ela era verdadeira com ele e não com os demais? Por que queria conhecer as verdades dele enquanto rejeitava de pronto as das outras pessoas em sua vida? Ela não era nem um pouco negligente. Falava bem de algumas pessoas, mas detestava estar em posse de qualquer aspecto da realidade delas.

Talvez isso acontecesse porque as pessoas eram naturalmente propensas a ser honestas com ela. Regan transparecia inocência; aqueles olhos grandes eram uma armadilha. Ela tinha um jeito ardiloso de fazer a atenção parecer interesse. Era como uma mágica, em termos de rapidez — media silêncios, valia-se de gestos para chegar ao resultado que queria; Escolha uma carta, qualquer uma, enquanto sutilmente ela plantava uma sementinha com uma inclinação da cabeça ou um movimento amplo das mãos: Escolha esta aqui. Conte para mim sobre suas fraquezas, suas inseguranças, sua vida sexual; Isso, conte para mim, não quer que eu saiba? Todos caíam, vez após outra, sem reconhecer o que realmente era.

Aldo demorou a entender por que era diferente com ele.

— Porque eu te amo — disse Regan.

Ele a tinha visto ignorar ligações, desligar a vibração, e perguntado a ela por que não se importava com o que os pais, a irmã e os amigos estavam fazendo, mas sempre queria saber os mínimos detalhes sobre o dia dele. Ela ansiava por isso, as migalhas mais banais sobre a sua vida. O que ensinou hoje? Quem é seu aluno favorito? O que seu orientador disse sobre a tese? Praticou boxe hoje ou correu, ou os dois? Por quanto tempo, como foi, quais músculos doeram? Qual foi seu acontecimento favorito de hoje? Por quê? O que você quer que aconteça amanhã? Ele respondia a todas as perguntas dela, achando graça, mas queria entender: Por que você me pergunta essas coisas quando passou dez horas sem me ver, mas não liga para o que sua mãe fez nos últimos dez dias?

— Porque eu te amo.

Simples, descomplicado e avassaladoramente impensável assim.

Foi mais ou menos nessa época que, sabendo que Charlotte Regan era capaz de aniquilar, Aldo tomou uma decisão. Ele teria que possuí-la, por completo, como jamais tinha possuído algo antes. Teria que ser capaz de olhar para tudo que ela representava de uma vez; abrir todas as portas que mantinha trancadas dentro de si e depois correr de uma ponta à outra da casa, reivindicando tudo ao redor. Quanto tempo levaria? Certamente séculos, éons, muitas vidas e, merda, ele teria que começar logo, de imediato. Regan tinha razão — não tinha? — sobre humanos serem inerentemente falhos, vítimas de suas expectativas de vida insubstanciais, da própria mortalidade. Ele nunca teria tempo o suficiente, mas ainda assim teria que possuir tudo, a maior parte. Não era possível recuperar o tempo perdido, mas se não ele, quem teria todo o resto?

Ele teria que guardá-la, de alguma forma, e isso significaria resolvê-la. Isso significaria torná-la seu problema impossível. A viagem no tempo já não o interessava mais, apenas Regan e o que quer que fosse necessário para torná-la uma constante em sua vida. Conhecê-la significaria conhecer tudo, não só os pensamentos, as verdades ou a maneira como ela gostava de trepar. Conhecê-la significaria conhecer seu futuro, tomando-o para si. Seria conhecer como seriam os futuros filhos dela, e como *ela* seria um dia, quando a juventude tivesse deixado seu rosto para ser substituída por outra coisa; pelo quê? Um mistério. Era um baita mistério, e Aldo não podia ficar de braços cruzados enquanto havia mistérios sem solução. Sim, ele convivia com a incerteza, mas isso eram águas passadas. Frustrado e contido, dissera ela, igualando seu amor pela matemática com seu amor por ela.

Sou Atlas, pensou ele, sustentando os céus. Serei a persistência, devo persistir.

— No que está pensando? — perguntou ela.

— Acho que a gente deveria morar juntos — respondeu ele.

Ela sorriu.

— Hm — falou em seguida. — E eu aqui pensando que a essa altura você já estaria farto de mim.

No início de fevereiro, Aldo e Regan entraram de mãos dadas no flat dela, encaixotaram tudo, chamaram um táxi e embarcaram carregados de pertences que tinham o perfume dela. Em seguida, passaram duas horas movendo as peças da vida de Aldo para encaixar as dela: uma escova de dentes ao lado da dele, a maquiagem no armário de remédios, os vestidos pendurados ao lado do terno dele. Ele se encolheu para abrir espaço para ela, emprestando-lhe os cantos de sua sanidade. Eles transaram sem pressa na cama, que já tinha sido dele, mas de repente era dos dois; ela passou a mão pelos lençóis e pensou em mudar as coisas. Com o passar do tempo, acabaria se implantando em Aldo, sendo essa sua intenção ou não. Compraria roupas de cama melhores, daria a ele um gostinho da fineza que ele nunca mais conseguiria largar. Ocuparia a geladeira dele com comidas de que ela mesma gostava, as coisas que amava e que a fariam dizer: Vem cá experimentar, e ele iria e gostaria também. Ele passaria a compartilhar as alegrias dela até que já não conseguisse discerni-las das suas, e então um dia, talvez se virando para ela em uma festa ou enviando uma mensagem de texto apressada, ele perguntaria: O que era aquilo de que eu gosto mesmo? E ela saberia a resposta. Saberia tudo. Com o passar do tempo, todas as respostas para tudo que ele era estariam aninhadas na palma das mãos de Regan.

Que perigoso! Como ele era tolo, míope, inocente por não ter o mesmo medo que ela. Para Regan, era um terror consciente, reentrar em uma casa mal-assombrada, reviver uma morte antiga e frequente. Ela o beijou; Sinto muito pela sua estupidez. Ela queria dizer a ele, ensiná-lo: Cada vez que você ama, pedaços seus se quebram e são substituídos por algo que você rouba de outra pessoa. Parece o formato certo, mas toda vez é um pouco diferente, até que uma hora — bem, bem quietinho, ao decorrer de dias e mais dias —, você se transforma em algo irreconhecível, e acontece tão devagar que você nem percebe, como trocar de pele.

Ele sorriu para ela como quem diz: Isso não é ótimo?

Sim, pensou ela, pesarosa. Sim, é tão maravilhoso que chega a ser um perigo passar por esse sofrimento tão doce com você.

Antes, tinha pensado em Aldo como um tipo de pessoa meio nômade, com hábitos transitórios, mas isso não era de todo verdade. Ele trabalhava muito, com diligência e frequência. Ele ia à aula aprender e ensinar, e sempre tinha reuniões com professores e colegas, trabalhava de maneira incansável em sua tese. O trabalho de Aldo, ao contrário do dela (que era o oposto), se passava quase inteiramente dentro da cabeça dele. Regan veio a entender que ele podia passar uma hora sentado e acabar escrevendo apenas uma ou duas coisas.

Ela o acompanhava em seus rituais, sentando-se ao lado com os ombros colados aos dele, convencendo-o a dizer em que estava pensando enquanto brincava com um baseado entre os dentes.

— Sobre o que é sua tese?

A resposta dele parecia ensaiada.

— A matemática por trás da física quântica.

— Que significa…?

— Dimensões, funções da realidade. O tempo. A incerteza; a matemática subjacente a Heisenberg, Schrödinger...
— O gato?
— Não chega a isso. Mas, claro, o gato também.
— Ele está vivo ou morto?
— Ambos.
— E isso faz sentido para você?
— É só um experimento mental. E meu trabalho é fazer as coisas fazerem sentido.
De um jeito brincalhão, ela disse:
— Bem, então você não está fazendo um bom trabalho.
Concordando, ele respondeu:
— Deve ser por isso que ainda não recebi o título de doutor.
— O que isso tem a ver com viagem no tempo?
— Tudo, a maior parte das coisas se encaixa nos parâmetros do tempo. Se entendêssemos como o tempo funciona, talvez pudéssemos usá-lo.
— E você ama isso?
— Isso o quê?
— Isso que você faz, o que estuda.
Ele fez uma pausa antes de responder.
— Matemática é fácil para mim.
— E se não fosse?
— O quê?
— E se não fosse fácil? Ainda assim você estaria nesse ramo?
Só então ele pareceu entender a pergunta.
— A matemática é uma coisa difícil de se amar — declarou. — É uma ciência precisa e intransigente, é evasiva e nunca vai retribuir meu amor, mas não tenho muita escolha, tenho? É algo que eu, ao contrário de outras pessoas, consigo fazer, ou pelo menos é algo para o qual os outros não têm muita paciência. Existem outras coisas mais dignas, mais gratificantes? É bem provável que sim. Mas não sei o que são, elas nunca se mostraram para mim. Só a matemática fez isso.

— Não é lá muito romântico — comentou Regan, para fazer uma gracinha, mas pensou melhor e viu que aquela era sua opinião mesmo.

— Não muito — concordou ele, e ela lembrou de repente que, embora Aldo no momento se considerasse seguro e estável, no passado fora a matemática que o salvara.

A resposta dele, que a princípio nem parecera uma resposta, era que ele se dedicara à matemática porque tinha sido encontrado por ela. E que não conseguia se imaginar com outra vida porque, para ele, não era uma escolha, simplesmente o destino.

Ah, o destino, pensou Regan. Então é romântico, sim, no fim das contas.

— Charlotte — chamou a doutora —, está me ouvindo?

Regan puxou sua atenção de volta para a psiquiatra, sentada diante dela.

— Desculpa — pediu, e a expressão da doutora enrijeceu.

— Você entende que essas sessões são exigências jurídicas, certo? Se eu relatar ao juiz que você deixou de cumprir os termos de sua sentença...

— Estou aqui, não estou?

— Não do jeito que importa — respondeu a psiquiatra. — Você não participa das nossas sessões.

— O que você quer de mim, exatamente?

— Alguma coisa, Charlotte, qualquer coisa.

Regan fitou as próprias mãos, mal-humorada.

— Eu me mudei, agora estou morando com meu namorado.

— Marc? Achei que vocês já moravam juntos.

— Não, Marc não, Aldo. Rinaldo.

A doutora franziu o cenho, perplexa.

— O... matemático?

— O gênio, isso.

— Por que você o chama assim?

— Porque é o que ele é.

E ele era um gênio mesmo. Regan tivera inúmeras provas disso. Estava certa de que Aldo só tinha tanto tempo para ela porque conseguia trabalhar mais rápido do que seus colegas. Quase nunca precisava repetir as coisas e, até onde ela sabia, não tinha dificuldade com nada. Ele era um gênio, e ela, lamentavelmente humana, banalmente maravilhada.

— E seus quadros?

— Continuo pintando.

Aldo costumava ficar ocupado durante o dia, e ela ainda tinha o contrato do flat, cujas paredes estavam repletas de telas e materiais de pintura. Ela deixava as coisas secando enquanto ia para casa dormir com Aldo.

— Estou trabalhando em um novo projeto. Uma coleção.

— E como vai ser?

— Ainda não sei.

— Charlotte.

— Ainda não sei — repetiu ela, irritada. — Não estou fazendo segredo nem nada do tipo. Só não sei o que é.

A doutora a encarou por um momento, e então disse:

— Liguei para a farmácia porque achei que você precisaria de uma nova receita, Charlotte. Mas eles disseram que você ainda tem três receitas disponíveis.

Regan não respondeu.

— Eu prescrevi os remédios para seis meses. Já se passaram nove.

Regan conhecia a culpa e a inocência bem o bastante para não se deixar abalar.

— Você não tem tomado seus medicamentos — deduziu enfim a psiquiatra, e Regan cruzou os braços, incomodada.

— Não, não tenho. Não quero — declarou. — Não gosto dos remédios, não gosto do que fazem comigo e não consigo pintar quando estou medicada. Estou mais feliz assim.

— Ah, é?

— Sim, as coisas mudaram. Estão muito diferentes.

— Só porque não está mais com o Marc?

— Porque estou com alguém melhor do que o Marc.

— Achei que ele era seu amigo.

— Não tenho amigos — contestou Regan, com uma risada que soou vazia, mesmo para ela. — Aldo nunca foi só meu amigo. Eu só não queria admitir.

— Você traiu o Marc com ele?

— Que diferença faz?

— Foi só uma pergunta.

— Não, não traí. Aldo não é o vilão nessa história. E Marc com certeza não é o mocinho.

— Então quem é? O vilão, digo.

Regan riu de novo.

— Eu, acho. Eu é que sou a criminosa, não sou?

Regan podia ver os alertas vermelhos se acendendo na mente da doutora; sem dúvida isso tinha sido abordado em todos os exames psiquiátricos. Sem dúvida essa psiquiatra tinha convencido um conselho de profissionais sérios de que ela conseguiria dar conta desse caso. Ah, uma paciente teimosa diz que não quer mais se medicar, identifica a si mesma como um problema ou uma doença, como você age nessa situação?

— Não gosto da ideia de você não tomar seus remédios, Charlotte.

Ótimo, Regan imaginou um professor respondendo. Gentil, mas diplomática. Severa, mas justa. Humana, mas não em excesso. Não podemos esquecer nossos deveres no consultório. Não podemos esquecer os papéis que concordamos em desempenhar.

— Odeio ser chamada de Charlotte — disse Regan, de repente começando a se sentir provocada a ponto de reagir —, e você não me conhece. Não sabe nada sobre mim. Só sabe das minhas receitas, do meu diagnóstico, das coisas que anotou a meu respeito. Por que eu deveria fazer o que você acha ser o melhor para mim? — continuou, e bufou de deboche. — Só porque é formada em Harvard? Porque minha família quer que eu fique caladinha, entorpecida? É por isso que você não gosta da ideia?

A doutora ficou quieta por um momento.

— Se não sei nada sobre você, é porque você nunca me contou. Você me contou apenas o básico, os detalhes menos importantes de sua vida, e não tenho como saber quem você é ou como se sente a menos que me conte. Se você não participar ativamente da terapia, só está desperdiçando o meu tempo e o seu.

— Então a cadeia é minha única salvação? É o que acha que mereço? — A voz de Regan soou amarga, cruelmente rude.

— É o que *você* acha que merece? — retrucou a psiquiatra, e Regan sentiu uma vontade imensa de quebrar algo. Uma janela, um cotovelo, qualquer coisa.

— Antes de conhecer Aldo — disse Regan com firmeza —, eu era falsificadora.

— Sim, eu sei.

Não, pensou Regan, não sabe.

— A falsificação não é uma arte — explicou —, é precisão. É um processo mais laboral do que artístico. É interpretação, tradução. Mas não deixa de ser um dom, e era o dom que eu tinha. Era tudo o que eu era.

— Não é seu único dom, Char...

A doutora se deteve ao ver Regan se encolher em antecipação.

— Mas e agora? — perguntou a psiquiatra, mudando o rumo da conversa, e Regan se virou, fazendo uma careta.

De repente, sentiu-se inteiramente desconexa de tudo, inclusive de si mesma.

— Aldo acreditava que eu era artista, então tornei isso realidade. Ele acreditava que eu era uma pessoa honesta que só mentia de vez em quando, e não uma mentirosa que só às vezes falava a verdade, então me tornei isso. Ele acreditava que eu podia amá-lo, e então eu o amei, e então o amo.

Ele me acordou, ela quis gritar; ele me acordou, e por isso eu sempre vou depender dele, vou ser para ele o que ele é para a matemática. Consegue ver o quanto isso é frágil? Consegue ver o quanto minha existência é intangível e perigosa? Consegue ver que eu (a versão que estou sendo agora, sentada aqui com você) sou um fruto da imaginação dele? Ele me idealizou, então passei a existir. Ele pode desfazer o sonho, deixar de acreditar em mim a qualquer momento. Pode me desmascarar, e aí o que vai restar de mim? Será que sempre terei medo dele na mesma medida em que o amo? Será que sempre serei metade da completude que ele representa? O que são almas gêmeas, e será que sou uma, ou apenas um parasita, uma sanguessuga, um câncer que se espalha e toma conta e sente prazer em nos afogar?

A doutora descruzou as pernas, pensativa, e em seguida tornou a cruzá-las.

— Então me diga por que não deveria tomar seus remédios. Me convença.

Regan encontrou o olhar da psiquiatra com cautela.

— Que tal assim — começou Regan. — Teremos seis conversas. Se, ao final delas, você ainda achar que devo ser medicada, tudo bem, eu volto a tomar os remédios. Caso contrário, nunca mais vou tomá-los. Pode me observar, se quiser, e ainda virei às nossas sessões a cada duas semanas, mas se depois de seis conversas você acreditar em mim, já chega de remédios. — Ela parou, esperando uma reação, mas não recebeu nenhuma. — Pode ser?

— Por que seis conversas? — quis saber a doutora.

Regan pigarreou, reconhecendo que essa seria uma resposta muito longa e altamente reveladora. Não havia dúvidas de que revelaria as rachaduras em sua pose.

Mas tinha dado certo uma vez, não?

— Tem a ver com... — começou Regan, mas parou. — Abelhas.

A doutora se recostou na poltrona, assentindo.

— Tudo bem, então — respondeu. — Me conte sobre as abelhas.

PARTE SEIS

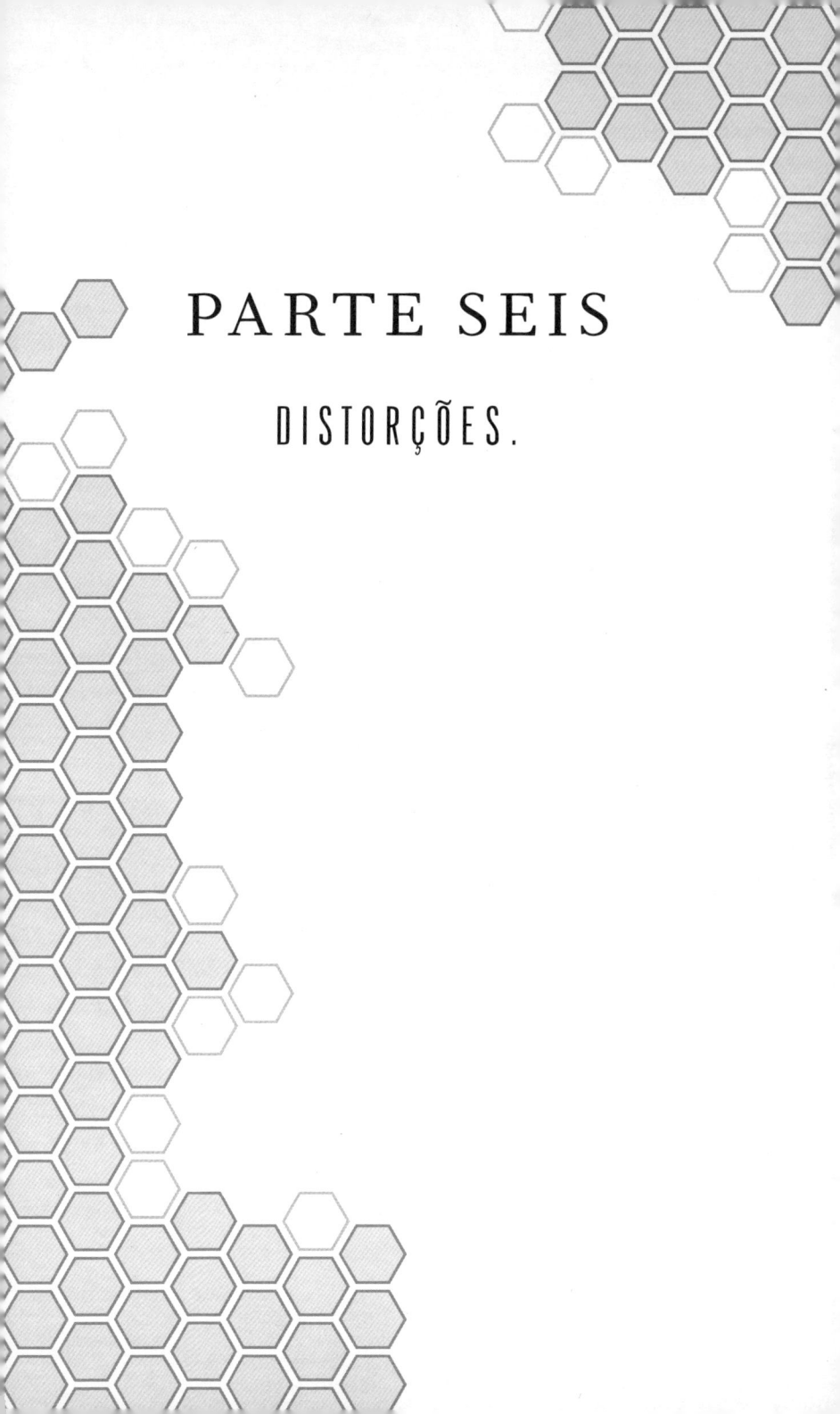

DISTORÇÕES.

Aldo não sabia ao certo a qual momento teria que voltar para consertar tudo que havia dado errado.

Geralmente, era capaz de identificar o nexo de um evento. Conseguia enredar quase qualquer coisa depois de reconhecer as sequências, a ordem em que as circunstâncias tinham descambado, passado de bem a mal, de mal a pior. Apesar disso, ou talvez por conta disso, ele sentia uma dificuldade temporária ao juntar as peças daquela noite. Em vez de decifrá-la logo de cara, ele a vivenciaria como se estivesse acontecendo tudo de novo, só que em partes e fragmentos.

Tinha a voz de Marc, dizendo:

— Você não sacou mesmo, né? E eu aqui, achando que você era um gênio. Olha, ela escolhe caras que os pais dela não aprovam (as mesmíssimas questões paternas de toda mulher, nada de inovador nem empolgante), e, quando eles perdem a graça, de repente ela fica toda misteriosa. Começa a fazer só-Deus-sabe- -o-quê o tempo todo, qualquer merda relacionada a encontrar a si mesma, e ah, então agora ela não está feliz, mas ela dá um jeito de distorcer tudo, distorce a merda toda para parecer que a culpa é sua, e você acredita, mas aí é que está: *Ela não quer ser feliz.* Você não pode fazê-la feliz, e sabe por quê? Porque algumas pessoas conseguem coexistir umas com as outras, mas Regan não é assim. Ela não quer nem nunca vai querer. Não sei por que vim aqui, sinceramente, acho que eu precisava ver com meus próprios olhos. Precisava ver a Regan fingindo que você é a maior novidade da vida dela, e quer saber? Talvez você dure mais do que eu, porque os pais dela te odeiam tanto que me pediram para vir aqui, e eu sei que eles também não me suportam. Porra — diz Marc na mente de Aldo, soltando uma risada —, coitado de você, eu nem te culpo por nada disso. Você é só a última coisa em que ela vai pisar antes de seguir com a vidinha dela.

Depois disso são apenas linhas, cores, texturas. Uma festa, e cenas elementares de festas. Nada chamativo — quer dizer, até os olhos dele encontrarem algo surpreendente. Um hexágono dourado, minúsculo, bem no canto de um quadro, com o mesmo tipo de brilho metálico popularizado por Klimt, um artista que ele sabe que ela adora. Uma vez ela lhe disse que podia passar horas admirando *O beijo*, apenas contemplando o rosto da mulher e imaginando como seria ser ela, sendo abraçada daquele jeito, tocada daquele jeito.

Por que ela vira o rosto para longe de seu amado?, perguntara Aldo. Regan achava que era para mostrar a expressão da mulher, para capturar sua emoção na contorção extasiada de seu rosto, mas Aldo pensava diferente. A teoria dele: ceder a algo de uma só vez era se perder por completo, portanto resistir era trocar um momento passageiro de prazer por uma dor mais primorosa e abundante.

Em correlação, havia Regan.

— Não, aqui não — dissera Aldo, tomando-lhe as mãos. Ela já tinha aberto o zíper da calça dele, subido o vestido, mas Aldo estava com o rosto virado. — Aqui não, agora não.

Dor ou raiva se seguiram, ele não sabia qual.

O que tinha vindo primeiro, o surto de raiva quando ele a afastou ou aquele quando a mãe dela a traiu? Será que Regan precisava compulsivamente de sexo para se lembrar de que era amada ou apenas desejava o amor que nunca recebera dentro da casa? Aldo tinha algumas opiniões sobre compulsão e desejo, sobre as diferenças entre as duas coisas, e de repente ele pensava: Qual das duas ele era?

O que os dois sentiam era amor ou necessidade?

Linhas, cores e texturas. O pequeno hexágono, e depois o amarelo-não-tão-amarelo do vestido de Regan.

Em que ponto ele desfaria, se pudesse?

— Onde está o verdadeiro? — perguntara ele, e será que foi aquilo que fez tudo dar errado?

(Que desfez tudo?)

Não, ali não. Ainda não. Quase, mas não o bastante...

Cheia de inocência, ela murmurava baixinho:

— Como assim?

— Você está mentindo.

Ele já tinha feito a pesquisa. Já tinha decifrado Regan logo de cara.

— Aldo, olha só...

Espere um momento, pensou ele, revendo a cena. Espere até o sangue ferver nas suas veias tristes e patéticas. Espere pela confusão, o senso de perda. Espere até ela olhar para ele, mentindo como só ela conseguia mentir, e espere até ele pensar, pela primeira vez, em como ela nunca respondia a suas perguntas. Era um charme no começo, não era? Uma excentricidade, um detalhe artístico, um pequeno hexágono dourado na marca do que ela era. Era apaixonante aprender a lê-la, só que ela não é só um problema sem solução, ela é um looping quebrado e sem conserto. Espere até que ele perceba, que categorize as coisas mentalmente, e então espere até que ele se pergunte se, enquanto estava vivendo algo especial, ela sequer sentira o mesmo.

Espere até que ele pense: Meu Deus, ela é uma falsificadora. Uma ladra que replica coisas. Espere até que ele diga a si mesmo: Não apenas sou o mesmo que Marc, como Marc também é igual ao homem que veio antes dele, e todos eles são iguais àqueles que os antecederam, e talvez sejamos todos notas falsificadas, recriados vez após outra enquanto ela diminui nosso valor, nos drena de significado, nos gasta como moeda de troca e depois nos joga fora. Espere até que ele pense: Está rápido demais, tudo está indo rápido demais — e sem dúvida ele não *acredita* nisso de fato, mas como não poderia, quando os sinais estão todos ali? Ele deve reconhecer os padrões. É ele quem chama verdades pelo nome, que entende a diferença entre constantes e variáveis, que atribui lógica a exceções e regras. Espere até que ele olhe para ela como se não tivesse a menor ideia de quem ela é, ou de quem ele é, ou do que eles são.

Espere um momento...

— Você não mudou, não é? — ele pergunta a ela.

Com o passar do tempo, uma versão mais velha de Aldo virá a reconhecer esse detalhe pelo que ele é. Pronto, é isso, pensa ele, e o pensamento é insatisfatório, mas definitivo.

Pronto, é isso. Esse é o momento.

Esse mesmo.

O QUE ACONTECEU COM ALDO.

A primavera que antecedeu aquela noite em particular era ao mesmo tempo familiar e desconhecida, como sempre acontecia em Chicago. Um dia era inverno e no seguinte o gelo havia derretido, e pouco a pouco os botões de casacos eram abertos, ou talvez os casacos fossem totalmente deixados para trás a caminho de afazeres corriqueiros pelo quarteirão. Vamos tomar um café?, Vamos, vamos sim, está frio lá fora? Acredita que não? Vamos lá, e então do lado de fora o sol brilhava, e as partes interessadas diziam: Melhor levar óculos de sol? Sim, óculos de sol; e dessa forma a primavera adentrava as instituições. As pessoas começavam a sair de onde quer que tivessem se escondido durante os meses de inverno, voltando a lotar as ruas e lembrando ao resto dos habitantes de que *de fato* havia pessoas que moravam na cidade. A demora e a solidão dos tempos frios surpreendiam todo ano, portanto, a primavera era sempre uma vitória bem-vinda. Era como um suspiro coletivo de alívio, um sopro de insipidez monocromática. Até para Aldo e Regan, que haviam passado aquele inverno nos braços cálidos um do outro, a chegada da primavera era o lembrete costumeiro de que todas as coisas passam por estações.

Para Aldo em particular, a primavera era a mesma de sempre. Seus alunos sempre se saíam melhor no segundo semestre; a chegada de dias mais longos e do clima mais quente bastava para motivar até os estudantes mais ambivalentes. Ele também costumava trabalhar melhor na primavera, enfim conseguindo retomar seus padrões de idas ao parque, sua busca por espaços ao ar livre. Ele levou a moto, já praticamente sem resquícios de sal e ferrugem, ao parque de sempre, indo até o banco de sempre e deixando os raios de sol — velhos, mas novos — vagarem por seus ombros de novo.

Eram quase os mesmos de sempre, seus pensamentos. Constantes, frenéticos, monótonos e estagnados como sempre tinham sido, e focados em um problema impossível, como sempre estavam. Naquele dia em especial, ele pegou um baseado recém-bolado no bolso e o girou entre os dedos, como muitas vezes fazia.

Nesta primavera, porém, as coisas estavam um pouco diferentes. Uma delas era que o cabelo de Aldo, que em geral caía em seus olhos até que ele o afastasse da testa com descuido, tinha sido cortado recentemente. Suas roupas estavam limpas e ele já não tinha mais aquele leve cheiro de maconha. Na verdade, tinha um pouco de cheiro de tinta acrílica, vinho derramado e madressilva. A camiseta que ele usava era nova, comprada para ele e depois enfiada no armário sem cerimônia.

O problema também era um pouco diferente de antes.

— Você tem andado meio distraído — comentou o orientador de Aldo.

— Tem algum problema com a minha tese?

— Não, nada do tipo, você está fazendo um ótimo trabalho e, bem, você tem estado...

(As pessoas geralmente eram educadas demais para concluir essa frase.)

— Distante — continuou o professor, pigarreando. — Mas... ainda assim, está tudo bem?

— Comigo? Sim, é claro — respondeu Aldo, que, ao contrário de Regan, só conseguia mentir em ocasiões seletas.

O problema era o seguinte: lá para o fim de março, Regan tinha parado de dormir. Seus padrões de sono sempre tinham sido caóticos, e com frequência ela acordava no meio da madrugada, mas a diferença era a previsibilidade da imprevisibilidade. Durante o inverno, por diversas vezes ela relutava em sair da cama, permanecendo aninhada nos lençóis até que Aldo voltasse da aula à tarde; ou então sentia vontade de passar a noite em claro, postulando sobre o universo de maneira descontrolada. Não era sempre que Regan cozinhava, mas quando acontecia era toda uma produção, um espetáculo; ela usava todas as panelas e frigideiras dos armários e criava diferentes pratos de qualidades variáveis. Nesses dias, Aldo espiava as taças de vinho ao chegar em casa e observava — com base em seu parco, mas confiável, cabedal de experiência — que teriam mais uma noite de sexo e conversas.

Os dias de Aldo consistiam em identificar sinais sutis: Regan tinha saído da cama por livre e espontânea vontade ou com relutância? Ela dera um salto ou se arrastara? Tinha comprado alguma coisa, muitas coisas, e passado horas na rua, ou nem sequer saíra de casa? Regan estava sorrindo, chorando, gritando? As lágrimas dela quase nunca eram de tristeza; tendiam a ser de raiva ou frustração, sendo que uma porcentagem ínfima era direcionada a ele. De praxe, era provável que ela estivesse em pé de guerra com algo totalmente diferente; alguém que tinha visto naquele dia, ou um pensamento sobre uma injustiça que lhe ocorrera. Ela era capaz de reagir passionalmente a quase qualquer coisa, e Aldo aprendera a reconhecer os traços, os padrões: Quais filmes andava vendo? Havia filmes felizes, tristes, catárticos, e o mesmo servia para os livros. Regan era uma leitora voraz, se dedicava a muitos livros de uma só vez, ou então não lia nada. Consumia música como se travasse uma conversa com a própria alma; Ouviu isso, Aldo, estava escutando? Como consegue ficar parado aí como se nada tivesse mudado quando, das duas uma: ou você nem sequer está vivo, ou tudo que você é agora está diferente de uma maneira inconcebível?

Ele acabou se acostumando com a turbulência, até que de repente ela desapareceu. Março chegou, o primeiro dia da primavera veio e se foi, e lá para abril Regan tinha começado a assimilar a regularidade. A regularidade *de quem*, Aldo não sabia. Só sabia que quando voltava para casa à noite, ela não estava lá; chegava de madrugada e beijava seu pescoço, ou subia em seu colo e dizia coisas — coisas de Regan — como: Aldo, pensei em você o dia todo, Rinaldo, queria enfiar os dedos nos vãos das suas costelas, quero que meus dentes fiquem no formato do seu estômago, quero beijar a pontinha do seu pau e te guardar dentro de mim até nós dois vermos estrelas.

Ele não perguntava o que ela estivera fazendo, porque já havia aprendido que Regan não gostava de ser questionada. Não fique em cima, diria ela, eu conto quando estiver pronta, e ele a ouviria porque confiava nela, porque tinha medo dela, porque a amava.

— Eu a amo — disse ele ao pai, e Masso suspirou.

— Eu sei, eu sei que ama, Rinaldo, mas está tudo indo rápido demais. Primeiro você gosta dela, depois a ama, depois vai morar com ela, e o que vem a seguir?

Chamas lamberam os pensamentos de Aldo, dançando no formato dos quadris de Regan.

— E daí? Às vezes as coisas vão rápido demais, pai. Acontece.

Aldo não disse ao pai que ele tinha razão; que, quando maio chegou, Aldo teve certeza de que Regan era rápida demais para ele. Muito, muito rápida, e ele lutava para conseguir respirar, porque uma única tomada de fôlego para clarear a mente significaria perder o ritmo e ficar para trás. Aldo não disse a Masso que estava aterrorizado, que agora entendia o que significava amar algo. Que amar alguém era renunciar à necessidade de impor limites e, por isso, amar era existir sob uma ameaça constante e paralisante.

Em segredo, Aldo acreditava que, se desacelerasse mesmo que por apenas um segundo, Regan correria tanto que sairia de seu campo de visão. Ele nunca mais veria nada além das costas dela. Talvez ela se virasse por um instante e olhasse para ele de relance, talvez desse um sorriso de pena para Aldo, ah, Aldo, obrigada pelo seu tempo, foi bom enquanto durou — mas então ela se dissiparia, sumiria, escorregaria pelos dedos e pelas rachaduras na calçada até chegar a algum mundo invertido ao qual ela pertencesse e para onde ele nunca, jamais conseguiria segui-la.

Os pensamentos de Aldo sobre o tempo persistiam, embora já não desejasse mais se transportar através dele. A verdade era que sentia um desespero para detê-lo, para puxar o freio. Ele suspenderia o hexágono do tempo em uma aresta e diria: Viu só, Regan? Você continua viva mesmo se as coisas não se moverem em um borrão, e então talvez ela acariciasse o cabelo dele e tocasse sua bochecha com as pontas dos dedos e diria: Rinaldo, você é um gênio.

As pessoas achavam que o vício era uma vontade. Sempre diziam que eram viciadas em coisas como chocolate ou reality shows, e por isso Aldo se sentia abandonado pelo léxico. Não é assim que funciona, ele queria dizer, insistir. Queria dizer: Vocês não entendem, porque agora *ele* entendia. Vontade era uma coisa, compulsão era outra bastante diferente. E Aldo sabia disso por causa dos remédios, os remédios *dele*, que outrora foram prescritos e ingeridos à risca. Mas o problema com a dor que se aloja na cabeça é que a mente se deixa enganar por quase qualquer coisa — placebos, pesquisas de opinião, dados distorcidos; a lista das mentiras em que o cérebro consegue acreditar era quase interminável, e da mesma forma o corpo fará o que estiver a seu alcance para não sentir nada. O estupor a que Aldo aspirava era imenso, e seu desespero pelo silêncio não era lá muito menor. Qual o nível de onipotência que seu medicamento possuía até não possuir mais; com quanta obediência sua mente se silenciaria até que ele perdesse o amor pela quietude e se defendesse.

As pessoas achavam que o vício era uma vontade, mas a diferença era a seguinte: vontades eram desejos possíveis de satisfazer, ao passo que compulsões eram necessidades que precisavam ser atendidas.

Ele dissera a Madeline que Regan era infinita, e era mesmo. Não dava para saber onde ela começava e onde terminava. Aldo podia pensar: Onde será que ela esteve? O que tem feito? E ela podia responder, e ainda assim ele não entenderia, porque onde ela estivera em determinado momento não era exatamente onde ela *estava*, e o que ela estivera fazendo era outra questão bem diferente. Por exemplo: ela estava cozinhando ou preenchendo um vazio? Pintando ou invocando demônios? Dormindo ou sonhando, se transportando por entre reinos — qual era a resposta?

Qual era a resposta de tudo, e será que um dia ele entenderia?

Aldo girou o baseado entre os dedos e meneou a cabeça. Por que tinha escolhido a parte teórica da matemática? Porque a matemática não tinha interesse nas consequências. A matemática tinha a ver com explicação, não aplicação. Ele nunca se dava ao trabalho de ver se as coisas de fato funcionavam, só se importava em saber se conseguiria ou não resolver os problemas, consertá-los, transformá-los em algo passível de compreensão. Deixe que outra pessoa *crie* as partículas; deixe que os outros sejam os responsáveis por descobrir do que o universo é feito e depois por reconstruí-lo, moldando a vida a partir de argila proverbial. Ele só queria pegar uma coisa que ninguém havia resolvido e transformá-la em algo que pudesse ser visto em uma página, para que um dia alguém dissesse: Ah. Ah, ok, agora entendi. E então a pessoa faria o que bem entendesse com esse conhecimento, o que não era mais da conta dele. Aldo nunca assumira responsabilidade por nada antes de Regan, e de repente parecia que isso era tudo que ele conseguia fazer.

O celular vibrou em seu bolso. Ele o pegou e o levou ao ouvido.

— Está pronto?

Ele olhou para o baseado, contemplando-o.

— Quase.

— Você está no parque, não está?

— Bem, o museu é território seu.

— Seu também.

Ela gostava de pensar nas coisas como algo que compartilhavam. Era uma de suas virtudes.

— É, mas está gostoso aqui fora.

— Está mesmo, né? Mas você precisa voltar para casa, precisamos ir embora.

— Ok. Agora?

— Sim, agora. — Por outro lado, a paciência não era uma de suas virtudes. — Bem, me garantiram que não vai ser horrível.

— Foi Madeline quem disse isso?

— Isso, ela mesma.

— Ela está mentindo, não está?

— Sim, tenho quase certeza. Mas provavelmente é melhor assim.

Sim, pensou ele, provavelmente era mesmo.

— Ok, estou indo.

— Vou fazer valer a pena, prometo.

Ela sempre fazia.

— Você sempre faz.

— Te vejo em cinco minutos?

— Com certeza.

Ele guardou o baseado de volta no bolso junto com o celular, depois contemplou a vegetação do parque voltando a florescer e prendeu a respiração, prolongando a duração de um segundo por um momento fugaz.

Em seguida, pegou o capacete e foi para casa, cumprindo as promessas que tinha feito.

Na semana anterior, Madeline Regan fizera uma ligação para Chicago. Não para sua irmã, Charlotte, e sim para Aldo.

— Desculpe — adiantara-se ela —, mas vou precisar te fazer um pedido desagradável.

— Pois não?

— Preciso que você convença minha irmã a vir comemorar o aniversário do nosso pai. Vocês não precisam passar o fim de semana todo — emendou Madeline depressa, antes que ele pudesse dizer qualquer coisa —, mas pelo menos venham passar a noite, está bem? Ele vai fazer setenta anos. É uma data importante.

— Como conseguiu meu número?

— Charlotte me deu para casos de emergência.

— Ah, foi?

— Aham.

— E isso é uma emergência?

— É, sim. Do tipo, eu, *em caráter de emergência*, não quero ter que explicar para a minha mãe por que minha irmã não apareceu.

— Você tentou pedir para ela?

— Aldo — começou Madeline, descrente —, estamos falando da mesma Charlotte Regan?

Para a surpresa dele, no entanto, Regan concordou de pronto. Parecia quase ansiosa, na verdade, como se aquela visita de alguma forma pudesse remediar a anterior. Ela escolheu uma gravata para Aldo e comprou um vestido novo. Falava da ocasião como um evento normal — "Semana que vem temos a festa de aniversário do meu pai, não esquece" — e não parecia atribuir nenhum desconforto profético à fala. Apesar de reconhecer que era provável que o evento ("como qualquer festa que meus pais dão") fosse desastroso, ela ignorou a catástrofe com um irreverente "Você vai estar lá comigo".

Como quem diz: "Vai ficar tudo bem, você vai estar lá comigo."

Ou: "Não estou preocupada, você vai estar lá comigo."

Ela escolhera um vestido de um amarelo tão claro que parecia quase branco e soltara o cabelo, que caía em ondas românticas sobre os ombros. Era uma escolha atípica por ser delicada, e Regan não era muito chegada a delicadezas. Ela se vestiu de Charlotte com uma facilidade surpreendente, sorrindo para Aldo enquanto cortavam o trânsito metropolitano de Chicago, papeando com ele como sempre.

— Acho que é minha oportunidade de aparar arestas — dizia ela, talvez tentando convencer Aldo, ela mesma, ou os dois. — E, além do mais, vai ser bom eles verem você de novo.

Aldo não estava tão certo disso.

— Eles sabem de mim? De nós, quero dizer.

— Acho que Madeline deve ter contado — respondeu ela, dando de ombros. — Eles sabem que você também vai.

(Masso não tinha sido de muita ajuda também: É claro que eles gostam de você, Rinaldo, como não gostariam? Pai, eu realmente não acho que seja o caso. Ah, bem, então azar o deles, deixa isso pra lá, mas ainda acho que você está enganado. Pai, acho que o senhor superestima o afeto que as pessoas têm por mim, meus alunos me odeiam e a maioria dos meus colegas da universidade também. Ué, mas eles não sabem nada sobre você, só o que você ensina a eles, não? Mostre outra coisa a eles, dissera o pai, como se fosse fácil assim, e provavelmente era. Para Masso.)

Com Regan ao volante, Aldo passou a maior parte da viagem em silêncio, entregue a outros pensamentos — sobre como possivelmente, provavelmente, os pais dela ao mesmo tempo o odiavam e não o odiavam, e como só lhe restava acreditar no que quisesse até chegar e abrir a caixa. Ela estendeu a mão, distraída, com a certeza de um hábito frequente, e entrelaçou os dedos nos dele. Aldo beijou os nós da mão dela e deu um aperto leve. Depois procurou presságios, mas não encontrou nada além dos mesmos de sempre.

— Por que você me levou da outra vez? — perguntou ele.

— Em vez de levar o Marc, você quer dizer? — retrucou ela depressa, antes de acrescentar: — Porque era você que eu queria lá.

Ele balançou a cabeça. Ela não estava se lembrando direito.

— Foi porque eles não gostavam do Marc — recordou ele, deixando implícito um *e agora não gostam de mim*.

Um ciclo. Um padrão. (Você sabe muito bem o que vem depois, disse seu cérebro problemático.)

Regan o olhou de relance.

— Aquilo foi uma desculpa — confessou.

Foi mesmo, pensou ele, mas ao mesmo tempo não foi. Uma mentira e uma verdade contidas paradoxalmente dentro de uma caixa que ainda estava fechada e que talvez nem mesmo Regan tivesse interesse em abrir.

— Não me importo se eles gostam de você ou não — declarou ela.

Por um instante, o coração dele bateu mais rápido, seu estômago se revirou. A falta momentânea de ar foi aguda, tudo estava abruptamente rápido demais.

— Ok — respondeu Aldo, optando por não arquivar aquela interação na pasta nomeada como SINAIS.

———

— Você não mudou nada mesmo, não é? — dissera Aldo, com seu jeito prático de sempre.

Mais tarde, Regan repassaria a noite na cabeça, correndo de volta pelo tempo para identificar seus erros, mas naquele exato momento sentia-se presa, incapaz de se mover.

Viu apenas Aldo de costas para ela, seus olhos verdes fixos no quadro que ela tinha pintado.

— Onde está o original? — perguntou ele, com firmeza.

O primeiro pensamento dela: Ele é mesmo um gênio. Ela deixara a assinatura do artista original, uma falsificação perfeita, mas, motivada pela imprudência — pela soberba, talvez, ou por alguma necessidade irrefletida de deixar sua marca em alguma coisa, qualquer coisa, só para provar que tinha sido parte da arte de um jeito tão pequeno e insignificante que o pai dela jamais conseguiria notar —, acrescentara um ornamento minúsculo. Uma marquinha quase invisível; um pequeno defeito, só para provar sua existência no mundo. Para provar a ela mesma sua localização no tempo.

E Aldo tinha descoberto.

Dizer a verdade parecia vulnerável demais; era difícil se livrar de velhos hábitos.

— O quê? Não entendi — respondeu ela, torcendo para ele deixar para lá, mas não se surpreendeu quando ele insistiu.

— Você está mentindo — continuou Aldo, só que dessa vez, pela primeira vez, era uma acusação, não uma observação.

— Aldo, olha...

— Você não mudou nada mesmo, não é?

Aquilo doeu, saber sua intenção antes mesmo que ele abrisse a boca.

— Como assim?

— Isso, essa pintura, é uma falsificação. Você se chamou de ladra quando nos conhecemos — ele a relembrou, e ela sentiu algo dominá-la.

Talvez fosse pânico. Talvez fosse o medo que a assombrava havia muito tempo.

(*Ele pode desfazer o sonho, deixar de acreditar em mim, a qualquer momento...*)

— Por que fez aquilo? — quis saber ele, e Regan meneou a cabeça.

— Eu já disse, não sei. Porque eu era boa naquilo, porque a ideia ficou na minha cabeça, porque...

— Porque precisava?

De repente, ela se sentiu exausta demais para discutir com ele, ou para explicar novamente algo que sua mãe havia perguntado inúmeras vezes; que juiz havia perguntado; que a psiquiatra havia perguntado; que todos haviam perguntado sem nunca achar uma solução, mas em que Aldo, e apenas Aldo, sempre havia confiado de bom grado.

— Sim — declarou ela, e logo percebeu que era a resposta que ele temia esse tempo todo.

— E ainda precisa?

A pergunta era ligeiramente diferente, mas essencialmente a mesma.

— Não, Aldo — respondeu, resignada —, eu só estava...

— Você não está bem, Regan — interrompeu ele, de repente agitado, e ela piscou, confusa. — Isso não é normal.

— O que não é normal?

— Nada disso.

Ele massageou a têmpora como se Regan fosse uma baita dor de cabeça, uma fórmula que não obedecia às regras, e isso machucou. Assim como os pensamentos dele, ela o havia exaurido, e a dor de saber disso inundou seu peito.

Parecia injustiça, um disparate, que as coisas que haviam sido compartilhadas entre os dois com tanta facilidade — sou estranha, não, eu sou estranho, ok, nós dois somos estranhos, ninguém nos entende além de nós mesmos — de repente se transformassem em um fardo vindo unicamente dela.

— *Eu* não estou bem?

Ele a encarou, aguardando uma explicação.

— Você *nunca* esteve bem — rebateu ela, e Aldo virou o rosto, indiferente. Não tinha ficado surpreso com o tom dela, mas também não esperava aquela reação. Isso só piorou as coisas. — Você acha que conseguiu se consertar, Aldo? — sibilou ela, procurando desesperadamente algo em que se firmar, mas só afundando ainda mais. — Porque não conseguiu. Quando te conheci, você estava vazio, quebrado. Você estava tentando encontrar significado no nada!

— Você acha que eu não sei que tem algo de errado comigo? — Ele pareceu estranhamente desencantado, como se tivesse acordado de alguma coisa. (*Ele pode desfazer o sonho, deixar de acreditar em mim, a qualquer momento.*) — Meu pai me diz isso o tempo todo, Regan. Meu cérebro está quebrado — declarou Aldo, de maneira robótica —, e o seu cérebro também está, mas não é possível que nós dois estejamos quebrados. Um de nós tem que ter conserto. Não, um de nós tem que ser *consertado*, senão...

— Senão o quê? — A pergunta saiu afiada e precipitada. — O que acontece, Aldo, se você não conseguir me consertar?

Ele a encarou por um bom tempo, mas não disse nada.

— Não sou uma overdose que você pode curar com um doutorado — disparou ela, soando ofendida quando pretendia soar zangada. — Não sou um problema que você pode resolver. Achei que você já tinha entendido isso.

— Eu entendi. Eu entendo.

— Bem, não é o que parece. Pelo jeito você estipulou algumas condições para estar comigo.

— Não é... não é isso. Não são condições.

O coração dela acelerou.

— Mas tem alguma coisa.

— Eu só não sei — continuou ele, parecendo querer dizer mais, mas limitou-se a estender as mãos, desolado. — Eu só não sei.

Ela o encarou em silêncio. Sentiu o chão ceder sob seus pés feito areia, a maré mudando ao longe.

— Eu tinha uma teoria de que conseguiria usar o tempo para me salvar — explicou Aldo. — Que acharia uma solução para ele, e então viraria em uma esquina um dia e tudo estaria diferente. Cento e vinte graus do ponto onde estava antes. — Ele fez uma pausa. — Agora, é claro — continuou, mais um murmúrio para si mesmo do que para ela —, vejo que não posso salvar nada.

Lágrimas pinicaram no fundo dos olhos de Regan.

— Por quê? Só porque eu falsifiquei um quadro?

Ele pareceu arrependido, mas não externou.

— Porque... — retomou, cansado. — Porque acho que você precisa de mim mais do que me quer, Regan. Acho que talvez...

Um zumbido monótono invadiu o ouvido dela, temporariamente ensurdecedor.

— Acho que talvez seja melhor eu ir embora — concluiu ele.

A reação a inundou com ondas colossais.

Primeiro, como se tivesse enfiado o corpo inteiro em uma tomada, ela levou um choque de pânico, irritação e desorientação, e sem saber pelo que sofreria mais. Sentia-se assolada, nula e vazia, enfurecida. Depois, foi encharcada, ensopada, mergulhada. Em um surto de desespero que a fez tremer, ela sentiu vontade de cair de joelhos, de segurá-lo pelos tornozelos. Sentiu vontade de beijar os pés dele, de estapear sua cara.

Em seguida, veio a violência. Ela quis agarrar as palavras e enfiá-las de volta na boca dele — cujo formato ela conhecia tanto quanto o Deus em que ela nunca acreditara — e empurrá-las até o fígado. Quis esfaqueá-lo, esfaquear a si mesma, a mãe, e sobretudo esfaquear Marc; não conseguia deter as imagens de si mesma, esfaqueando e esfaqueando e esfaqueando até que as mãos estivessem encharcadas de lágrimas e sangue.

Ela faria aquilo tudo, pensou, e depois usaria a carnificina para pintar algo novo, algo brilhante, e com o sangue de Aldo, principalmente — dos vasos de suas feridas adoráveis —, ela pintaria um céu misturado com dourado e com respingos de constelações. Depois, diria: Viu o que eu fiz, o que criei? E faria uma promessa a ele, beijando seus olhos sem vida com reverência, um por vez, e a promessa seria: Agora, você e eu viveremos para sempre.

Mas, depois da violência, veio o entorpecimento, a calma abstenção de sentidos.

— Então talvez seja melhor você ir — disse ela, sem emoção, e Aldo ficou parado, hesitando por um momento.

Por fim, ele assentiu, enfiou as mãos nos bolsos e seguiu em direção à porta.

Por um bom tempo depois disso, Regan se pegava pensando no que tinha dado errado, revirando e repassando as lembranças na mente. Não conseguia escapar da sensação de que tinha se equivocado a respeito de alguma coisa na estrutura geral, na paisagem Da Briga, que talvez tivesse sido originada não por causa dela, mas por causa deles. E havia pensado, já que o amor dos dois tinha sido vermelho — ardente e passional e indomável, magnético e perturbador —, que A Briga também deveria ter sido vermelha, mas quanto mais ela refletia sobre o assunto, mais ficava claro que nenhum dos dois sabia o que era brigar daquele jeito por nada em específico. Só podiam ter brigado em azul, nos tons melancólicos da cor, porque relacionamentos, para os dois, eram azuis. A vida, para Regan, era um ciclo de chegadas e partidas, indo e vindo por uma porta giratória. Quando ela ia embora, o que sempre fazia, afastava-se em silêncio; não como uma rajada de vento, mas uma leve brisa, quase sem causar perturbação. O próprio Aldo tinha alegado ser um mestre em deixar suas amizades morrerem, perdurando até não sobrar mais nada, e depois simplesmente desaparecer. Será que ela devia ter gritado, devia ter feito exigências? Era provável que sim, mas estava fora de forma, lhe faltava a prática. Muitas pessoas se recusaram quando ela quis que implorassem por sua permanência, e então, por causa delas, ela o deixara ir embora tão facilmente, desvencilhando todos os dedos de uma só vez.

O QUE ACONTECEU COM REGAN.

— Então — dissera a psiquiatra na semana anterior —, como vão as coisas?

— Ótimas, na verdade — respondeu Regan.

— As aulas no Instituto ainda estão indo bem?

— Sim, muito. Escolheram minha obra para a mostra dos alunos, eu já tinha contado?

— Não tinha! Mas não estou surpresa, você é muito talentosa.

Regan bufou de desdém.

— Você só viu uma pintura.

— Aceite o elogio — sugeriu a doutora. — É melhor para nós duas se fizer isso.

— São ordens médicas?

— Entenda como uma avaliação profissional — respondeu a psiquiatra, embora logo tenha dado seguimento à conversa. — Como anda seu humor?

— Bem, na maior parte do tempo. Tenho trabalhado muito, tentando finalizar minha pintura para a mostra.

— E seus hábitos de sono…?

— Não tenho dormido muito. Mas é por escolha — tratou de emendar depressa. — Só até eu terminar o quadro. E já estou quase lá.

— Ah, entendi. E essa festa de aniversário do seu pai? Está preocupada com isso?

— Nada fora do normal — respondeu Regan, estremecendo. — Venho tentando não me estressar com isso, só para tranquilizar Aldo. Aliás — acrescentou, decidindo lançar mão de um otimismo casual, como se vestisse um casaco que combinasse com a blusa —, acho que você tem razão. Levá-lo comigo vai ser bom.

— E por que acha isso?

Regan tinha passado meses se ajustando a essas perguntas, a ponto de ter começado a achá-las menos intrusivas.

— Bem, quando ele está lá, me sinto mais... eu mesma, acho. Como se eu finalmente tivesse motivos para me orgulhar. Estou apaixonada por alguém que admiro e minha arte vai ser exibida em uma exposição de verdade. Uma mostra verdadeira, não uma que meu pai tenha comprado para mim. — Ela soltou o ar de uma vez. — É uma sensação nova, acho. De um jeito bom.

A doutora esboçou um sorriso.

— Você gosta de novidades?

— Sim, quase sempre, mas não nesse nível. Isso parece uma novidade antiga.

— Ah, é? Me explique.

— Bem, não é uma novidade *chocante*. Faz sentido? Acho que antigamente eu desejava avidamente coisas novas... Não, espera — corrigiu-se, balançando a cabeça —, não, não *desejar*. Aldo diz que desejar é uma coisa e precisar é outra, e acho que ele tem razão. Antigamente eu precisava avidamente de coisas novas — explicou ela, e a doutora assentiu —, mas essa novidade de agora é mais lenta, mais estável. Eu aprimorei minha técnica, sabe? — Ela deu de ombros. — Criei algo de que tenho orgulho. Estou com alguém que me faz sentir, sei lá... bem.

— Faz sentido. Quando é a festa?

— Semana que vem.

— Ah, daqui a pouco. E a exposição é...?

— Na segunda-feira seguinte.

— E você já contou para o Aldo?

— Não, ainda não. Quero fazer uma surpresa. — Regan parou por um momento e, com um leve sorriso, acrescentou: — Sabe, é a primeira vez na vida em que realmente me sinto uma artista.

— É mesmo? — perguntou a doutora.

— Aham. Assim, o Aldo vive falando isso, que sou uma artista — continuou, dando uma risada —, mas não significa nada quando ele diz. Quer dizer, não — emendou rapidamente —, não é verdade. Eu não acho que teria começado se ele não tivesse dito isso.

— Então por que você quer fazer surpresa?

— Bem, porque... — Ela fez uma careta. — Para ser sincera, não sei se estou pronta para contar a ele. Enquanto eu mantiver em segredo, é uma coisa só minha, sabe? Se der certo ou errado, o fardo é só meu.

— E você tem medo de que dê errado?

— Eu... não exatamente. Acho que...

Regan se deteve por um momento.

— Acho que é a ideia de um final — continuou. — Sinto como se eu tivesse passado a vida toda andando em círculos, só repetindo os mesmos padrões. Essa é a primeira vez que pareço estar vivendo algo diferente, e não é que eu tenha *medo*, por assim dizer, só não sei como vou me sentir. Nunca fiz isso antes — admitiu —, e isso assusta, acho, mas não tenho medo.

— Você acha que Aldo tem consciência disso?

Regan refletiu por um bom tempo.

— Talvez.

Ela se lembraria de dizer aquilo porque foi a única mentira que contou naquele dia. Nos últimos tempos, valia-se de suas mentiras com moderação. Tinha percebido que elas serviam como mecanismos de enfrentamento antigos, como as muletas velhas que tinha usado aos oito anos de idade; ela as guardou por um tempo, só para o caso de um dia precisar de novo, até que a mãe fez uma limpa no porão e decidiu se livrar delas.

Foi a mãe de Regan quem convidou Marc para a festa aniversário do pai dela, o que era bem típico de Helen. Quanto mais Regan pensava sobre isso, mais percebia que deveria ter previsto que a mãe faria algo do tipo. Não deveria ter levado Aldo para o jantar. Quanto mais tempo se dedicava a repensar suas escolhas, mais egoísta parecia a decisão. Ela sabia, por exemplo, que Aldo não gostava de multidões. Era mais introvertido do que ela era extrovertida, algo que ela não tardou a aprender e que, portanto, na teoria, entendia. Ele não gostava de conflito e confronto, é claro — afinal, tinha sido criado por *Masso*, um homem gentil, bondoso e de fala mansa. Regan se perguntou se alguém já tinha gritado com Aldo ou sequer levantado a voz para ele. Ela apostava que não, e isso, como todo o resto, era algo que deveria ter previsto.

Também sabia que Aldo andava preocupado com alguma coisa. Ele era incrivelmente transparente, e àquela altura ela já tinha entendido que, quando ele estava pensando — pensando *de verdade* —, os pensamentos fluíam em um ritmo mais rápido do que seus lábios conseguiam acompanhar. Quando Aldo estava em silêncio, era porque algo pressionava seu cérebro feito um tumor, apodrecendo-o por dentro. Regan percebera que era fácil guardar segredo sobre a exposição de arte porque, se não desse as informações a Aldo, ele não a intimidaria com mais perguntas. Ele simplesmente parecia aliviado quando ela chegava. Regan lhe perguntava sobre o trabalho — como está indo a tese, e as aulas, está tudo bem? — e ele sempre respondia com meros fatos. Sim, tudo bem, e Não, não tem nada errado. Ela levou mais tempo do que deveria para perceber que talvez estivesse fazendo as perguntas erradas.

Nunca deveria ter deixado Marc conversar com ele. Marc era sorrateiro assim mesmo, conseguia entrar na mente das pessoas. Suas habilidades eram o extremo oposto das de Aldo. Marc era persuasivo, tão fascinado por si mesmo que parecia satisfeito em existir sozinho, possivelmente até bondoso, em um primeiro momento. Nunca demonstrava os interesses ardilosos encobertos por sua obsessão por verdades nuas e cruas, mas eles estavam lá, sem dúvidas. Regan tinha poupado Aldo do trauma de saber as coisas que Marc tinha dito a ela depois do término, toda a perversidade e grosseria que pareciam honestidade e até mesmo amor quando os dois estavam juntos. Ela não achou que Aldo gostaria de saber, mas também não cogitou protegê-lo de tudo aquilo.

— O que você fez? — sibilou ela para Marc depois de vê-los conversando, mas ele só deu de ombros.

— Nada que você cedo ou tarde não ia acabar destruindo por conta própria — respondeu ele.

Regan decidiu que seria a última vez que eles se falariam, e foi mesmo.

Ela também vivia esquecendo que, embora Aldo gostasse de sexo, não passava muito tempo pensando nisso quando não estava transando. Às vezes parecia que ele na verdade tentava acalmá-la com sexo, dando-lhe o que ela queria com a maior facilidade do mundo, como se ela tivesse pedido um copo d'água ou o saleiro à mesa. Ela gritou com a mãe e depois puxou Aldo para o banheiro, guiando seus dedos para o cós da calcinha, mas ele estava apático, impassível, até mesmo resistente. O sentimento de rejeição decorrente do desinteresse dele não era novidade para Regan, algo mais dela do que de Aldo, com a voz da mãe fresca na cabeça: Viu só, Charlotte? Ninguém nunca te quis, você é irresponsável com o amor dos outros, então as pessoas perdem o interesse em você, vai ser sempre assim.

Foi um erro de que ela só se deu conta em retrospecto, vendo as coisas com mais clareza depois que a voz da mãe se calou em sua mente.

— Cadê ele? — suplicou Regan para a irmã, correndo atrás de Madeline, que estava segurando Carissa, que se debatia em seus braços. — Preciso me desculpar — continuou, afirmando, com relutância: — Fiz uma burrada imensa.

— É, precisa mesmo — concordou Madeline, endireitando a postura depois de tentar conter a filha. — Olha, Char, não sei o que a mamãe estava pensando...

— Ela estava pensando que não está nem aí se estou feliz ou não — murmurou Regan. — Não que um dia ela já tenha se importado.

— Bem, não sei se é verdade, mas... — Madeline suspirou. — A questão é que Aldo está bem chateado. — Carissa tinha se desvencilhado da mãe, dando um sorriso banguela para Regan, e Madeline balançou a cabeça e acrescentou: — Falei para ele ir para o escritório do papai.

Regan pareceu perplexa.

— Para o escritório? Por quê?

— Sei lá, porque é quieto lá? Ele queria ficar sozinho, acho.

A ideia provocou um calafrio de preocupação em Regan.

— Eu não quero que ele fique sozinho. Estou preocupada.

Estou preocupada com ele há meses, foi o que ela não confidenciou em voz alta, mas Madeline não pareceu precisar que ela dissesse mais nada.

— Vai atrás dele, então.

Regan se apressou pela escada até encontrar a porta entreaberta e enfim avistar Aldo lá dentro, com uma das mãos pousadas na boca e uma expressão de pesar, seus olhos verdes fixos na pintura dela.

Era o fim? Ao menos parecia que era, e para Regan era assim que as coisas costumavam terminar. Não estava quebrado, mas havia uma fissura pungente, uma fenda que poderia engolir os dois se não tomassem cuidado. Ela não estava surpresa por ele ter ido embora — Aldo quase sempre respeitava os pedidos dela, e de fato tinha sido ela a sugerir que ele fosse —, mas então aquilo era o fim de tudo? Digamos que Regan não voltasse para casa no dia seguinte, nem na segunda-feira. Digamos que Aldo fosse para a aula e trabalhasse como sempre; aí ele voltaria para casa e daria de cara com o lado dela do armário vazio, deixando espaços para que ele tentasse preencher? Talvez ele estivesse pensando: Pode ser que hoje eu volte para casa e seja como se ela nunca tivesse existido, e então eu nem ao menos saberei onde estou no tempo.

Regan ficou atordoada com a ideia, que a prendeu em um estado sonâmbulo. Se ela buscasse tudo o que tinha — entrasse de mansinho na casa como a ladra que era e roubasse de volta a vida que compartilhara com ele —, será que Aldo sentiria alívio quando acordasse? Será que veria o gesto como um favor? Por outro lado, Regan queria carregar a tristeza toda por ele; sofrer em dobro, só para deixá-lo em paz, e isso seria uma doença ou o amor? Ela estava mesmo tão quebrada que queria sofrer só para poupá-lo, e se isso fosse verdade, será que ele esteve certo o tempo todo? Será que ela queria que ele esquecesse (e queria *ela mesma* esquecer?) ou a dor dele era algo que ela havia conquistado, que merecia apenas pelo fato de existir? Seria mais justo que ele voltasse para casa e encontrasse um vazio tão palpável quanto as cicatrizes em seus ombros? Os ecos dela permaneceriam com ele para além da dor?

Era uma nova curadoria a ser feita, pensou Regan: a possibilidade de que ela podia assombrá-lo ou libertá-lo, e o fato de aquela decisão pertencer somente a ela. A imensidão era debilitante. Carregar a responsabilidade do que acontecia quando duas pessoas se quebravam e sangravam lhe era inédito, mas Regan se via enfraquecida diante da ideia. Ela lhe deu as flechas e ele atirou, e agora seus pedaços eram buracos ocos, esfolados, cortados em filetes e deixados para trás como feridas abertas. Por que ela não tinha corrido atrás dele, por que não o fizera voltar atrás, por que não lhe dissera a verdade? Por que Aldo tinha ido embora, por que não tinha dito para ela: "Eu amo seu cérebro mesmo quando o temo", por quê por quê por quê? O esforço de questionar a si mesma lhe pareceu a coisa mais solitária do mundo, e a quietude que se seguiu foi ensurdecedora.

Regan imaginou aninhar os estilhaços de seu cérebro nas palmas das mãos enquanto os admirava, moldando-os juntos e depois os sacudindo como uma Bola 8 Mágica. *Pergunte outra vez*, dizia o objeto, e com obediência Regan o sacudia de novo. Eu já destruí de vez esse passarinho que tentei criar? *Com certeza. Resposta incerta, tente de novo.* Talvez ele volte? *Definitivamente sim. Parece que não.* Talvez ela devesse procurá-lo? *Pode apostar que sim. Dificilmente.*

No fim das contas, prever qualquer coisa era inútil. O futuro era incerto, e o passado era uma série de ciclos que ela só conseguia enxergar depois de tê-los vivido. Regan pensou em Aldo, no tempo, e em como o tempo não era algo que podia ser consertado, e sim *eles* — a humanidade como um todo —, porque o tempo era o que dava forma a tudo. Eles não conseguiam se ver a menos que existissem fora de si mesmos; *ipso facto*, sem a passagem do tempo, eles nunca conseguiriam ver o que haviam sido.

O multiverso era impossível de se entender, explicara Aldo uma vez, porque não conseguimos saber onde estamos dentro dele — e se não soubermos onde estamos, qual seria a nossa base para entender qualquer outra coisa?

Tem razão, Rinaldo, pensou Regan, acalentada pela mente dele; por um Aldo do passado que lhe deixara algo com que se consolar.

Dê um tempo, disse a si mesma. Deixe respirar, aproveite o espaço para achar os contornos.

Um final só é um final, pensou ela, quando ambas as partes concordam que chegaram ao fim.

Pouco tempo depois da briga, Aldo percebeu que Regan lhe deixara algo. Ele não sabia se tinha sido uma Regan recente que entrara no apartamento enquanto ele estava fora ou se tinha sido uma Regan do passado que deixara aquilo ali para o Aldo do futuro encontrar, ou não. Seja como for, ele percebeu que um dos vestidos de Regan parecia ter sido colocado em seu campo de visão de forma deliberada, destoando um pouco das outras peças, com o propósito de capturar sua atenção. Era o tipo de roupa que ela costumava usar para ir trabalhar, e lhe lembrou do espaço sagrado no diagrama de Venn da existência deles: O Museu.

Aldo já havia considerado a possibilidade de que talvez tivessem feito a coisa certa; a escolha mais inteligente; a melhor. De alguma forma, ele quase podia afirmar que os dois estavam mais seguros agora, mais protegidos. Ele estava livre para se dedicar a alguma outra coisa, para encontrar alguma teologia nova e menos frágil para sua sobrevivência. Havia certa tranquilidade nessa sensação, uma simplicidade, e, afinal, não havia valor em tal estabilidade? Eles podiam facilmente retornar a culturas antigas de si mesmos, de mãos abanando, retomando sua adoração irracional pelas estrelas.

Naquela segunda-feira, o Instituto de Arte estava como sempre, mergulhado em silêncio a não ser por uma exposição que normalmente causaria repulsa a Aldo, porque estava apinhada de gente. Ele não tinha a menor intenção de descobrir do que se tratava, percebendo o falatório que significava que dizia respeito a outras pessoas; mas então parou a contragosto quando algo chamou sua atenção.

Era uma visão ao mesmo tempo familiar e desconhecida. Nova, no sentido de que nunca a tinha visto antes, mas também reconhecível, pois parecia já ter existido em seu cérebro antes. As cores, pensou ele, pareciam algo que já havia visto uma ou duas vezes entre os tecidos de seus devaneios, e então ele gravitou naquela direção, serpenteando pelas outras pessoas.

De longe parecia uma única pintura, mas, após uma análise mais aprofundada, ele percebeu que na verdade era um tríptico, três segmentos individuais que compunham uma paisagem abrangente, que se revelou menor com a aproximação. De perto, Aldo pôde ver as pequenas linhas hexagonais, fissuras de ouro tão delicadas que faziam a pintura parecer ter escamas, ramificando seu conteúdo em partes menores.

A princípio, a obra não parecia ter uma temática definida. Nada nela era estritamente distinguível, como cena ou objeto, mas Aldo sentiu, com muita veemência, como se tivesse sido transportado pelo tempo e pelo espaço. Já não estava mais dentro de um museu branco e iluminado admirando uma pintura, mas em seu terraço, contemplando o céu.

— Tem muita humanidade no que você faz — dissera Regan certa vez, virando a cabeça para ele. (Aldo estava fumando e balbuciando sobre o espaço euclidiano.)

— Ah, é? — perguntou ele, descrente. — Até porque até onde sei, outros humanos parecem discordar.

Ela fez um barulho que fazia com frequência, geralmente para indicar que ele estava sendo ridículo, para dizer que devia se calar, parar de falar.

— Você procura explicações — continuou ela. — Questionar faz parte do nosso código fundamental, não acha? Os babilônios já faziam isso, e você também faz.

— Sim, e ainda assim — ele soltou o ar —, os casos de Zeus são mais conhecidos do que a matemática babilônica.

— Ué, sexo também é humano — argumentou Regan. — São duas formas distintas de contar histórias sobre a existência. Só que, no seu caso, você usa uma linguagem que apenas você e... — Ela parou para fazer uma estimativa. — Talvez outras dez pessoas entendam.

— E arte? — rebateu ele. — Não é construir uma narrativa também?

— Não, não é. — Ela se inclinou, dando uma tragada no baseado que ele ainda segurava. — Arte não tem nada a ver com dar explicações — continuou ela, tossindo um pouco. — Trata-se de compartilhar coisas. Experiências, sentimentos... Arte é algo que fazemos para *nos sentirmos* humanos, não porque *somos* humanos.

— Você se sente humana?

— No sentido de compartilhar uma espécie em comum e me sentir interconectada a ela? Não muito. E você?

— Quase nunca.

— Bem, valeu a tentativa.

Ela deu outra tragada, apoiando a bochecha no ombro dele, e Aldo pensou com uma clareza repentina e cintilante: Não sei dizer do que você é feita, Charlotte Regan, mas eu venho da mesma coisa.

— Em que isso é usado? — perguntou-lhe alguém na sala de aula, mais tarde.

Era uma variante do questionamento que, àquela altura, ele já estava mais do que farto de ouvir, mas que se dignou a responder naquele dia, sobre equações diferenciais parciais lineares. Talvez por estar cansado e sentir que suas defesas estavam fracas, ou talvez por na noite anterior ter se deitado ao lado de uma mulher cujos pensamentos e matéria ele desesperadamente queria conhecer, e que, se estivesse ali, teria feito alguma variação daquela mesma pergunta.

Aldo, qual é A Verdade?

A resposta fácil, a que ele teria dado se não estivesse cansado ou apaixonado, era simplesmente que equações diferenciais parciais lineares eram usadas para descrever mudanças ao longo do tempo dentro do escopo da mecânica quântica. A resposta que ele deu, no entanto, foi algo como:

— Nós mapeamos coisas — explicou — e traçamos coisas, observando e modelando e fazendo previsões, porque não temos outra escolha, e esta é a linguagem que concordamos, coletivamente, em usar. Porque fizemos um acordo coletivo de que avançar sem conhecimento ou entendimento é um tipo idiota de coragem, um tipo impulsivo de cegueira, mas que estar sozinho sem deslumbramento ou curiosidade é destruir qualquer valor possível que possamos descobrir na existência.

Ela, a aluna que havia feito a pergunta, depois foi a única a atribuir à aula uma avaliação de cinco estrelas, dizendo: "Eu não entendo nada do que Damiani fala na maior parte do tempo, mas sinto que ele se importa de verdade, e isso é legal. Ninguém se importa mais com nada. Enfim, eu provavelmente reprovei na disciplina, mas até que gostei dela. O máximo que se pode gostar de equações diferenciais".

No presente, Aldo sentiu uma cutucada no ombro, alguém querendo passar para ver outra pintura. Ele voltou a si, deu um aceno rápido e se aproximou para ler a placa abaixo do tríptico.

Nós dois sozinhos no éter, dizia, seguido de *Óleo e acrílico sobre tela*.

Abaixo, em letras menores: *C. Regan*.

— Ah, que bonito — comentou alguém ao lado dele, apontando para a composição de Regan, e Aldo se virou, de repente irritado.

Não é bonito, ele quis dizer, é solitário, desolado, é um retrato arrepiante da vastidão. Que ignorância da sua parte olhar para esta arte e reduzi-la a um mero adorno, você já morreu por dentro? É a condição humana! É o universo inteiro! São as profundezas do espaço-tempo, seu filisteu desgraçado, e como ousa, como você tem a *coragem* de ficar parado aí igual a um pateta e não chorar, cacete? Qual foi esse nada triste e banal que você viveu de maneira tão insensível a ponto de testemunhar o esplendor da existência dela e não cair de joelhos, desolado, por deixá-la passar despercebida, por tê-la interpretado mal esse tempo todo? Bonito, é isso que você acha? Acha que é só disso que ela é capaz? Seu tolo, ela já fez o impossível. Ela explicou tudo o que havia para saber sobre o mundo em menos tempo do que levou para os seus olhos focarem por completo, e você percebe que vou passar uma vida inteira tentando fazer a mesma coisa e nunca vou conseguir chegar nem perto de fazer isso? Isso é uma obra-prima!, é um triunfo!, é o significado da vida, e você pensaria que é uma sátira, mas está enganado, é A Verdade. Ela revelou A Verdade de uma forma que você nunca poderia sonhar em fazer, e eu tenho pena de você, por poder olhar para dentro de sua alma e reduzi-la assim, com tamanho descuido. Com a deficiência oca de um

Ah, que bonito.

Mas Aldo não disse isso, nem nada. Apenas assentiu e se virou, depois pegou o celular no bolso e saiu do museu correndo, acelerando conforme se aproximava das portas.

— Pai — falou, assim que Masso atendeu o celular. Ele queria dar um grito primitivo, ou arrancar o cabelo, histérico diante de seu lapso de entendimento. — Ela não é nem um pouco parecida com a minha mãe.

— Rinaldo, você não me liga há dois dias, onde você est...

— Você está errado e tem razão — continuou Aldo, andando para lá e para cá na entrada do museu. — Ela me queima mesmo, me acende, você tem razão. Mas é diferente, são coisas diferentes.

Aldo pensava mais do que dizia, sem saber ao certo o que saía de sua boca. Sem fé, a ciência é defeituosa, Masso, e a vida perde a alma. Ela é minha esperança e por isso é perigosa, sem dúvidas, mas também está viva, sem reservas. Levei esse tempo todo para finalmente entender.

Masso passou um bom tempo em silêncio.

— Então o que você vai fazer, Rinaldo?

Aldo riu, assustando o estranho sentado em paz na escada que, sem saber, presenciava um declínio existencial. Agora somos eu e você, Estranho!, Aldo quis dizer a ele. Somos nós dois sozinhos no éter e você nem sabe, nem se importa, mas ainda assim está preso a isso e a mim, então, de verdade, que assim seja.

Que assim seja. Viver é isso.

— Vou fazer o que ela quiser que eu faça — declarou Aldo ao pai, que contemplou a resposta do filho em três segundos de silêncio do outro lado da linha.

— Tudo bem, Rinaldo — respondeu Masso. — Me parece um bom plano.

Aldo ficou encarando as pinturas dela, sozinho, por mais de quinze minutos.

Durante esse tempo, Regan estivera criando cenários imaginários do que aconteceria depois. A princípio, era tudo muito simples, talvez até tedioso, um pouco roteirizado. Por mais ou menos todo o primeiro minuto, ela se imaginou indo até ele, cutucando seu ombro e falando de forma casual: Como sabia?

Entre os minutos três e cinco, suas projeções foram um pouco além. Ela se imaginou pedindo desculpas a ele, dizendo: Eu deveria ter te pedido para ficar, não deveria ter deixado você ir embora, esta é minha carta de amor e espero que goste dela, adeus por enquanto se é isso que você quer. Seria doce, e também generoso a um nível masoquista. Ela provavelmente conseguiria viver consigo mesma se dissesse isso.

Mas Regan nunca se martirizara de forma graciosa antes, então lá pelo sexto minuto — que lhe pareceu quase ímpio —, ela ficou irritada. Você viu que é uma peça minha!, ela quis gritar para ele. Por que ainda está olhando, venha me procurar! No décimo minuto ela já estava enfurecida, considerando chutá-lo nas canelas e depois sair fula da vida, sem dizer nada. Não era o que ele merecia? Ele não podia ficar ali daquele jeito, só encarando e julgando a arte dela. Em que outra ocasião ele tinha se deixado ficar tão vulnerável assim? Provavelmente nunca, mas olhe só para ele, parado ali, encarando. Nem sequer percebeu o tanto de gente que teve que desviar; nem reparou na garota da aula de desenho anatômico cuja pintura estava exposta logo abaixo da de Regan. A própria menina e o avô estavam tendo que abrir caminho para admirar a obra porque Aldo continuava atravancando a passagem, imóvel.

No minuto doze, Regan já tinha abandonado a postura hipócrita e começado a pensar: Aldo, ah, Rinaldo, que saudade de você; só você olharia por tanto tempo e tão de perto; só você se daria ao trabalho de ver o que ninguém mais vê. Ela queria chegar por trás dele, pressionar o peito nas asas de seus ombros e os lábios em sua nuca: Obrigada. Por sua causa, sussurraria ela no ouvido dele, fiz a primeira coisa de verdade na vida, acredita? Pela primeira vez, sou artista — sim, uma artista, foi o que falei, você me ouviu direito! —, e é só porque pintei o mundo como você o vê, então de certa forma foi um roubo, mas não, não foi, porque criamos isso juntos. Isso é o nosso amor, consegue enxergar? É isso que significa te amar; é como um abismo, mas ao mesmo tempo não é, entende? Todas as quedas trazem o perigo a reboque, Aldo, mas a nossa não. Com a gente não é assim, nós dois flutuamos.

Lá pelo minuto catorze, ela quis puxá-lo para algum lugar mais reservado. Estava tomada pela necessidade avassaladora de se sentir próxima dele, de se sentir conectada, com uma vulgaridade gloriosa e uma obscenidade harmoniosa. *Nós* dois sozinhos, suspiraria ela ao chegar lá, você entende por que dei esse nome, o que ele significa? Porque eu e você, nós somos tão diferentes, não somos? E ainda assim somos mais parecidos um com o outro do que com o resto do mundo, e por isso eu te abençoo, te condeno, te santifico, te sustento. Esta pintura, Aldo, é sobre Deus. Isso não vai para o Louvre, vai ter que ser colocado no Vaticano, porque o que somos é sagrado, e isso, você e eu juntos, é transubstanciação do mais alto nível. Ela mostra eu e você nos tornando a consagração de nós dois; amém, acima de tudo, eu acredito.

No minuto quinze, ela começou a ter vislumbres de suas vidas em fragmentos, separados, e juntos, sendo transmitidos lado a lado como um filme. Um casamento, talvez, possivelmente. Aldo não ia querer se casar, mas era provável que Masso fizesse questão, e Regan convidaria Madeline com alegria, e os pais com certa tristeza. Mas eles poderiam ir, porque ela havia tirado deles a capacidade de exercer qualquer tipo de poder sobre sua felicidade (ok, era um esforço contínuo, mas ela já tinha começado e isso valia de alguma coisa), e eles poderiam assistir enquanto ela dizia para Aldo: Aceito. Em outra cena, eles terminam e ela vai morar na Itália ou coisa parecida. Transa com uma série de jovens de vinte e poucos anos até ficar exaurida por eles, e então volta com a vida em frangalhos e descobre que o professor Damiani está ocupado, quer deixar uma mensagem?, e ela diz: Não, não, deixa pra lá, foi engano. Em outra cena, ela se vira para Aldo e diz: Sabe, um dos pontos positivos dessa minha prisão corporal é que se pode fazer outros humanos, se assim desejado, e ele sorri de um jeito que diz: Sim. Em outra cena, ela assiste a ele deixando-a em um loop, uma repetição, e os pés dela estão presos no lugar como se tudo aquilo fosse um pesadelo — e é, não é? —, então ela pensa: Não, essa não, a próxima. E na próxima cena ela está dormindo ao lado dele; só isso, apenas dormindo. Ele se estica e planta um beijo em sua testa enquanto ela continua adormecida, ignorante e estupidamente serena. Essa visão em particular é alheia ao tempo, não pertence a nenhuma hora em particular. Essa, pensa ela, é essa aqui.

Em algum lugar no universo, uma estrela explodiu ou alguém nasceu ou morreu ou o tempo passou enquanto Regan ficou ali parada, com saudade dele, sofrendo com a ausência dele, e então ela pensou, com uma violência igualmente silenciosa: Talvez eu não precise fazer isso sozinha.

Ao final do minuto quinze, ele enfim tinha ido embora, virando-se de repente e quase correndo em direção à saída, e em sua ausência Regan se esvaziou, assistindo a suas vidas alternadas começarem a murchar. Ela ficou aos prantos, como se essas vidas fossem suas filhas, abraçando os corpos sem vida contra o peito, e então esqueceu-se delas, lentamente, cada uma desaparecendo sem deixar rastro, até não haver mais nada em seus braços.

Depois de um tempo, ela olhou para as mãos vazias e pensou: Merda.

Merda, eu o amo.

Em seguida, após a fumaça ter se dissipado, ela não conseguia enxergar mais nada.

O QUE ACONTECEU DEPOIS.

Ele atende o telefone no segundo toque; não achou que ela fosse ligar.

Não estava nos planos dela, mas ela ligou.

(Silêncio.)

Se serve de alguma coisa, ele tinha esperança de que ela ligaria, ainda que ter esperança não se enquadrasse no acervo de habilidades dele.

Ela discorda. A profissão dele é baseada em esperança, não?

Engraçado ela dizer isso. Ele estava começando a acreditar que talvez ela tivesse razão.

(Silêncio.)

Bem, enfim, eles não precisavam entrar nesse assunto de novo. Ainda não.

Ainda não?

Não. Na verdade, ela ligou para dizer uma coisa.

Ah, é?

Bem, para ser mais exata, ela ligou para falar com ele sobre uma coisa. Ela quer ter (e aqui, mais uma pausa para respirar): Uma Conversa.

Ok. (Ele está sorrindo? Está.) Ok, ele está livre, pode falar. Sobre o que ela quer conversar?

Ela quer conversar sobre o tempo.

O tempo?

Isso, o tempo.

Ele pensava que o tempo era um interesse dele.

Bem, é sobre o que ele pensa sobre o tempo, então sim, é mesmo.

Ok, pode falar.

Bem, ela estava pensando no que ele tinha dito; que ele podia virar em uma esquina e topar com outra situação que fosse quase igual à anterior, mas diferente. O que quis dizer com aquilo, exatamente?

(Uma pausa.)

Bem, ele acha que o tempo é algum tipo de ciclo ou loop, certo? Mas considerando que é mais provável que seja um hexágono do que um círculo, por causa da natureza etc. etc., isso significa que o tempo deve ter quinas.

Então ela podia virar em uma esquina e terminar como... o quê, exatamente?

Ela ainda seria ela mesma, mas uma versão de si que teria sido na direção em que o tempo estava indo *naquele momento*.

Ok, então digamos que ela vire em uma esquina e tivesse... talvez dezoito anos ou algo assim, mas digamos que ela carregasse a vaga memória de quem tinha sido antes. Ela seria capaz disso?

Ela é capaz de fazer tudo que quiser. (Ele pareceu estar sendo sincero.)

Certo, beleza, então ela vira em uma esquina, tem dezoito anos, é um passado que não é bem o passado dela *de verdade*, então ela está apaixonada por ele, mas não sabe ainda.

Se ela tem dezoito anos, eles ainda nem se conhecem.

Isso. *Ainda* não, mas talvez nesse tempo eles se conheçam de outra forma. Em uma festa, por exemplo.

Em uma festa? (Ele está cético.)

Sim, ela sabe, mas colabora aí, por favor...

Ok, ok, se ela diz...

Ela está segurando uma cerveja e olhando ao redor tipo: Que se foda, e, naturalmente, ele a vê.

Só porque ela tem aquela energia?

Isso, exatamente, porque ela tem certa energia e ele a reconhece. Ele já a viu antes.

No passado, que também é o futuro, ela quer dizer?

Isso.

Ok, e depois?

Bem, aí é que está. Ele a vê, e agora ele tem que dizer algo para que ela saiba que é ele mesmo.

Como se estivessem num loop temporal?

Exato.

Mas como ela vai saber que é ele?

Ela vai saber. Mas a questão não é essa; a questão é que ela quer que ele diga algo muito específico.

Ok, tipo o quê?

Talvez ela queira que ele diga: Fazia muito tempo que ele estava esperando por ela.

Mas ela vai odiar isso. Vai achar que é uma cantada barata.

Não, não, ela vai saber que ele está falando a verdade. Ela o conhece, lembra?

Não conhece, não.

Conhece, sim.

Como?

Porque conhece. Enfim, ele diz isso, e ela vai saber que ele não falaria da boca para fora. Ele não é de sair falando esse tipo de coisa.

Não mesmo, mas ainda assim. Parece meio brega, não?

Ok, ok, está bem. Então talvez ele também devesse falar sobre abelhas, provavelmente.

Sobre abelhas? Logo no início da conversa?

Claro. Lembra? Ela já sabe sobre as abelhas, embora ainda não saiba.

Isso está ficando complicado demais, ele acha.

Não, não está, é... Merda, agora ela sabe o que é. É a droga de um círculo perfeito.

Não existem círculos perfeitos, Regan.

Claro que existem, e é este aqui: Eles se apaixonam porque estão sempre apaixonados.

Isso é circular, não um círculo.

Ele pode acreditar no que quiser; ela *sabe* que é um círculo perfeito.

Está bem, mas ainda assim. Digamos que ele aceite a premissa. O que isso tudo significa, afinal?

(Vitoriosa:) Significa que eles, como estão agora, podiam ser *o passado de suas versões futuras*.

(Uma pausa.)

Ele está tão, tão perdido.

Ok, escuta só. Ela está tentando dizer que talvez uma versão antiga deles *já tenha virado* em uma esquina, e então eles se encontraram de novo no arsenal do Instituto de Arte, sabendo mesmo sem saber que o momento em que se conheceram já tinha acontecido antes. Faz sentido?

(Ele solta um zumbido, como quem diz: Talvez…) Quantas vezes?

O quê?

Quantas vezes isso já aconteceu?

Ela não tem como saber, Aldo, e, além do mais, a questão não é essa. A questão é que talvez dê certo ou talvez não, mas eles vão continuar tentando e repetindo até que dê. Entendido?

Parece muito incerto.

Mas é claro que é! *Tudo* é incerto, ele e ela já sabem muito bem disso agora, mas tem uma certeza menor no meio de toda essa incerteza, que é: A Verdade.

E qual é, pergunta ele, A Verdade?

Que ela vai continuar virando em esquinas até encontrá-lo.

(Ele fica calado por um momento antes de dizer:) Ok.

Ok o quê?

Ok, ele aceita a premissa dela.

E?

E o quê?

E como ele se sente em relação a isso?

Ele está feliz que ela tenha proposto isso. Ela explicou melhor do que ele teria sido capaz. Ele teria tentado montar um gráfico.

Só para reforçar: se ele fizer um gráfico, vai ser um círculo perfeito.

Ciclo.

É um círculo, Aldo.

Ok, está bem, ela já abriu buracos demais nas teorias dele para um só dia, ele aceita.

Ele concede, então, fácil assim?

Ele *aceita*, isso. Fácil assim.

Ok, que bom, porque ela já está cansada de explicar. Foi um dia longo.

É mesmo? Para ele também. Ah, inclusive, ele viu o quadro dela.
E o que ele achou?
Achou que sempre soube que ela era uma artista.
(Um grunhido. Mas carinhoso.) Em primeiro lugar, ela só é uma artista porque ele disse que era.
Isso significa que ele é um gênio porque ela disse que era?
Olha, o que quer que sejam, é irreversível. Ela é esta versão dela mesma por causa dele, e vice-versa. Não tem como voltar atrás agora.
Ah, é?
É.
Tem certeza?
Tenho.
Ok, que bom.
Sério?
Sim.
(Silêncio.)
(O vento ruge ao fundo enquanto um motorista grita com uma pedestre. Os Cubs venceram o jogo e o trem L está atrasado, a Linha Vermelha está tão lotada que mal dá para respirar; uma cidade começando a suar olha para o sol acima e se alegra.)
Mas então, ela está com fome?
Meu Deus, sim, morrendo. Ele vai para casa agora?
Sim, ele vai para casa, ela vai para lá também?
(Ela espera um segundo, meia batida do coração; o tempo que demora para deixar um sorriso se acender.)
Sim. Ela vai para casa.

A NARRADORA, A AUTORA: Aldo e Regan desligam exatamente ao mesmo tempo, sem se despedirem, porque não há necessidade. Cada um deles destrancou uma porta oculta hoje, e embora a dela seja diferente da dele e vice-versa, os conteúdos de uma não valem menos do que o da outra.

Infelizmente, cabe ressaltar que ele continua não sendo um professor muito bom. Logo vai escolher mudar o foco da pesquisa para algo com mais matemática e menos pessoas. O tríptico dela da exposição, avaliado como "visualmente agradável, apesar de pecar na clareza narrativa e na substância", não é tão bom nem tão valioso quanto ambos estão dispostos a acreditar. O transtorno de humor clínico dela não desaparece, porque isso não é possível, e para eles "saudável" sempre será um termo relativo. Ainda existem contas a serem pagas e coisas a serem ditas, e eles vão discutir em tons de roxo amanhã mesmo, mas agora estão diferentes; mudados. Depois de encerrar a ligação, ele seca uma gota de suor da testa enquanto ela ajusta a alça levemente grudenta da bolsa, ele vira à direita na Harrison Street enquanto ela pega a esquerda na Michigan Avenue, e ambos vão escolher caminhar com rapidez, como se precisassem chegar logo a algum lugar, e de fato precisam.

Porque, quando eles embarcarem, cada um terá virado em uma esquina.

E tudo vai continuar igual, só que um pouco diferente.

AGRADECIMENTOS

Vou começar dizendo que, apesar de esta história ser protagonizada por uma mulher com um transtorno de humor que aprende a viver sem medicação, não tenho a menor intenção de que este livro seja prescritivo. Sendo eu mesma uma pessoa com um transtorno de humor, garanto que eu não teria a estabilidade de existir dentro dos entraves de um trabalho "normal" se não fosse pela medicação e não conseguiria ser funcional sem terapia constante. Esta não é uma história sobre como remédios são ruins, mas sobre achar a aceitação de que precisamos para nos sentirmos bem e vivos.

Fui diagnosticada com transtorno bipolar assim que entrei na faculdade de direito; eu sabia que tinha algo de errado desde a adolescência, mas, como medida de sobrevivência, escolhi deixar pra lá. Todo mundo tem dias ruins, eu dizia a mim mesma. E aí conheci o homem que viria a ser meu marido, que não merecia meus dias ruins, e de repente meu cérebro quebrado precisou virar o problema de outra pessoa. Eu o assumi, mas apenas superficialmente: só me dê remédios até que eu esteja consertada. Eu não tinha passado por tratamento nenhum até então, embora meus sintomas já fossem identificados pela medicina havia muito tempo. Eu me automediquei para acalmar minha inquietação intensa, passei dias e dias acamada pela depressão, e achei que isso tudo era lidar com minhas circunstâncias. Mas quando conheci o homem com quem eu viria a me casar, não bastava viver apagando meus próprios incêndios. Eu precisava de uma versão minha capaz de aguentar a vida com o restante do mundo.

A verdade fundamental sobre transtornos psicológicos é que, por mais graves ou passíveis de tratamento que sejam, é difícil viver com eles. As pessoas sempre me perguntam como consigo distinguir o que é coisa da minha cabeça (nos momentos em que qualquer desequilíbrio químico pode estar mentindo para mim) e o que é real, mas a verdade é que não tenho escolha a não ser aceitar que o que está na minha cabeça *é* real. A dor dos meus clientes era a minha dor. A dor de todo mundo era a minha dor, e eu não tinha a habilidade necessária para carregá-la. Depois de um tempo, abandonei o curso de direito e, por conta de algum erro cotidiano qualquer, meus remédios acabaram. Eu não estaria escrevendo isso se não fosse pelo fato de o meu psiquiatra não ter me dado outra receita e sua secretária não ter atendido o telefone do consultório. Em pânico, encarei os potinhos vazios. Fui para a cama. Encarei o teto. Saí da cama. Sentei-me à escrivaninha e abri o computador. Escrevi um conto, depois outro. Passei quatro noites em claro. Comecei a escrever de forma obsessiva, compulsiva. Escrevia porque era o que eu podia fazer, porque os remédios tinham acabado, porque eu não conseguia dormir.

E então uma coisa aconteceu. Parei de ter alterações de humor violentas. Agora vivia pensando em histórias, mundos, personagens, enredos. Todos os dias, eu escrevia por oito horas, depois dez ou doze. Escrevia como se minha vida dependesse disso, e acho que talvez fosse instintivo, atávico, porque dependia mesmo. Achei uma terapeuta e lhe disse com severidade, e talvez medo, para ela me observar; para me avisar se eu precisasse de remédios de novo, e ela concordou. Relaxei um pouco. Escrevi livro após livro, quatro milhões de palavras de fanfics, histórias em quadrinhos, roteiros de filmes, antologias de histórias. Pela primeira vez na vida, eu não estava maníaca nem deprimida, não estava me preparando para o próximo alto ou baixo, só estava contando a verdade na forma de ficção. Estava usando minhas histórias para ajudar outras pessoas a entenderem as delas.

Depois de um tempo, pensei: Não posso voltar para um escritório, não posso voltar a me medicar. Talvez eu possa fazer isso aqui, então.

E por causa de tantos de vocês, que escolheram ler minhas histórias, pude escrever este livro.

Este, é claro, é um agradecimento que vou repetir muitas vezes. Obrigada a Aurora e Stacie, editoras e leitoras críticas amadas, por serem as primeiras a ler e apoiar este manuscrito. Um agradecimento ao sr. Blake, que me permite usar e reutilizar nossa história de amor para escrever novos romances, e que me aguentou tagarelando sobre minhas hipóteses de teoria quântica. (Meu marido não é Aldo, e não sou Regan — ele é um professor incrível e talentoso, e *também* é o artista da nossa casa.)

Obrigada a Nacho, que se torna mais importante a cada livro, por dizer as coisas certas e vez ou outra me tirar da zona de conforto. A Elaine e Kidaan, por acolherem não apenas minha ficção, mas também minha voz. A Little Chmura, que sempre dá vida às minhas histórias de uma maneira que ninguém nunca vai entender. À minha família, cujo apoio não deveria ser surpreendente, mas que sempre aparece para me animar quando menos espero. À minha mãe, minhas irmãs KMS, minha sogra, por me deixarem lotar suas estantes, por sempre me fazerem sentir que minhas histórias encontraram um lar no coração de vocês. Pelos brindes a distância e mensagens tranquilizadoras; por acreditarem que vou dar conta, mesmo quando eu mesma não tenho certeza. À minha terapeuta, que não reagiu de forma negativa quando eu disse "Então, tem um cara na minha cabeça fingindo fumar, e faz, tipo, uma semana que ele está sentado aqui". Você me ajudou a encontrar Aldo e o bem-estar.

Ao meu marido, que faz aniversário no dia em que escrevo isso, e que me permitiu entrar em seu mundo num mês de setembro em Chicago e me deixou ficar. Obrigada por mudar minha vida e por me dar uma para viver. Obrigada por me ensinar sobre o tempo, e por amar minha mente o bastante para eu aprender a amá-la também. Se um dia encontrei as palavras certas, saiba que não teria conseguido sem você.

A vocês, meus colegas de mortalidade com todas as suas fraturinhas maravilhosas: sua loucura é sua magia. A ferocidade é o que faz vocês serem quem são. A resiliência é seu dom. Queimem, mas não até virarem cinzas. Como sempre, foi uma honra escrever estas palavras para vocês. Espero que tenham gostado da minha história, e, acima de tudo, espero que ela lhes tenha trazido alguma verdade.

beijos, Olivie

- intrinseca.com.br
- @intrinseca
- editoraintrinseca
- @intrinseca
- @editoraintrinseca
- intrinsecaeditora

1ª edição	AGOSTO DE 2023
reimpressão	OUTUBRO DE 2024
impressão	BARTIRA
papel de miolo	LUX CREAM 60 G/M²
papel de capa	CARTÃO SUPREMO ALTA ALVURA 250 G/M²
tipografia	ADOBE GARAMOND PRO